La fin du sommeil

PALOMA DE BOISMOREL

La fin du sommeil

ÉDITIONS DE L'OLIVIER

ISBN 978.2.8236.2123.5

À ma mère chérie,
qui m'a deux fois ouvert les yeux,
en me donnant la vie et en mourant à celle-ci.

« Ce que nous craignons, en réalité, c'est ce qui pourrait surgir du plus profond de nous-même et que le bruit tient à l'écart. »

Carl Gustav Jung, *Ma vie*

« Je suis vivant et vous êtes morts. »

Philip K. Dick

« À quoi bon écrire, si on ne se rend pas ridicule. »

Virginia Woolf, lettre à Clive Bell

1

La nuque scellée dans l'oreiller, les coudes et les talons vissés dans le matelas, j'attendais que le sommeil vienne me délivrer de toute cette foutue angoisse qu'on appelle par euphémisme la « nuit ». Comme d'habitude, je gardais les yeux ouverts pour éviter d'être assailli par les visages radieux de mes clients et par les gros sourcils gris de mon associé. Et comme d'habitude, je me préparais psychologiquement à voir apparaître le fauteuil à carreaux, la commode blanche et le petit vase rapporté du Danemark qui émergeait à chaque fois de l'obscurité avec le même air étonné et stupide.

Cette détresse orpheline qui gisait dans un coin et que personne ne songeait à consoler en profita pour me sauter à la gorge.

M'inspirant d'une méthode de relaxation évoquée par ma belle-sœur lors d'une discussion devant un bol de guacamole à la couleur suspecte, je tentais de persuader mon corps de sombrer dans ce fameux « bien-être » dont tout le monde vantait les mérites. J'avais beau enfoncer chacun de mes doigts de pieds dans le matelas, respirer dans un esprit d'ouverture et de bienveillance, invoquer le dieu tout-puissant de la résilience, aucune torpeur ne récompensait mes efforts.

Mes yeux se fermèrent un instant mais, au lieu du néant bienfaisant, ce fut un puissant projecteur qui m'accueillit.

Je me persuadai d'abord qu'il s'agissait d'une forme de sommeil inconfortable mais acceptable. Il y avait bien des gens qui réussissaient à s'assoupir dans des avions remplis de bébés hurlants et de dames bavardes. Je réussirai à dormir avec ce truc allumé. Au moins je suis allongé sur un vrai matelas, me disais-je, essayant de minimiser l'éblouissement.

Mais mon esprit se trouva soudain inondé par quelque chose de totalement incompatible avec le repos, la mélatonine et tous mes minables espoirs d'insomniaque.

Repoussant la couette, je me redressai pour contempler la chambre et ses bibelots innocents.

C'était bien ça, murmurai-je, le souffle coupé.

Une conviction avait embrasé ma cervelle comme une allumette jetée sur un tas de vieux vêtements.

Oui, c'était donc ça.

Des larmes mouillèrent le col de mon pyjama.

Toutes ces années de prières bâclées alors que c'était là.

Quel imbécile.

Toutes ces années d'autopersuasion souriante alors que.

La chambre était encore voilée d'ombres mais il faisait plein jour dans ma tête. J'avais envie de réveiller Betty pour tout lui raconter, pour la serrer contre moi, pour prononcer avec elle les prénoms de nos trois enfants et lui faire admirer la beauté de cette étrange nuit.

Prisonnière d'une horloge biologique bien réglée, la femme de ma vie dormait de l'autre côté du lit avec une inexplicable hostilité. Je me suis souvenu que Betty hélas ne me parlait plus. Il n'y avait plus qu'à allumer la lampe de chevet pour regarder l'heure à ma montre.

Comme cela faisait longtemps que je n'avais plus de montre et que la prise électrique de mon côté du lit ne fonctionnait pas, je me contentai de saisir mon smartphone. Il était 5 h 07, j'avais cinquante-huit messages non lus et nous étions le 19 février. Ces chiffres étaient déjà gravés dans mon cerveau comme une devise incompréhensible inscrite sur le fronton d'un temple disparu.

Ma couette s'était enfuie quelque part à l'autre bout de la pièce mais le sommeil me paraissait superflu. Dormir, c'est ce que j'avais fait depuis le début.

2

Ce n'est que deux ou trois jours après cet étrange épisode que je remarquai les grattements dans la gorge.

Je me trouvais dans un café branché, le genre d'endroit hérissé de cactus et saturé de musique dans lequel on est censé se sentir à la fois zen et productif. Les premières douleurs se manifestèrent lorsque la cliente entreprit de me décrire un tapis que son mari lui avait acheté dans une galerie d'art moderne à Miami. Elle esquissa les motifs avec un stylo imaginaire et Christophe s'empressa de lui tendre poliment son iPad. Les gribouillis tracés avec ses ongles bordeaux sur l'écran se matérialisèrent sous la forme d'un nœud de barbelés dans ma trachée. « Il faut à tout prix que ce soit la première chose que nos invités voient en entrant. » La sensation de griffures se déploya lentement le long de mon gosier lorsque Catherine Jersay souleva ses paupières métallisées pour m'observer.

Attrapant avec les dents la paille en carton qui s'amollissait dans mon verre de thé glacé, je regardai le dessin du tapis en plissant les yeux et en priant pour que la douleur s'en aille.

Trois collaborateurs avaient quitté nos bureaux le mois dernier pour des vacances aux destinations douteuses et les chantiers accusaient des retards difficilement imputables à l'optimisme de nos prévisions. Si j'avais accepté de travailler pour Catherine Jersay, c'était principalement à cause de Betty. Par amour pourrait-on dire, bien que je ne sois pas certain qu'on puisse confondre avec autant de facilité l'amour et la lâcheté. Mais peu importe, Catherine Jersay, dont le nom sonnait depuis longtemps à mes oreilles, était assise en face de moi à cause de Betty et de sa manie de rendre les choses indispensables. Catherine Jersay dirigeait un centre d'art contemporain qui venait de s'implanter dans le quartier des anciens abattoirs. Elle n'avait jamais mis les pieds dans la galerie de Betty mais Betty m'avait fait comprendre que refuser de dessiner les plans de Catherine Jersay équivaudrait à avoir jeûné et prié toute une vie et à se faire jeter du paradis pour avoir insulté saint Pierre. Bien entendu, Betty n'avait ni jeûné ni prié et finalement j'avais dû m'y coller.

Pendant qu'elle parlait de vases prétendument assortis au tapis, je m'étais à nouveau concentré sur cette impression de miettes coincées entre le palais et la gorge. Était-ce le comprimé d'ibuprofène que j'avais avalé avec la fin de mon thé glacé ?

« Mon mari aimerait y accéder en robe de chambre, expliquait Catherine Jersay, il adore regarder ses camélias la nuit. Dormir l'ennuie, vous savez. Il faudrait peut-être prévoir une sorte de passerelle transparente entre les deux maisons. »

Elle mima un arc de cercle avec les bras tandis que sa conversation se poursuivait en produisant d'autres grésillements fatigants. Quand je hochais la tête devant mes clients, je me faisais l'effet d'une petite bouée orange qui flotte en regardant les nageurs se débattre dans les vagues. C'est dire si mon sens de l'empathie avait disparu. Heureusement pour elle, Catherine Jersay savait nager depuis longtemps et elle se contentait d'aspirer un thé fumé dont l'odeur poissonneuse me coupait la faim. Les bords de sa tasse étaient maquillés d'un rose vif qui s'était échappé de ses lèvres trop fines et zigzaguait sur sa joue.

Muse d'artiste, ce devait être le fantasme d'une directrice de musée. Sa bouche s'arrondissait et lui donnait un air de poisson rouge méfiant. Elle se disait probablement qu'elle était en train de projeter des idées sur moi, comme de la peinture sur une toile blanche. Catherine interrompit son dripping pour commander auprès du serveur un gâteau dont elle prononça le nom comme si elle avait déjà une grosse meringue dans la bouche.

« Vous savez, ajouta-t-elle en se versant une autre tasse de thé avec un air vaguement dégoûté, je l'ai rencontré en vrai, c'était un garçon très mal élevé.

– Qui ça ? »

Je regrettais déjà ma question. Quelque chose gonflait sous ma mâchoire et m'étranglait sans que je puisse protester.

Catherine Jersay déclara à Christophe, qui n'avait pas cessé de prendre des notes, à quel point elle détestait les chaises. « Il n'y a rien de plus moche qu'une chaise, se plaignit-elle. Breuer, Jacobsen, Panton et toute la clique n'ont rien fait qu'ajouter de la laideur à la laideur. Les chaises prennent une place folle dans une maison. Retirez toutes celles que vous avez chez vous et vous verrez tout de suite la différence. C'est inouï. Et puis, être assis est la meilleure façon de devenir obèse. Les gens sont tellement stupéfaits quand ils viennent chez moi de toute cette beauté et de tout cet espace qu'ils ne se rendent même pas compte qu'ils sont debout. »

Une toux au fracas surnaturel m'empêcha provisoirement de suivre les confidences de ma cliente.

Contrairement à ce que je croyais depuis le début de l'entretien, il fut soudain évident que la directrice du musée ne voulait pas d'une nouvelle villa à la mer, mais d'une deuxième maison, à côté de la première.

« Tous mes amis sont horriblement frustrés de ne pas voir mes Diebolo, reprit-elle en regardant le tablier du serveur s'éloigner. Mais enfin, vous me voyez accrocher ces chefs-d'œuvre dans mes toilettes ? Nous n'avons plus un centimètre carré de mur blanc dans cette maison. Je risque toutes les nuits d'être décapitée par les deux tableaux au-dessus de mon lit et nous avons tellement de cadres posés un peu partout que je n'arrive plus à ouvrir les portes de mon dressing. Je ne vous parle pas de la lingerie qui est pleine de statuettes yorubas. Les kids ont même commencé à suspendre leurs parkas à une sculpture de Niki de Saint Phalle. Entre nous, je ne sais pas comment Marianna réussit à trier le linge sale. Vous devriez voir ça », dit-elle, ravie de projeter une nouvelle éclaboussure de peinture imaginaire sur ma créativité d'architecte à la mode.

C'est à ce moment-là que j'aurais dû décroiser les jambes, me redresser dans mon fauteuil, sortir un stylo de ma veste et lui dessiner un cube en verre. Il n'aurait pas été nécessaire de parler, juste un dessin de cube en verre et Catherine Jersay se serait tue. Les gens avaient beau se contorsionner pour faire les intéressants et mettre en avant leur prétendue singularité, ils partageaient tous le même rêve secret : vivre dans une boîte transparente.

« Pour les sculptures de mon mari, notez qu'il s'agit d'un matériau composé de maïs reconditionné. Je ne sais pas ce que vous prévoyez au niveau climatisation mais il faudra faire attention à la chaleur. Je ne connais pas les dimensions exactes de l'hippopotame, je dirais qu'il fait à peu près la taille de votre assistant. Il faut téléphoner à Marianna, elle vous précisera tout ça. »

Installé sur un vaste fauteuil en forme de citrouille, Christophe prenait des notes sur son iPad avec cet air stoïque qui occupait son visage quatre-vingt-dix pour cent du temps. L'inclinaison de son buste avait très bien encaissé la comparaison avec l'hippopotame.

J'avais présenté Christophe comme « mon bras droit » quand nous étions arrivés et que Catherine m'avait tendu ses joues creuses. Je réalisais la vérité absurde planquée derrière cette expression. Si Christophe était mon bras droit, c'était la preuve que le mien avait disparu quelque part. Tranché, arraché ou je ne sais quoi.

Elle saisit un copeau de chocolat sur sa part de gâteau intacte et je me souviens d'avoir remarqué les anneaux en forme de têtes d'animaux qui décoraient ses mains bronzées. Ils me rappelaient les petites bagues en plastique que Clémence enfilait sur ses doigts potelés quelques années auparavant. Le souvenir des bagues de ma fille avait fait jaillir une flaque de tristesse dans laquelle il me semblait entendre mes pensées clapoter mélancoliquement.

Catherine Jersay n'était sans doute jamais triste. C'était ce que suggéraient ses sourcils en accent circonflexe et la tunique bordeaux qui lui flottait du cou aux mollets comme la corolle d'un champignon vénéneux. Il y avait probablement une sorte de tube prévu pour chaque bras mais elle avait mis par-dessus un châle en laine brute qui rendait son corps mystérieux. J'avais l'intuition que ce genre d'accoutrement portait un nom. De toute façon, je comptais me simplifier la tâche en racontant à Betty que Catherine Jersay arborait un look « bohème chic ».

En réalité, elle pouvait bien se déguiser en champignon, déclamer de la poésie amérindienne, prétendre fumer des feuilles de nénuphar, la seule chose qui intéressait vraiment Catherine Jersay dans la vie, c'était Catherine Jersay et cela n'avait rien d'original. Comme la plupart de mes clients, elle cachait son obsession d'elle-même derrière un éventail d'excentricités colorées. Le seul moyen de connaître certaines personnes, avais-je dit un jour à Betty, serait de leur tordre le bras et d'observer leur réaction.

Pourtant, quelque chose en moi avait changé. Un carburant inconnu brûlait à présent dans mon cerveau nuit et jour. En fermant les yeux, je me le représentais comme une joie pure et liquide qui jaillissait à chaque instant de la boue noire de mes pensées.

Une phrase de Proust lue bien des années auparavant remontait à la surface. « Dans l'homme le plus méchant, il y a un pauvre cheval innocent qui peine », disait le narrateur dans un sursaut de lucidité charitable à l'égard de je ne sais quel fâcheux personnage. J'imaginai Catherine Jersay avec de longues oreilles douces, le regard morne et le dos creusé par l'effort, escaladant en escarpins depuis des années un horrible sentier caillouteux. Un élan de compassion me submergea.

Elle avait entretemps repris son smartphone et semblait y chercher quelque chose à l'aide de ses griffes bordeaux.

« Ne vous inquiétez pas, dis-je, ne vous inquiétez pas pour votre maison, je viens d'avoir une vision assez magnifique, un immense caillou transparent. »

Ma déclaration la paralysa et lui fit lâcher son smartphone dont la coque arborait un motif abstrait qui pouvait ressembler à un dessin de Miró mais avait dû être conçu par un artiste au crâne rasé et aux lunettes fluo.

« Un caillou transparent, mais c'est fantastique », susurra-t-elle. Elle fit semblant de croquer une miette de meringue et fronça ses paupières argentées.

Est-ce qu'elle savait ? C'était possible après tout. Peut-être que chacun savait la date. Que chacun s'y préparait à sa manière.

Catherine Jersay avait choisi de mourir avec une extrême sophistication. Au milieu d'œuvres d'art et d'assiettes de gâteaux inentamés. Ou alors la date était éloignée et elle avait tout son temps.

« Gérard, mon mari, reprit-elle, a acquis l'année dernière une installation grandiose de Roy Kardop. Vous allez voir, c'est un truc hallucinant, une fresque de trois mètres de long. Il paraît que Bartosian lui a demandé de décorer son appartement à Dubaï. Le type a refusé. Vous savez pourquoi ? demanda-t-elle en enfournant une nouvelle et minuscule bouchée de meringue. Parce que le bouledogue de Kardop est allergique aux palmiers. »

Dans son enthousiasme Catherine avait dû changer de fauteuil pour s'installer à côté du mien et je me laissai bercer par la musique que produisaient les breloques à ses oreilles. Elle voulait à tout prix me montrer à quoi ressemblait l'« installation ». Les photos qu'elle avait fait glisser d'un mouvement de manche montraient des masques africains, des tubes en plastique, des murs blancs, des visages luisants en train de sourire dans l'obscurité, des cartons empilés, des dessins de zèbres violets, une assiette remplie de légumes, d'autres visages luisants aux cernes verts, un néon en forme de revolver, une autre assiette de légumes et enfin plusieurs clichés d'une forêt d'algues géantes entortillées autour de tiges de métal. Je ne voyais pas bien ce qui appartenait à la vie de Catherine Jersay et ce qui faisait partie de l'œuvre géniale de ce Kardop.

« Désolé, dis-je, mais je ne comprends rien à l'art contemporain. En fait, je n'arrive pas à savoir ce qu'il faut admirer : l'intention, la réalisation, l'indignation ou peut-être même le conformisme des artistes à nos attentes de subversion. Je ne sais pas. »

Les boucles d'oreilles de Catherine Jersay ne faisaient plus aucun bruit.

Ma carrière d'architecte branché venait de s'éteindre. Personne n'avait trébuché, pas de court-circuit, j'avais juste retiré la prise. Comme une guirlande électrique après Noël.

« Vous ne m'aviez pas dit que votre femme avait une galerie ?

– Si mais ma femme est beaucoup plus sensible que moi. Je tremble chaque matin qu'elle découvre mon ignorance et ma lourdeur. C'est un mariage épuisant mais je l'aime. »

On aurait dit qu'un mur de boîtes de conserve vides et rouillées s'était effondré sur les pieds de Catherine Jersay. Mais c'était juste ma toux qui avait repris.

« La vie est un rêve, c'est le réveil qui nous tue. » J'avais toujours été impressionné par cette phrase de Virginia Woolf à laquelle je ne comprenais pas grand-chose. Qui donc aurait osé contredire Virginia Woolf ?

Je soupçonnais désormais que le rêve n'avait aucun intérêt. C'était au réveil que tout commençait.

Ma toux se calma et un nuage de flèches aux pointes aiguisées se dispersa dans ma gorge. Malgré la douleur, je sentais que c'était bon signe.

« Avons-nous reçu les plans du cadastre ? » demanda Christophe, l'air digne, tandis que j'accueillais la perspective d'un cancer du larynx avec le sentiment vague mais enthousiaste d'aller jusqu'au bout d'un destin.

3

Je suis né au supermarché à l'âge de cinq ans. Comme si j'avais émergé d'un brouillard, je me suis retrouvé, un biscuit à la main, debout à côté de ma mère qui s'engueulait avec une caissière aux ongles verts.

J'avais senti en moi un tremblement étrange, comme une vibration qui aurait secoué un verre rempli d'eau. Ce n'était pas de l'eau qu'il y avait en moi mais un sentiment intense et très doux qui avait débordé et se répandait tout autour. Cela faisait comme une vague qui coulait sur le carrelage et qui envahirait bientôt chaque allée du supermarché. Je savais qu'à l'instant où la vague gagnerait ma mère et la caissière, elles arrêteraient de se disputer et toutes les méchancetés qu'il y avait en elles se dilueraient pour laisser place à une stupeur joyeuse. Je savais que la vague allait atteindre tous les clients du supermarché et chacun d'entre eux ressentirait cette chose étrange qui ressemblait à de la joie ou plutôt à un soulagement. C'était immense, c'était fou, comme assister à une catastrophe naturelle à l'envers. En réalité, je ne sais pas bien ce qui s'était passé après. Ma mère raconte que je suis devenu très pâle et que je me suis effondré dans les sacs de courses en écrasant la tarte aux abricots qu'elle venait d'acheter.

La suite de mon enfance a été une drôle d'attente. Je ne jouais pas, je faisais semblant. Assis sur mon lit pendant les siestes, je fermais les yeux en me concentrant pour tenter de réconcilier mes parents. Quand on me donnait du papier, je dessinais les liens invisibles qui s'enroulent entre les êtres en traçant de larges boucles au feutre rose que les adultes interprétaient comme des *a* ratés et des *p* écrasés. « Il n'écoute pas les consignes », soupiraient les institutrices, qui s'obstinaient à vouloir me faire écrire mon nom en lettres majuscules et colorier des pommes en rouge.

Je parlais à ma mère de cette chose qui venait soulever les rideaux de ma chambre et chuchoter autour de mon oreiller. Ma mère me disait de rester calme et se contentait de me raconter l'histoire du Petit Poucet avant d'éteindre ma lampe de chevet.

Quelle perte de temps, enrageais-je, les yeux ouverts dans le noir.

La lecture fut un vrai soulagement. Tous ces gens qui savaient. Malheureusement, les romans s'arrêtaient toujours trop tôt, soit au seuil de l'amour soit au seuil de la mort. On devinait seulement. Moi, je voulais que les choses soient écrites noir sur blanc.

À l'école, je restais à ma table pendant la récréation pour finir mes rédactions et raconter ce qu'il y avait à raconter. La cloche sonnait, on m'arrachait ma feuille. « La fin, suppliais-je, je dois écrire la fin. » Les profs s'en fichaient et traçaient « hors sujet » en rouge dans la marge.

Par la suite, les mots, fatigués et déçus, se dérobèrent. Sans eux, je ne savais plus trop ce que je savais. Je finissais par gribouiller des phrases sans comprendre ce qu'elles voulaient dire. Je me laissais gagner par d'autres vérités plus courtes et plus pratiques.

La lecture me réveillait parfois de ma torpeur mais avec les années c'était la torpeur qui gagnait.

Plus tard, adolescent, j'avais lu et relu *Les Hauts de Hurlevent* avec la conviction d'un secret caché dedans, une phrase sur laquelle je serais passé trop vite. Les pages du livre avaient fini par se décoller et ma mère s'en était servie pour allumer un feu.

J'avais composé des poésies sur les printemps orphelins et le secret des anges sans ailes. C'était niais, ça rimait et je sentais de tout petits frissons remonter le long de ma colonne vertébrale quand je les lisais à ma cousine allongée sous le saule pleureur.

« Oui mais c'est pas des anges s'ils n'ont pas d'ailes », protestait-elle.

En fait, je ne me suis jamais tout à fait découragé. Je restais persuadé qu'il y avait un caillou céleste coincé au fond de mon âme.

Pendant mes années d'étudiant j'ai écrit des poèmes un peu plus métaphysiques où il était question de déterminisme malheureux et d'ontologie du chaos. J'écrivais aussi des nouvelles qui n'avaient ni début ni chute et que je n'ai jamais eu le courage de relire. J'ai même envisagé l'écriture d'un roman. Le problème c'est qu'entretemps j'étais devenu architecte et le paganisme de la vie matérielle avait perfidement commencé à corrompre toutes les heures de mes journées. Aux feux rouges, je tentais encore parfois de réfléchir à une bonne intrigue. La nuit, je rêvais de murs lézardés et de poignées de portes qui pendaient lamentablement comme les canards inanimés d'une nature morte.

C'est ce dernier détail qui poussa mon esprit à se révolter. Il n'était pas tolérable de se laisser torturer la nuit par des poignées de portes. À un moment, me disais-je le matin au-dessus du lavabo, le nœud coulant de l'insignifiance et du pragmatisme finirait par se desserrer pour faire place à cette vérité mystique dont j'avais oublié le sens.

Ce moment-là, sans nul doute, était arrivé.

4

Il suffisait de regarder notre cuisine pour constater que l'architecture n'était qu'un mensonge destiné aux magazines de décoration.

Pendant des années, j'avais descendu l'escalier en espérant trouver au rez-de-chaussée quelque chose de bouleversant. Quelque chose de suffisamment bouleversant et grave pour atténuer l'échec que représentaient cette cuisine et son îlot en résine. La plupart du temps, je devais me contenter du fatalisme tiède que distillait la radio entre les résultats sportifs et la météo.

Tout dans cette cuisine illustrait mon imposture et l'acharnement du réel à me la révéler. La résine était une mauvaise idée et les dimensions monumentales de l'îlot ne faisaient que renforcer cette désagréable impression. Rien ne justifiait la présence d'une telle baleine couverte d'éraflures au milieu de notre cuisine. Peut-être avais-je eu un instant la vision biblique d'une famille nombreuse. Peut-être avais-je été étourdi par des ambitions de conquête spatiale et de vaisseau intergalactique. Quel que soit le schéma mégalomaniaque que j'avais eu un jour à l'esprit, nous nous retrouvions avec une immense masse blanche toujours recouverte de miettes, de légumes vieillissants et de paquets de céréales mal refermés.

L'îlot n'était que la partie émergée de l'iceberg. Le bois du plan de travail ressemblait avec les années à une mer déchaînée. J'avais eu beau terroriser Betty et les enfants pour qu'ils ne posent rien de mouillé autour de l'évier, l'eau avait infiltré les veines du bois et l'avait déformé. La machine à café, le grille-pain, le presse-purée et tout ce qu'on avait pu y accumuler ne parvenaient pas à cacher cette terrible indignité.

Mais le pire, au fond, c'était l'éclairage. Les spots intégrés le long des corniches produisaient une lumière si blafarde, si chirurgicale, qu'aucun d'entre nous n'osait plus les allumer. Betty, excédée, avait fini par mettre du scotch sur l'interrupteur. Les deux ampoules de la hotte nous permettaient de deviner le fond des casseroles et j'avais descendu de mon bureau une vieille lampe en fer forgé pour éclairer nos assiettes. Et puis, à un moment, la cuisine avait disparu comme une aspirine se dissipe dans un verre d'eau.

C'est seulement le jour de ma visite chez le docteur Calfond pour ma fameuse douleur à la gorge que tout avait refait surface.

La cuisine m'était apparue.

Elle ressemblait à un manège de fête foraine dans lequel les choses brillaient avec éclat et semblaient toutes s'emboîter les unes dans les autres.

« Ça y est, dit Clémence, le lait est vert.

– Je pensais que tu mettais des filtres, tu n'as qu'à mettre un filtre vert, fit Betty. Dis-moi, je peux m'installer ?

– Oui, de toute façon, il faut que je recommence. En fait, les kiwis se sont barrés au fond. Regarde, c'est moche à crever, les bananes font la gueule et les myrtilles ont l'air désespérées.

– Tu as combien de folles en verre ? » demanda Thomas, le menton appuyé sur la table. Il bâilla dans la frange de cheveux bruns qui le protégeait du matin et du monde des adultes.

« Followers. J'en ai 7854. Non, 7857 maintenant.

– Ça fait plus ou ça fait moins qu'hier ? »

Ma fille tenait un journal de son estomac. Elle montait sur une chaise avant chaque repas pour immortaliser le contenu de son assiette. Au début, j'avais mis cette lubie sur le compte d'un exposé à l'école et puis l'existence cachée d'Instagram m'avait été révélée.

« Tes amis partagent aussi leurs recettes ? » avais-je essayé de m'intéresser. Clémence avait levé les yeux au ciel.

Être parent, c'était accepter d'être une algue desséchée sur le rivage brûlant de la modernité.

Clémence était « influenceuse ». Je n'osais pas imaginer l'étendue de son influence sur les autres ni en quoi consistait cette influence mais celle qu'elle avait désormais sur nos repas était immense. Malgré ses efforts et notre patience commune, il y avait toujours un jaune d'œuf qui coulait de travers ou une rondelle de cornichon rebelle et Clémence restait parfois des heures à marmonner au-dessus de nos têtes.

Les œufs, les cornichons et tous les ingrédients en général n'arrêtaient pas d'étendre leur tyrannie. Même en dehors de la maison. Un client après vous avoir cassé les pieds avec la forme de son escalier vous demandait désormais de but en blanc l'adresse de votre boucher préféré et la marque du lait végétal que vos enfants digéraient le mieux. Un jour chez des amis de Betty, alors que chacun comparait les étoiles et les exploits culinaires des chefs à la mode, j'avais avoué que mon restaurant préféré était une pizzeria dont la spécialité était la pizza au salami et dont le décor en briques rouges n'avait pas changé depuis cinquante ans. Les convives avaient tous reposé leurs couverts et ma voisine m'avait dévisagé avec un air de pitié. Aucun d'entre eux ne pouvait imaginer un instant la nostalgie que déclenchait en moi cet endroit qui tanguait sous la lumière indécise d'une douzaine de bougies plantées dans des bouteilles de chianti.

« Tout le monde a bien dormi ? demanda Betty tandis qu'elle déplaçait les paquets poussiéreux au milieu de l'îlot.

– J'ai rêvé que mes followers me découpaient en rondelles pour me mettre entre des tranches d'avocat et de saumon cru », répondit Clémence, toujours en position de paratonnerre.

Une des premières choses que je tenterai de faire après ma mort, songeai-je, sera de fermer le compte Instagram de ma fille.

« Et toi, papa ?

– Un hamster affolé dans une cage », commenta Betty qui débitait une branche de céleri en petits tronçons inoffensifs. Elle m'avait sans doute entendu griffonner une partie de la nuit sur mon carnet. Mon roman n'avait encore ni titre, ni personnage, ni sujet, mais l'obscurité me donnait désormais l'impression d'ouvrir les yeux sur l'empire mystérieux de la création littéraire.

« Je parie que tu n'as même pas téléchargé l'application que je t'ai partagée », dit Clémence avant de saisir mon téléphone dans la poche de ma robe de chambre.

Le soleil, qui avait d'abord inondé le plafond et les étagères, caressait à présent la tempe veloutée de Betty. Elle portait un immense pantalon en toile doré, un chemisier vaguement transparent et ses cheveux étaient relevés en chignon.

Regarder Betty, c'était comme se retrouver en face d'une affiche soviétique. L'image était séduisante mais le message demeurait indéchiffrable.

Pour être honnête, je ne crois pas que ce serait une bonne idée de vous décrire ma femme. Quand on dit que l'amour rend aveugle, on désigne généralement une forme d'éblouissement mais pas cette profonde cécité dans laquelle mon mariage m'avait plongé. Je risquerais de dire des choses qui vous la rendraient antipathique. Tout ce que je peux dire, c'est que je ne regrette pas une seconde de l'avoir rencontrée malgré la douleur et tout le reste.

En parlant de douleur, peut-être que je pourrais juste évoquer la Betty que j'avais rencontrée vingt ans plus tôt car rien n'efface la grâce des débuts, même dans les histoires d'amour les plus ratées. À l'époque Betty s'appelait Véronique et c'était une étudiante timide et maladroite. Quand je dis maladroite, il faut préciser que nous avions fait connaissance le jour où elle m'avait cassé une jambe. J'étais parti skier une semaine avec un groupe d'étudiants en architecture. Elle m'avait percuté en bas d'une piste. Je me souviens du choc, de ma colère, du pompon ridicule de son bonnet rose et de la chambre d'hôpital dans laquelle je me suis réveillé. Je ne sais pas si on peut appeler ça un coup de foudre mais ça m'avait fait mal.

Elle était venue le lendemain à l'hôpital pour me rapporter mon portefeuille tombé dans la neige et pour s'excuser. En fait, elle n'avait presque rien dit et s'était postée à côté de mon lit en me regardant intensément et en répétant qu'elle était « vraiment vraiment vraiment désolée ». Je l'avais trouvée touchante. Nous habitions la même ville et nous nous étions revus. Mes amis l'appelaient Terminator pour me faire enrager. J'étais fou de son air craintif et de ses balbutiements que j'associais à ceux d'une mésange engourdie par la faim. Personne d'autre que moi n'avait eu l'audace de l'apprivoiser. Enfin, tout ça, c'est ce que je me racontais.

« Il n'y a plus de graines de chia ? J'en ai racheté la semaine dernière et le paquet est déjà vide. »

Le ton de Betty était froid et vif comme un sabre. Ses mains rougies par l'eau du robinet arrachaient d'un geste sûr la peau d'un avocat.

La Betty que j'avais en face de moi ce matin-là appartenait à une autre espèce que celle des mésanges.

La nuit précédente, en écoutant son souffle, j'avais réfléchi à la manière dont je lui annoncerais la nouvelle de mon cancer et de ma mort prochaine. J'avais hésité entre différents scénarios : Betty dans un transat sur la terrasse en train de répondre à ses mails, Betty occupée à se vernir les ongles à la fenêtre de notre chambre, Betty cherchant ses clefs en soulevant un par un les coussins du canapé… Je demandais à lui parler d'une voix insouciante et elle acquiesçait en m'ordonnant au passage de fermer une porte ou de lui donner l'heure. Betty se mettait à pleurer et se jetait dans mes bras où je pouvais sentir son émouvante ossature de mésange. Bizarrement cela ressemblait beaucoup plus à une scène de réconciliation qu'à l'annonce d'une mauvaise nouvelle.

Betty proposait aussitôt d'abandonner sa galerie pour passer ses journées à me lire à haute voix tous mes livres préférés. Au milieu de notre émotion, je parvenais à réciter quelques vers d'Aragon. Elle évoquait en pleurant nos premiers hivers dans cet appartement mal chauffé qui donnait sur une école et ce petit hôtel de plage aux douches en plastique bleu ciel où nous avions décidé de ne plus nous séparer.

Certains couples en déroute programmaient un nouvel enfant, d'autres projetaient une seconde lune de miel, moi je misais sur le vertige d'un cancer. J'avais toujours été un peu excessif.

« Regarde, papa, dit Clémence, il y a huit programmes de relaxation. » Elle s'était levée et avait déposé mon téléphone devant moi. L'appareil que je maltraitais pour lire mes messages et dont l'écran était cassé depuis plusieurs mois me parut presque neuf sous ses doigts. « Il y a un programme qui montre des gouttes de pluie qui tombent sur un genre de lac en faisant des auréoles, un autre où tu peux voir un genre de couteau qui coupe des tranches de gâteau à l'infini, ou alors un papier qui se déplie et se replie de façon hypergéométrique, celui-là est magnifique, et la musique est tellement apaisante. »

Clémence faisait défiler différentes icônes en forme de cœurs, de fleurs et de nuages sur lesquelles j'étais certain de ne jamais appuyer. Je remarquai des paillettes sur ses ongles à moitié rongés et le gonflement léger de sa joue pendant qu'elle parlait.

Ma fille.

Ma petite souris aux yeux gris.

Je la vis renversée par un livreur de sushis. L'image me fit trembler. C'était ma façon d'aimer les gens. Je leur imaginais des fins absurdes et tragiques.

Thomas tombant d'une fenêtre pour échapper à un dinosaure.

Betty empoisonnée par un smoothie aux épinards périmés.

Hubert, mon fils aîné, glissant sur une chaussette oubliée dans l'escalier.

La mort avait le pouvoir de tout réveiller.

« C'est fou », dis-je en écarquillant les yeux devant la vidéo de démonstration que Clémence avait enclenchée. Une goutte éclatait en centaines de gouttelettes selon une chorégraphie angoissante tandis que la musique évoquait la joie insipide d'un supermarché un samedi après-midi.

« Tu n'as même pas besoin d'allumer la lumière pour te fatiguer à lire, tu prends ton téléphone, tu cales ta nuque et tu te laisses hypnotiser par la beauté du truc. Ça abaisse ton rythme cardiaque. Comme un genre de méditation. »

Clémence se tourna vers moi pour guetter ma réaction. Ses joues et son front étaient recouverts de gouttelettes brunes. Des éclaboussures de café, me dis-je, avant de réaliser que les taches étaient trop nombreuses et régulières. Depuis combien de temps le visage de ma fille affichait-il des taches de rousseur ? Était-ce le type de détail qu'un père oublie de voir chez ses enfants ?

« Ne parle pas de méditation à ton père, il croit qu'il s'agit d'un programme d'autoenvoûtement piloté par une secte aux motivations nihilistes et consuméristes », commenta Betty au-dessus de la poubelle où elle déversait un monstrueux tas d'épluchures.

Je n'avais rien contre la méditation mais nos discussions n'avaient pas réussi à nous mettre d'accord sur la définition de la pleine conscience qui accompagnait cette pratique. La pleine conscience de Betty me paraissait limitée aux glouglous de ses intestins et aux fourmillements de ses doigts de pieds.

« L'appli calcule aussi tes cycles de sommeil », continua Clémence, qui caressa mon écran brisé du revers de sa manche avant de me le tendre. Tout en réfléchissant aux conséquences d'une discussion avec ma fille sur les taches qui envahissaient ses joues, je fis semblant d'admirer les courbes statistiques qu'avait sournoisement générées mon téléphone. Mes nuits ressemblaient à la trajectoire d'une mouche folle contre une vitre. Je ne dormais qu'une moyenne de trois heures cinquante-deux par nuit et mon sommeil était jugé « insuffisant et critique ».

La maison s'effondra dans un vacarme vengeur. La fin du monde, pensai-je vaguement soulagé. Mais l'Apocalypse ne concernait qu'un bol de légumes verts. Betty, les deux mains sur le couvercle du mixer, affichait un demi-sourire, le regard perdu dans les méandres de l'œuvre abstraite posée sur le micro-ondes.

Je réalisai qu'elle ne m'avait posé aucune question à propos de Catherine Jersay et du nouveau chantier rue des Églantiers.

Elle me parlait à cause des enfants. Elle me parlait au nom de la bienveillance, du sourire intérieur, de la gratitude, des trois bonheurs quotidiens et des vertus de la méditation. Elle me parlait certes mais ses mots avaient l'aspect mou et décoloré des objets restés trop longtemps dans l'eau.

Elle était toujours fâchée.

Clémence nous avait offert deux ans auparavant, à Noël, une thérapie de couple, « pour que nous révisions un peu les bases ». Betty avait fait semblant de rire en reprenant de la bûche glacée, et dès le lendemain elle avait appelé pour annuler le rendez-vous.

Aux yeux de Clémence, des adultes qui ne souriaient pas lorsqu'ils parlaient étaient soit en burn-out, soit en instance de divorce.

La cuisine fut parcourue d'une longue vibration de tendresse bleu pâle. Derrière les vitres, le jardin tout entier semblait décidé à nous parler. Pourquoi n'avais-je jamais remarqué à quel point ce coin de pelouse était beau, me dis-je en observant l'émouvant fouillis de branches que produisait au loin la haie mal taillée.

Le jardin ne gondolait pas, ne rouillait pas et ne prenait pas la poussière. Les jardins étaient des pieds de nez aux cuisines d'architecte.

« Thomas, ça te dirait de construire notre cabane ce week-end ? »

Thomas détacha de la table une joue couverte de miettes.

« Quelle cabane ? Plus personne ne fait de cabanes. Et puis mes bottes sont trop petites. »

Piqué au vif par cette histoire révoltante de cabane, mon fils me fixait avec un air de défi.

« Dis, papa, pourquoi tu n'avais pas de frère et de sœur quand tu étais petit ? Ça devait être trop bizarre de finir les paquets de céréales et de jouer tout seul. En plus, c'était toujours toi qui étais puni. »

Je dis à Thomas que j'avais été un enfant tellement parfait, tellement satisfaisant, que mes parents n'avaient pas ressenti le besoin d'avoir d'autres enfants. Tout en parlant, l'évidence du contraire m'apparaissait sournoisement.

« N'empêche, insista Thomas, pour construire les cabanes, ça aurait été drôlement pratique pour toi d'avoir un frère, ou une sœur à la rigueur. »

Pendant ce temps, Clémence avait versé du liquide vaisselle dans un verre d'eau qu'elle faisait mousser avec une fourchette.

« Hier, dis-je après avoir bu une gorgée de café pour chasser la sensation désagréable qui griffait à nouveau ma gorge, à un feu rouge, j'ai vu un homme déguisé en clown qui jonglait avec des oranges. Il était âgé mais il jonglait drôlement bien. De plus en plus vite, puis avec une main, c'était fascinant et même un peu angoissant. En plus, il avait un énorme chapeau avec des sortes de rouleaux gris dessus. Au début je n'ai pas fait attention, ce n'est que quand il s'est approché des voitures que j'ai vu ce que c'était… »

Clémence avait déposé la mousse savonneuse dans sa tasse de café qui ressembla instantanément et diaboliquement à un cappuccino crémeux.

« Papa, dit-elle, je ne la sens pas ton histoire. Tu es sûr que tu as envie de nous la raconter ?

– Ce n'est pas une histoire. D'ailleurs, ça va t'amuser, figure-toi que c'étaient des peluches sur le chapeau, un gigantesque nid de peluches, et il y avait Maya l'abeille. Tu te souviens de Maya l'abeille ? Il y avait Dumbo, Winnie l'Ourson, Tigrou, Donald et tout un tas de lapins et de souris aux museaux décolorés. Ça devait être terriblement lourd et chaud à porter. Eh bien, vous savez quoi, toutes les vitres des voitures sont restées fermées.

– Pierre, moi non plus, je ne veux pas entendre la suite, dit Betty qui vidait l'intérieur d'un kiwi avec une cuillère. Je suis stressée par mon vernissage, Clémence doit se concentrer sur son examen de français, c'est le matin, arrête s'il te plaît. »

Betty s'essuya les mains avec un torchon qui traînait sur un tabouret.

« Je n'ai rien dit. J'ai prononcé les mots "clown" et "Winnie l'Ourson".

– Moi, je veux connaître la suite, déclara Thomas.

– Moi pas », rétorqua Clémence.

Je repensai aux rides et au sourire fatigué de l'homme sous les peluches. Au contraste bouleversant entre sa détresse et son chapeau.

« Papa, on te connaît, tu adores les histoires tristes. Franchement, il n'y a que toi qui aimes que ça. » Elle réajusta sa queue-de-cheval en vérifiant son reflet dans la cuve en inox de la machine à pain.

Ce n'était pas la tristesse que j'aimais, c'était tout ce qui parvenait à crever la surface lisse et plastifiée du bonheur synthétique qui avait recouvert nos vies.

J'étais persuadé que le type au chapeau avait ce pouvoir-là.

La vitre baissée, j'avais constaté que je n'avais pas d'argent, ni sur moi ni dans la boîte à gants. Je m'étais garé, trop désemparé pour repartir. L'homme s'était approché et avait manifesté un certain enthousiasme à me parler. J'étais fasciné par le chapeau mais je n'osais pas lui demander d'où venaient les peluches. Au lieu de ça, je l'avais félicité pour sa façon de jongler. « Avant je jouais du violon dans un parc, m'avait-il expliqué fièrement, Schubert, Vivaldi et tous les autres, mais j'ai arrêté, tout le monde portait des écouteurs. Ici on dirait que c'est pareil, les gens ne me voient plus, même les enfants regardent leur téléphone maintenant. » Malgré l'agilité de ses bras, ses joues tachées de soleil étaient celles d'un vieil homme. Je l'avais quitté en lui donnant mon numéro de portable pour les jours difficiles. Il avait rigolé en me remerciant chaleureusement. Dans le rétroviseur, il s'était remis à jongler.

Pendant que l'on photographiait des rondelles de kiwi, des milliers de gens disparaissaient de notre vue.

« C'était un gentil clown ? demanda Thomas.

– Tu vois, tu as réussi à me flanquer le cafard, se plaignit Clémence en descendant de son perchoir.

– Votre père est allergique au bonheur », soupira Betty.

Mon idée du bonheur me parut aussi inaccessible qu'une touffe d'herbe en haut d'une paroi rocheuse.

« Est-ce que je peux avoir des sablés au citron ? supplia Thomas.

– Non, c'est mauvais pour la santé, mange une banane si tu as encore faim, dit Betty en agitant une paille dans la boue verte de son breuvage.

– Pourquoi papa en mange, alors ?

– Parce que les sablés au citron sont bons pour le moral », dis-je, aggravant mon cas.

Le peu d'estime que ressentait encore Betty à mon égard disparaissait tout à fait quand elle me voyait manger des sablés au citron. Ils devaient incarner pour elle une femme obèse les mains plongées dans un paquet de biscuits et le regard perdu dans le flou d'une intrigue télévisée. Ou alors des sourires sans dents au milieu d'un salon de maison de retraite aux murs saumon. La nourriture ne nous nourrissait plus, elle nous identifiait.

« Maman, je peux te dire quelque chose ?

– Tout ce que tu veux, mon chéri. »

C'était là qu'étaient partis tous les « mon chéri », me dis-je amusé et amer.

« Je trouve que tes sourcils sont hyperbizarres. C'est dingue comme ils sont bizarres. En fait, c'est trop moche les sourcils. J'avais jamais vu ça. C'est des trucs hyperchelous. Surtout ceux de maman, on dirait des tapis volants qui se promènent au-dessus de ses yeux. Hahaha. Regardez, c'est trop marrant, ils sont là en mode rien à foutre.

– On ne se moque pas de sa mère. » Ma voix s'éteignit soudain dans un gargouillis.

« Ça va, papa ? » Clémence m'apporta un verre d'eau.

« Ne me dis pas que tu te fais du souci à cause de ce rendez-vous pour ta gorge ? » articula Betty à voix basse, reprenant sa respiration entre deux gorgées de jus verdâtre.

Ses tempes irisées tremblèrent dans la lumière du matin. Elle se souvenait de mon rendez-vous. Elle n'était pas fâchée. Elle m'aimait malgré mes insomnies, mes sablés au citron et mon sens du tragique. Elle m'aimait.

Le buste toujours droit, elle allongea le bras pour saisir un litchi qui avait roulé au centre de la table.

J'eus envie de la serrer follement contre moi. Il n'était pas possible que la mort nous sépare. Pour le meilleur et pour le pire, disait-on le jour du mariage. J'avais flairé depuis le début qu'il fallait aller jusqu'au bout du programme.

« Quel rendez-vous ? » demanda Clémence, dont les taches de rousseur, même à l'autre bout de la cuisine, projetaient des petits feux d'artifice partout sur son visage et sur son cou.

« Rien, ma chérie, ton père a encore une carie. Thomas, je veux que tu mettes un sweat propre, celui-ci a des manches dégoûtantes et tu as un anniversaire cet après-midi.

– Je suis allé voir la nouvelle expo sur le site de la galerie, dis-je une fois que les enfants furent partis, ça a l'air passionnant. »

Mes mots sonnaient comme des jetons en plastique lancés sur le plateau d'un jeu de société. Je ne savais pas grand-chose de l'artiste dont les œuvres étaient inaugurées ce soir-là. À part qu'il était serbe et avait essayé de se suicider à l'aide d'un sac-poubelle.

« N'oublie pas de mettre le lave-vaisselle en route avant de partir », dit Betty avec un sourire indulgent que j'avais vu sur les lèvres d'un ange dans un vieux retable flamand. Le titre du tableau me revint au moment où elle quitta la pièce. Il s'agissait du *Jugement dernier*. Le choc fit disparaître le sablé au citron que j'avais trempé dans mon café.

Debout devant l'évier, je réalisai soudain que les heures, les journées et l'avenir tout entier avaient changé de consistance. Ils ressemblaient à ce paysage de crème Chantilly que l'on voit depuis les hublots d'un avion et que les enfants prennent immédiatement pour le paradis.

Il me semblait être déjà devant le docteur Calfond.

« Très bien docteur. J'ai bien compris docteur. Oui, ça va aller docteur. »

Il ne fallait pas sourire. Personne ne s'avançait vers la mort avec une telle légèreté.

5

Il y avait pêle-mêle les bribes d'une recette de clafoutis aux mirabelles, la photo floue d'une célébrité en paréo et une terrasse ornée d'un citronnier sous laquelle était inscrit « Faites vos valises ». Il s'agissait sans doute pour le docteur Calfond de rassurer ses patients mais une telle dose de trivialité me semblait incompatible avec le caractère solennel de ma visite.

J'avais quand même rendez-vous avec ma mort.

Le linoléum d'un ocre moisi était zébré de traces noires et un néon au-dessus de ma tête produisait une lumière épileptique. Je remarquais avec une certaine satisfaction que les hôpitaux vieillissaient aussi sournoisement que les cuisines familiales.

Je décidai de me concentrer sur la reproduction d'une gouache que j'avais déjà regardée quelques semaines plus tôt quand j'étais venu me faire prescrire des examens. Il s'agissait d'une composition vert et bleu dans laquelle on pouvait s'amuser à discerner des visages ou une constellation de petits soleils souriants. Dès que mes yeux se posèrent dessus, les formes se tordirent comme les branches d'un sapin que l'on brûle. La peinture s'animait et ondulait. La peinture était vivante.

Jetant un coup d'œil sur mes voisins, je constatai que personne d'autre ne l'avait vue. Aussi fou, aussi étrange que cela paraisse, l'œuvre s'adressait à moi. J'hésitais à me lever pour vérifier de plus près. Oui, me dis-je sans oser bouger, dans la salle d'attente de mon ORL, la reproduction d'une peinture recouverte d'une vitre poussiéreuse et encadrée de baguettes de bois clair tentait d'entrer en communication avec mon esprit.

J'avais regardé ma mère peindre des heures durant, j'avais suivi des cours d'histoire de l'art, écouté des conférences à propos de toiles aussi hermétiques que des emballages de yaourts, observé des gens s'extasier aux vernissages de Betty, parcouru des kilomètres de musées où elle jugeait bon de saluer la liberté artistique de son époque. Pendant des années, j'avais vaillamment scruté des milliers d'œuvres et pour la première fois l'une d'elles daignait me parler.

Qu'essayait-elle de me dire ?

En m'approchant, je vis que la surface du papier comportait des traces d'encre et de craie. De près, l'ensemble fourmillait de vitalité et d'audace. On avait l'impression que les lumières vibrantes d'une ville entière venaient de se figer pour nous contempler. Oui, le tableau me contemplait. D'ailleurs, il avait cessé de bouger. Comme si ma présence immédiate l'empêchait de respirer. Il n'y avait pas de signature, ni de date. « Technique mixte », me dis-je, retrouvant les réflexes pavloviens que l'on m'avait enseignés.

Mon téléphone vibra dans ma poche. Un mail à propos du chantier de la bibliothèque des Charmettes. Une expertise avait détecté des fissures dans les sols et certains murs du rez-de-chaussée. Le chef de chantier réclamait une réunion le lendemain à 8 h 30. J'effaçai le message avec un petit sourire, j'avais toujours été hostile à l'urgence.

Une offre de croisière de luxe en Méditerranée en avait profité pour envahir mon écran. Toute cette eau bleue me donna la nausée. Nous étions partis avec des amis sur un voilier au large de la Tunisie et j'étais encore perturbé par l'impression que m'avaient laissée ces vacances. L'humanité une fois affranchie du travail et de la pluie n'était qu'un gigantesque et inoffensif plateau de fruits de mer. J'avais fait cette constatation la joue collée à la toile d'un matelas décoloré par le soleil. Betty et les Machin-Chose qui gisaient à côté de moi avec la vivacité de poulpes séchés sur un étal de marché n'avaient rien répondu. Mais l'hypothèse selon laquelle nous nous étions transformés en crustacés ébouillantés s'était confirmée tous les soirs en observant les gens aux terrasses des restaurants. Visiblement sortis du même bouillon, ils arboraient des bras rouges et des visages bouffis. Tentant d'oublier cet horrible souvenir, je passai en revue deux autres mails publicitaires, l'un qui me proposait un abonnement dans une salle de sport pourvue de distributeurs de boissons fruitées et l'autre qui envisageait de me faire gagner un aspirateur robot intelligent dont l'adaptation au monde dépassait sans doute déjà la mienne.

Pour me calmer, je dirigeai mes pensées vers le magnifique roman que j'allais écrire avant de mourir. Trouver un sujet à la hauteur de mon ambition allait être difficile mais j'étais confiant et je contemplai le grand édifice littéraire avec la sérénité factice que donne l'inaction. Ses murs étaient très hauts et mes pensées un peu essoufflées durent renoncer à l'escalader.

De mes expériences passées, il ne me restait qu'une appréhension diffuse à l'égard des descriptions. Pour décrire, il suffit d'observer, pensai-je.

Cette nécessité me poussa à faire aussitôt le détail de mon environnement. Je commençai par le bureau qui faisait l'angle, du côté du secrétariat. C'était un très bon exercice. Contrairement au reste du couloir aussi agréable à regarder qu'un tuyau de canalisation, il y avait sans conteste dans cette partie-là un effort de décoration. Le bazar faussement joyeux qui encombrait le comptoir m'occupa pendant un certain temps. Je n'étais pas convaincu par le bocal à poissons mais la mocheté du pot dans lequel flétrissait le rosier avait quelque chose d'attendrissant et de potentiellement romanesque. La secrétaire aux boucles rousses les avait placés là pour lutter contre l'ambiance médicale, me dis-je en guise de conclusion. Elle avait sans doute rêvé de travailler dans l'immobilier de luxe et elle était là au milieu des virus, des produits désinfectants et des mouchoirs usagés. La secrétaire en question renifla et tourna le menton dans ma direction. Le reflet des néons sur ses lunettes m'empêcha de déterminer si ses yeux étaient remplis de larmes mais je décidai de freiner mes dispositions au tragique en ignorant sa détresse et en m'intéressant aux deux personnes en face de moi.

La petite femme blonde assise de l'autre côté du couloir me parut un excellent cobaye car elle n'avait à première vue aucun intérêt. Après avoir détaillé les motifs de sa robe, essayé de lire la marque sur l'étiquette de son pull, compté ses doigts de pieds boudinés coincés dans d'affreuses sandales en cuir doré, je ne parvenais toujours pas à la faire sortir du néant de son siège en plastique bleu.

Je pris soudain mon élan et décidai avec cruauté que son mari venait de la quitter à bord du break familial. J'imaginai une guimbarde vert foncé avec des autocollants décolorés par le soleil et des sièges en cuir éventrés. À partir de là, la vie de ma voisine de salle d'attente devint aussi transparente que les maisons que je construisais : elle était psy pour chiens (je supposai qu'il y avait quelque part dans le monde des labradors en burn-out et des gens préoccupés par ce problème), elle adorait cuisiner les muffins aux fruits rouges dans lesquels elle ajoutait en secret un peu de cannelle, elle regardait la série *The Crown* sur Netflix avec le sentiment frustrant d'être née pour porter un diadème, et son livre préféré, *La Promesse de l'aube*, était posé depuis si longtemps sur sa table de nuit qu'elle se demandait tous les matins en se levant de quelle promesse le livre pouvait bien parler.

Pour être honnête, je me méfiais des romans dans lesquels on rencontrait ce genre d'héroïne. Ces romans-là racontaient toujours la même et prévisible histoire de solitude désespérée, de rencontre lumineuse et de révélation flatteuse.

« Vous en voulez ? C'est moi qui les ai faits. »

Mon personnage raté de femme abandonnée m'avait tendu le couvercle d'un Tupperware sur lequel s'émiettaient une douzaine de muffins luisants.

« Je n'ai pas eu le temps de manger, continua-t-elle en promenant ses yeux minuscules sur mon manteau et sur le cuir taché de mes chaussures. En plus mon congélateur est tombé en panne à cause de l'orage d'hier soir. Tous les gâteaux et les soupes ont décongelé cette nuit. Je trouvais que les soupes, c'était trop compliqué à transporter. Ceux-là sont aux myrtilles. » Elle désigna deux muffins recouverts de mouches carbonisées.

L'air du couloir s'était densifié et formait à présent une gélatine compacte autour de mes épaules.

« Non merci, c'est très gentil », répondis-je, paralysé par cette irruption fracassante du réel dans le silence douillet de la fiction. Elle insista et me montra le sac en plastique à ses pieds.

« Ils vont être perdus. »

J'acceptai par faiblesse. Je fis vainement l'effort de chercher quelque chose de chaleureux à dire à propos des orages et des congélateurs. Quand je ne connaissais pas les gens, je me laissais généralement entraîner dans des ragots inconfortables ou je basculais avec eux dans le marécage des lieux communs. Être à la fois insignifiant et sympathique tenait pour moi du miracle.

« Ils sont délicieux », finis-je par articuler.

Elle hocha la tête avec un sourire ravi qui me fit froid dans le dos.

Je m'empressai de passer au deuxième patient qui, grâce à Dieu, n'avait pas une tête à cuisiner des muffins et ne ressemblait à aucun de mes clients. C'était un homme pourvu d'immenses yeux bleus et d'un cou extraordinairement long. L'anorak qui lui tombait des épaules et le sac à dos coincé à ses pieds trahissaient un style de vie juvénile. Je décidai de le nommer Charlie tout en résistant à la tentation de le gratifier d'une biographie à base d'orphelinat et de petits boulots mal payés. Charlie examinait le plafond avec un air indéfinissable qui laissait beaucoup de place à l'interprétation. À force de regarder Charlie, je finis par reconnaître en lui mon beau-frère à sa manie de s'interroger sur la manière dont « les mecs » avaient réussi à mettre la ventilation dans le faux plafond de sa cuisine. J'en conclus que Charlie était destiné à rester un personnage secondaire dans mes romans. Le genre de personnage qui distrait le héros de ses problèmes ou informe le lecteur de la météo et des difficultés de circulation routière.

L'inquiétude montait.

À quoi bon être capable de décrire un par un les grains de poussière de cet hôpital si je n'avais pas de sujet, ni d'histoire à raconter ? Certains auteurs du Nouveau Roman s'étaient débarrassés de la notion d'histoire mais je n'avais pas les épaules pour assumer une telle décision.

« Si on savait quelque chose de ce qu'on va écrire, avant de le faire, avant d'écrire, on n'écrirait jamais. Ce ne serait pas la peine. »

La veille, j'étais tombé sur *Écrire* de Marguerite Duras en cherchant un sablé au citron disparu entre les coussins du canapé. J'avais acheté ce livre deux ou trois ans auparavant, espérant y trouver de quoi éclairer les ténèbres de mon avenir littéraire. Autant dire que j'avais déchanté.

« Écrire, c'est tenter de savoir ce qu'on écrirait si on écrivait – on ne le sait qu'après – avant, c'est la question la plus dangereuse que l'on puisse se poser. Mais c'est la plus courante aussi. »

Quand on se donnait la peine de les prendre au sérieux, les phrases de Marguerite Duras étaient vertigineusement vraies mais on finissait vite par comprendre qu'il s'agissait plus de partager une douleur que de donner des conseils d'écriture.

« Écrire. Je ne peux pas. Personne ne peut.

Il faut le dire, on ne peut pas. Et on écrit. »

Je demandais quand même à Marguerite Duras de me donner un coup de main de là où elle était. Il fallait qu'elle m'aide à trouver un point de départ. « Machin est tombé amoureux de Machine qui ne l'aime plus. » C'était simple après tout.

J'étais incapable de m'embarquer dans l'écriture avec une intrigue si limpide. Ils allaient tous deviner, pensais-je en essayant de disperser les miettes de muffin sous mes semelles, ils allaient tous deviner que je parlais de mon amour pour Betty. Elle-même le devinerait dès la deuxième phrase. Et puis, me connaissant, j'allais tout de suite adopter ce ton larmoyant qui caractérisait mon rapport à l'amour et à la mort et que la vie quotidienne censurait efficacement.

J'avais tout de même des idées mais elles devenaient de plus en plus loufoques. La nuit précédente, j'avais cru tenir un sujet capable de révolutionner la littérature tant par la forme que par le fond. Ma joie au réveil avait été de courte durée. Parmi les mots que j'avais notés dans le noir, il était question de neige, d'écharpe et d'hôtel. À peine de quoi écrire un haïku. Mon manque d'envergure romanesque était flagrant.

Dessiner pendant dix ans la même maison en verre avait détruit ma créativité. Désormais, pensais-je en regardant le carrelage de la salle d'attente, toutes les idées que je parvenais à tirer du néant étaient lisses et creuses comme une maquette de projet immobilier.

La médiocrité de ma vie m'avait englouti.

Un type chauve sortit du cabinet du docteur Calfond. Un volumineux coude sur le comptoir, il se mit à tousser pour attirer l'attention de la secrétaire et demanda un nouveau rendez-vous. « Dans trois mois », précisa-t-il, en posant ses mains contaminées sur le comptoir où il venait de jeter sa casquette en tweed.

Dans trois mois, me répétai-je en examinant le rose innocent de mes ongles qui bientôt ne seraient plus ni roses, ni rien. Je fis rapidement l'inventaire de mes cheveux qui commençaient à grisonner, de mon abdomen plat et sans muscles, de mes jambes maigres et de mes yeux dont la lumière complice avait toujours réussi à se rallumer devant les miroirs. Dans trois mois, leurs formes et leurs douleurs auraient disparu.

La mort était assise au milieu de nos vies, telle une invitée silencieuse mais encombrante qui nous suivait du salon à la salle de bains en passant par la cuisine et le jardin. Pourquoi vouloir à tout prix s'en débarrasser ? Une amitié avec la mort m'apparaissait comme la plus reposante des idées.

6

La porte s'ouvrit à nouveau et le docteur Calfond apparut, blouse bleu ciel et pantalon en velours beige, les yeux baissés sur une feuille de papier.

« Pierre-Antoine Deltière. »

Le cabinet était aveuglant de lumière. Les persiennes en métal blanc avaient été à moitié relevées et le soleil de l'après-midi frappait la petite pièce avec intensité. Le docteur Calfond, adossé à la porte, me tendit sa main velue avec un air légèrement ironique. L'air ironique venait de moi, je le savais. Le fait que mon interlocuteur détienne des photographies de mes organes intensifiait sans doute le malaise.

« Ne faites pas attention au bazar dans cette pièce », dit-il en désignant les murs immaculés et la pièce quasiment vide.

Il s'était laissé tomber dans un fauteuil en cuir qui se mit à tanguer avec insolence. Un fauteuil quasiment identique à celui sur lequel ma cousine et moi avions joué aux réceptionnistes d'hôtel pendant tout un été pluvieux. En réalité, Alice m'obligeait à être le client, un rôle qui consistait à remplir d'innombrables formulaires tandis qu'elle soupirait en feuilletant un dictionnaire et en me répétant que l'hôtel était complet.

« Alors monsieur Deltière, cette gorge ? »

Je n'étais plus un patient comme les autres. Il avait vu les résultats de mes examens et savait ce qu'il avait à m'annoncer.

« Ça gratte ou ça pique ? »

Il dédramatise, observai-je avec pitié, et je ne le trouvais pas très bon dans le domaine.

Ravi pourtant de sa blague, il se redressa et saisit une paire de lunettes qu'il pointa devant l'écran de son ordinateur.

« On s'est vus quand la dernière fois ?

– Lundi dernier. Votre secrétaire m'a rappelé avant-hier pour me proposer ce rendez-vous.

– Ah oui, ils ont annulé mon tournoi de tir à l'arc. »

Rien que d'avoir évoqué ma gorge, je sentais déjà une lame pointue s'y enfoncer. Les effets de l'antidouleur que j'avais pris avant de venir s'estompaient.

« On devait tirer dans un parc magnifique à côté d'un étang. Les autorités ont annulé par sécurité. Risque terroriste, comme d'habitude. »

Il inspectait un document sur son écran en actionnant de façon incohérente sa souris vers le bas et vers le haut. J'imaginais la nervosité du patient ordinaire et savourais le fait d'être capable d'écouter les cliquetis du clavier et de la souris comme on écouterait la pluie tomber. Contrairement aux autres qui faisaient à chaque instant semblant de l'ignorer, je savais que j'étais condamné.

« Vous avez déjà vu un terroriste avec des flèches et un arc ? ironisa-t-il en se tournant vers moi.

– Un peu dans les westerns.

– Ah oui, dans les westerns, c'est vrai. » Il approcha son nez de l'écran sans chausser ses lunettes. « Attendez deux minutes, il faut que je demande à Sylvie un truc car il me manque des éléments de votre dossier. » Il appuya sur un bouton et fit la demande à sa secrétaire d'une voix sèche. « Elle est nouvelle. » Il donna une petite tape à un Marsupilami en plastique posé à côté de son clavier. La queue en forme de ressort fit osciller la figurine.

Je réprimai un inconfortable fou rire comme si tout à coup je réalisais que je n'étais pas à la hauteur de ce que l'on allait m'apprendre. Calfond chantonnait pour donner le change. J'essayai de deviner le paysage qui se cachait derrière les persiennes. Il fallait que je réussisse à m'extraire de la pièce et de cette attente insoutenable. Une partie de moi hésitait cependant à lui faciliter l'annonce de la mauvaise nouvelle en abordant le sujet.

« C'est grave, vous pensez ?

– Pas tant que ça. Il faut que je vérifie quelque chose mais visiblement notre Sylvie a des problèmes avec le classement des dossiers.

– Ça se soigne ?

– Mais bien sûr mon ami. Tout se soigne, même le divorce. »

Cette soudaine menace de confidences conjugales me poussa à me taire pour de bon.

La secrétaire entra et repartit dans un courant d'air parfumé à la violette. Calfond interrompit ses chantonnements. Une chemise en carton bleu était posée sur le bureau. J'avais l'impression d'être dans un film et que quelqu'un avait appuyé par erreur sur la touche ralenti.

Calfond mit enfin ses lunettes et passa en revue les feuillets avec son gros pouce. Je notai qu'en seulement deux rendez-vous, mes douleurs à la gorge avaient déjà suscité une importante paperasse. Cette production me rassura sur le sérieux de mon cas.

« Putain, quel bordel. »

Parlait-il du désordre de Sylvie ou du pullulement des cellules cancéreuses autour de mon larynx ? Un élancement douloureux me traversa le gosier.

« Vous êtes parti récemment en vacances ? » Il repoussa le dossier avec dégoût.

« Non, pas spécialement. En janvier, on est allés à la montagne avec les enfants. Faire du ski.

– Pas de petit week-end en Italie avec votre femme ? »

Il essayait déjà de me suggérer de profiter de la vie pour faire face à la maladie, pensai-je. Un tel niveau de lâcheté me paraissait méprisable.

« Non. Et pour les examens, ça donne quoi ?

– Eh bien, je ne vous cache pas que la première fois qu'on s'est vus, j'étais un peu inquiet. En fait, vos symptômes ne correspondaient à aucun diagnostic précis. Et souvent, dans ces cas-là, c'est un peu du Molière.

– Du Molière ?

– Enfin, je veux dire du cinéma, quoi. Le patient est hypocondriaque, si vous voulez. Mais vous, vous n'avez pas le profil, je sentais bien que vous ne me racontiez pas des âneries. Vous avez autre chose à faire que traîner dans des couloirs d'hôpital, ça se voit. »

Je hochai la tête sans la moindre idée de ce qu'il était en train de me dire.

« Bref, j'ai discuté avec un collègue et j'ai eu une idée. C'est pour ça que je vous ai fait passer d'autres tests en début de semaine et que je vous ai demandé de revenir. En gros, j'ai une bonne et une mauvaise nouvelle. Par quoi on commence ?

– La mauvaise, je préfère.

– OK. Vous allez devoir prendre des médicaments à vie. »

Il me scruta. C'était quand même une façon drôlement édulcorée de parler des soins palliatifs. Sans doute assez professionnelle. Qu'allait-il trouver comme bonne nouvelle ? Une chimiothérapie aux fraises Tagada ?

« Et la bonne ?

– Vos symptômes ne sont dus qu'à une allergie aux cyprès. »

Pour être honnête, je ne me souviens plus de ce que j'ai ressenti sur le moment. Sans doute un mélange de déception et de détermination.

Je me souviens d'avoir marché jusqu'à la boutique dans le hall de l'hôpital. Je me souviens aussi que je me parlais pour me calmer. La voix en moi disait qu'elle me comprenait, qu'il fallait être patient, que je n'étais pas si seul et que tout cela avait un sens. C'était un drôle de discours mais au moins il était apaisant.

J'étais devant le réfrigérateur des boissons en train de contempler les canettes de bière sans alcool quand mon téléphone a vibré. Les pupilles électrisées par la lumière blanche des néons, j'entendais les bourdonnements ennuyés de Christian à propos des sols fissurés.

« La compagnie d'assurances a commandé une nouvelle série d'expertises. »

Ce que Christian marmottait d'une voix grave dans mon téléphone se diluait aussitôt dans mon cerveau. Le visage rafraîchi soudainement par une brume froide en provenance des étagères frigorifiées, je réfléchis à ces gens qui travaillaient autour de moi et dont je ne percevais plus que les vrombissements et les froissements.

« Je viens d'avoir le responsable de l'urbanisme au téléphone. Ils seront tous présents demain matin. Même ce crétin de Jouraud », ajouta Christian. Il y avait toujours un crétin et j'avais longtemps trouvé ça réconfortant.

« Sinon, une certaine Mme Jarzeille a appelé tout à l'heure et demandé à te parler. Il paraît que personne ne l'a recontactée pour l'étude de faisabilité et l'avant-projet de sa maison. Elle dit aussi que tu lui as envoyé une publicité pour une salle de sport. Enfin, je n'ai rien compris mais elle n'avait pas l'air de rire.

– Christian, ça va être un peu difficile d'être là demain, j'ai un pépin de santé. »

Mon associé produisit un son qui ressemblait vaguement à l'effondrement d'une dizaine de dossiers.

« Delphine m'a dit que tu avais un rendez-vous médical. Rien de grave, j'espère ? »

Visiblement mon assistante ne s'était pas contentée de mâcher sa salade de quinoa pendant la pause-déjeuner.

« Non, rien de grave. Enfin, tu connais les médecins, quand tu les écoutes, tu es persuadé qu'il faut brûler tes papiers et faire tes prières. Je reste optimiste. Terriblement optimiste.

– Je comprends, souffla Christian, dont j'admirai la discrétion prosaïque.

– Sinon, je crois que l'expert a raison à propos des fissures. Nous devrions être beaucoup moins arrogants sur le sujet. Tu le sais comme moi, les fissures ont toujours fait partie de nos projets. »

En raccrochant, mon nez était froid et rouge, mes mains étaient gelées, et je venais d'acheter un milk-shake au lait d'amande sans sucre et cent pour cent vegan.

Sur le parking, je reconnus près de la caisse automatique la silhouette de la femme aux muffins. Elle m'adressa un signe avant que je puisse songer à refaire mes lacets derrière un pilier. Son anorak en satin violet était couvert de miettes grasses.

Elle me fit un clin d'œil, sa carte bancaire en l'air : « Vous aussi, c'est les cyprès ? Cela fait des années qu'il nous soigne, moi et ma sœur. Le cyprès toutes les deux. Du coup je reviens tous les six mois pour l'ordonnance. Le cyprès, c'est sa spécialité au docteur Calfond. Même mon pauvre Vladimir, il lui avait trouvé la fameuse allergie.

– C'est votre mari ? demandai-je, surmontant le trouble que me causait cette accumulation d'allergies au cyprès.

– Oui, Vladimir avait aussi de la sinusite. Il est mort dans un accident de voiture il y a cinq ans.

– Je suis désolé. » Je luttais pour ne pas imaginer un homme conduisant un break vert avec des fauteuils en cuir défoncés.

« Ne faites pas cette tête-là. Il venait de me quitter. »

J'avais furieusement envie de savoir si elle avait lu *La Promesse de l'aube* mais je sentais que ce n'était pas une bonne question à poser.

La machine s'éclaira en bleu et recracha un ticket de parking, qu'elle glissa dans sa poche d'anorak. Il me semblait que j'avais quelque chose à dire mais les mots s'éparpillaient dans ma bouche comme les perles d'un collier défait.

« Je suis certain, commençai-je sans l'ombre d'une certitude, je suis certain que là où il est, votre mari vous aime encore. »

Elle leva la tête, les bras chargés de ses sacs et d'un affreux bouquet de marguerites roses.

« Il n'est jamais trop tard pour devenir un bon mari », dit-elle en désignant la machine, dont l'écran proposait d'introduire un nouveau ticket.

7

La galerie Coltard & Deltière avait déménagé quelques mois plus tôt et les travaux étaient terminés depuis deux ou trois semaines à peine. J'avais refusé de m'occuper du projet personnellement. L'architecte, un confrère un peu plus jeune qui collaborait avec nous sur certains chantiers, s'était inspiré de l'atrium que j'avais dessiné pour les bureaux du siège de FINCO. On y retrouvait les grandes alvéoles de béton, la double façade en verre, les proportions ratées du comptoir d'entrée et les toilettes dessinées à l'envers. Comme tous les clients, Betty avait voulu quelque chose de lumineux et d'élégant, et comme la plupart des clients elle était satisfaite de la blancheur douloureuse que renvoyaient à la fois les murs, l'éclairage et les vitres immenses.

En tant qu'architecte, j'avais presque toujours collaboré à l'armée du présent et à son massacre du passé mais j'entrevoyais de plus en plus les présences tremblotantes de papiers peints fleuris, de jardins abandonnés, de petites fenêtres oubliées, de chaises vides et de cadres décrochés.

Plus que la réalisation actuelle et ses inévitables défauts, c'est l'ancien bâtiment qui occupait mon esprit quand je scrutais la nouvelle façade. Il s'agissait d'une quincaillerie aux vitres poussiéreuses, prolongée à l'arrière par une bicoque lézardée et une cour remplie de chats et de rosiers dégénérés. Betty et son associé avaient acheté la parcelle à un vieil homme qui depuis quarante ans remontait tous les matins les volets de sa boutique déserte pour observer les passants. J'avais accompagné Betty lors de la première visite et l'homme nous avait servi des verres de sirop de fraise en nous désignant avec ses bras maigres deux fauteuils en osier à côté de son comptoir. Debout, se tenant au manche d'un balai dont l'étiquette jaune indiquait un prix en anciens francs, il nous avait longuement parlé de sa femme. Ils avaient vécu là tous les deux dès leur mariage et avaient fourni tout le quartier en lessive et en savon pendant plusieurs générations. Sa femme, passionnée de jardinage, était incollable sur les engrais et les maladies des plantes en pot. Grâce à elle et à ses conseils, les balcons de la rue avaient été selon lui les plus fleuris de la ville. À force de l'entendre décrire ses mérites, nous avions compris que son épouse avait rejoint les ombres de son magasin. Il avait un peu bougonné à propos du temps et des clients qui ne reviennent pas, puis il nous avait adressé un long sourire avec ses cinq dents. L'agent immobilier l'avait remplacé lors des visites suivantes et c'était une jeune femme qui s'était présentée le jour de la vente. J'étais à peu près sûr que Betty avait balayé le souvenir du vieil homme, de sa chemise à rayures vaillamment repassée et des petits grillons en métal accrochés à la porte d'entrée. Je ne savais pas ce qu'il était devenu mais j'avais eu plusieurs fois l'impression d'apercevoir sa silhouette voûtée parmi les visiteurs de la galerie.

Mon téléphone affichait trois nouveaux messages urgents, une publicité à propos d'un livre sur l'éducation bienveillante des enfants sociopathes, un rappel de facture d'électricité impayée et la même publicité pour la salle de sport que j'avais transférée par erreur la veille à Catherine Jersay. Il était 18 heures et je savais que personne n'oserait pointer son museau à cette heure-là. Même les nantis qui avaient l'air de sortir toute l'année d'une piscine chauffée attendaient la nuit pour exhiber leur ennui sophistiqué et leurs cheveux mouillés.

J'hésitai à faire demi-tour pour marcher dans le quartier. Qu'allais-je dire à Betty ? Mon absence de cancer m'avait secoué. À quoi bon avoir mal à la gorge alors ? Je ne voulais pas mourir dans un accident de voiture. Ça n'avait rien à voir avec la peur de souffrir car je ne me faisais pas trop d'illusions sur les cancers de la gorge. Ça n'avait rien à voir avec la peur du choc non plus. Les chocs ne m'impressionnaient pas. J'avais suffisamment eu l'occasion de les expérimenter en tombant des arbres quand j'étais gosse. En réalité, on avait seulement le souffle coupé et c'était tout cet air coincé dans la cage thoracique qui donnait envie de vomir. La véritable douleur arrivait bien plus tard, quand les gens rassemblés autour de vous commençaient à raconter des blagues qui n'avaient plus aucun rapport.

Non, le problème avec les accidents, c'est que la plupart du temps on n'avait pas le temps de dire au revoir.

Je voulais dire au revoir à Betty. Je voulais sentir son joli cou de cygne s'enrouler dans le creux de mon épaule. Je voulais qu'elle me redise les mots maladroits de nos premiers rendez-vous. Je voulais écouter avec elle la musique cachée que jouaient les choses silencieuses autour de nous. Je n'avais rien contre les regrets. Tout était mieux que l'indifférence.

Et puis, il y avait aussi mes enfants qui me regardaient comme le passager anonyme d'une rame de métro et qui s'étonneraient un jour que je sois descendu plus vite que prévu.

Il fallait que je fasse ma révérence.

La porte vitrée à double battant était ouverte et deux flambeaux brûlaient à l'entrée, laissant des traînées noires dans l'atmosphère tiède du soir. Il faisait un peu chaud à l'intérieur. La climatisation était peut-être à nouveau en panne. Je me sentis guilleret. Toujours cette joie qui se déversait sans crier gare, insensible à ma médiocrité, à ma lâcheté et à ma mort.

Dans la première salle, quasi vide, un couple âgé chuchotait. Le sol en béton lissé blanc se confondait avec les murs et le plafond. Cet espace sans délimitation déclenchait une impression de flottement auquel je mis quelques minutes à m'habituer.

« L'art contemporain, c'est comme la cuisine moléculaire, c'est soi-disant intelligent mais on cherche juste à nous détraquer le cerveau et l'estomac », m'avait confié un inconnu coiffé d'un chapeau à plumes lors de l'inauguration d'une biennale en Allemagne.

J'avais devant moi une sorte d'araignée géante dont les pattes ondulaient au gré de courants d'air produits par des ventilateurs. Ce grand nœud de sacs-poubelle qui flottait dans l'air à quatre mètres du sol était sans aucun doute la pièce maîtresse du fameux Tchèque.

Pourquoi l'artiste s'était-il acharné à nouer des sacs en plastique au lieu d'aller faire ses courses ou de téléphoner à sa psy ? Pourquoi fallait-il admirer cette chose-là plutôt qu'une flaque d'eau sur un trottoir ? « Pourquoi ? » était la seule et désespérante réaction de mon cerveau engourdi. Rejeté dans les ténèbres de l'incompréhension, je mourrais comme un hérétique, séparé à jamais de Betty, de l'art contemporain et de ses bienfaits.

Guillaume, l'assistant de Betty, avait glissé dans ma direction, les deux mains sur les hanches de son pantalon framboise.

« Vous tombez bien, je suis à deux doigts de rentrer au monastère. Tous ces gens qui s'énervent pour un brunch auquel ils ne comptaient pas aller, l'humanité me déçoit et m'épuise.

– Quel brunch ? demandai-je en essayant de détacher mon regard des filaments noirs au-dessus de nos têtes.

– Celui de dimanche dernier qu'on a été forcés d'annuler. Betty ne vous a pas dit ? On n'a pas eu le choix, les œuvres n'étaient pas arrivées. Le chauffeur du camion, un Roumain, a fait une varicelle pendant le trajet. Il se grattait tellement, il a dû s'arrêter trois jours sur une aire d'autoroute. Du coup, ici, il n'y avait rien. Mais vraiment rien, quoi. » Guillaume balaya la pièce avec le bras. « Moi j'avais suggéré à Betty d'organiser une expo du style "œuvres absentes dans galerie vide". C'était très malévitchien mais Édouard n'était pas d'accord. Il n'était pas sûr de la rentabilité de l'événement. C'est son côté terre à terre, son côté bourgeois. Du coup, tous ces jolis collectionneurs sont en colère parce qu'ils pensent qu'on a invité d'autres collectionneurs à leur place, des collectionneurs vulgaires, ceux qui achètent, ceux qui spéculent. Donc voilà, ils boudent.

– Ça doit être mignon, un collectionneur qui boude. J'aimerais bien voir ça. Où est Betty ?

– Dans le bureau avec Édouard et Milosević.

– Milosević ?

– Ouais, c'est comme ça que je l'appelle. En vrai, il me fait peur, je préfère aller gambader ailleurs. Et si vous cherchez Annabelle, elle est en train d'essayer toute sa palette de gloss dans les toilettes. Moi je dis rien mais c'est pas comme ça qu'on va séduire le MoMA. »

Milosević, Milosević, me répétai-je en traversant le néant blanc de la galerie.

J'avais toujours un mal immense à trouver quelque chose à dire aux protégés de Betty. Les artistes vivaient sur leur planète et je ne voyais pas l'intérêt d'entreprendre un épuisant voyage intergalactique. Généralement, je réglais le problème en leur posant des questions maladroites sur les aspects techniques de leurs œuvres. J'avais acquis une expertise sur la tapisserie en fil de chewing-gum, la décapitation de poupées, la peinture sur clous et la torsion de tubes au néon. Désormais, je me réjouissais également de découvrir les mystères du nouage de sacs-poubelle.

Le bureau était situé en haut d'un escalier dont les marches, aussi blanches que le reste, étaient quasiment invisibles. Les stores étaient baissés et comme toujours j'avais plus ou moins l'impression de débarquer au milieu d'un complot.

« Hello mon vieux ! Qu'est-ce que tu fous là ? Allez, entre. »

Édouard, une fesse posée sur son bureau, m'accueillit en ronronnant comme un matou ivre. En face de lui, un colosse assis sur un tabouret regardait ses baskets vert fluo en joignant les mains.

« Je te présente l'artiste, Miloslav Blašek. Le Jeff Koons de l'Est, le Pollock des Balkans, le Delvoye des steppes…

– Édouard, je ne trouve pas la liste des prix pour la série *Détritivore.* »

Betty, que je n'avais pas vue dans la pénombre, me fit un signe de tête. Le chemisier en mousseline verte du matin était devenu une blouse rose brodée de motifs indiens et le pantalon doré avait disparu au profit d'un autre pantalon très blanc et très ajusté qui lui donnait une démarche d'oiseau. Une lumière inquiète brillait dans son regard.

« On s'en fiche, on avait dit qu'on n'exposait pas cette série, répondit Édouard en balançant sa jambe contre le bois du bureau.

– Mais certains clients voudront peut-être connaître les prix puisqu'ils auront vu les œuvres sur l'invitation le mois dernier.

– Tu rigoles, ils ont déjà oublié. Qu'est-ce que tu veux qu'ils aillent déterrer des vieilles merdes alors qu'ils ont sous les yeux des trucs hallucinants ?

– Doriane Houraz m'en a parlé au téléphone hier après-midi.

– C'est une emmerdeuse. Même son mari le dit. Et alors Pierre, comment ça va ? Les chantiers, ça avance ?

– Oui, oui. Une brique par-dessus l'autre comme toujours.

– Betty m'a dit que tu étais un peu fatigué, que tu avais attrapé un truc à la gorge. Tu travailles trop, mon vieux.

– Oh. Pas tant que ça. Les clients se sont tous mis d'accord sur la même maison. C'est reposant.

– Qu'est-ce que tu penses du truc ?

– L'expo ? Bah, tu me connais. J'attends d'avoir les explications.

– Allez, Pierre, un type brillant comme toi, tu ne vas pas me dire que tu n'as pas un avis ? Que tu ressens pas un truc ? C'est fou, d'être obtus à ce point. Moi je peux te dire que ce machin-là, c'est pas de l'eau plate. Ça va nous péter à la figure parce que c'est grandiose. Le truc de l'artiste chinois là à Venise, à côté, c'est de l'animation de supermarché.

– Raconte un peu à Pierre comment tu as rencontré Milo, suggéra Betty.

– Nous avons fait la connaissance de ce génie à une foire à Cologne, l'automne dernier. Il habite une vieille ferme pourrie avec sa mère dans la banlieue de Prague. La boue, dans ce truc. T'aurais dû voir la tête de mes chaussures et de mon pantalon. Deux galeristes new-yorkais étaient venus une semaine avant. Aux États-Unis, ils se l'arrachent déjà. Le mec a déjà quatre expos prévues cet été dont deux à Miami et une à Los Angeles.

Et pas des galeries de cour de récré mais des grosses usines à l'américaine. N'est-ce pas, Betty ? »

Betty, debout derrière son bureau, feuilletait une pile de feuilles avec la vivacité d'un écureuil menacé. Éclairé par son écran d'ordinateur, son visage avait encore un peu maigri. Ses pommettes me paraissaient plus larges et ses yeux commençaient à se creuser sous l'arcade élégante de ses sourcils.

« Oui, des sacrées bonnes galeries », confirma-t-elle en extrayant un papier de la pile.

À cet instant, j'aurais voulu qu'elle abandonne ses feuilles mortes et son agitation de rongeur. J'aurais voulu qu'elle lève son beau visage vers moi et devine l'intensité de ce que nous allions traverser.

Elle parlait avec le Tchèque, qui s'était subitement redressé, laissant apparaître un message écrit en lettres roses sur son tee-shirt gris : « Love me ». J'essayais d'associer en vain le personnage, la phrase et la brigade de sacs-poubelle volants. Comme la plupart des artistes, celui-là me semblait avoir soigné son énigme. Affalé sur le dossier de sa chaise, les mains touchant presque terre, il écoutait Betty avec une grimace étrange sur la bouche. Il avait l'air exténué ou peut-être excédé. Betty s'était accroupie pour mieux lui expliquer quelque chose. Elle répétait des mots en anglais et dessinait dans l'air un rectangle à l'aide de son index.

« Il y a un problème avec Milo ? demanda Édouard soudain agacé.

– Non, il n'est juste pas convaincu par l'accrochage de la série n° 4.

– Je ne comprends pas, il était là quand on a décidé la disposition et quand Anaïs a fait les réglages. Elle m'a dit qu'il avait même changé trois fois d'avis pour le dernier.

– Oui mais il n'aime pas le résultat, murmura Betty.

– Il se fout de notre gueule ou quoi ?

– C'est un Tchèque, pas un extraterrestre, il comprend ce que tu dis », siffla Betty, chez qui je reconnaissais les symptômes du mépris.

Annabelle, l'assistante d'Édouard, s'était glissée dans la pièce et nous observait avec des yeux vides. Guillaume prétendait qu'elle était payée pour faire la gueule aux visiteurs et poster des photos de bouteilles de champagne sur les réseaux sociaux. Ce jour-là, elle portait une robe très courte en tulle et un petit pli au niveau du front en désaccord avec sa jeunesse. Je ne lui avais jamais parlé mais souri des dizaines de fois car c'est elle à l'époque qui était chargée des photos lors des vernissages.

« Il y a du monde, Annabelle ? » l'interrogea Édouard dont l'air confiant était revenu comme par magie. Il laissa tomber un mocassin et remua le bout de sa chaussette rouge.

« Un couple d'inconnus un peu âgés, une Japonaise en espadrilles et le monsieur de l'alarme.

– Il est tôt de toute façon, se rassura Édouard. Tu leur as distribué les fiches ? »

Betty intervint :

« Le type de l'alarme ? Il a réparé la zone D ? demanda-t-elle sur un ton qui laissait percer à nouveau son angoisse.

– Quelle zone D ? s'enquit Édouard occupé à réenfiler son mocassin.

– Celle qui clignote en rouge sur le cadran, dit Betty. Je crois que l'alarme est désarmée depuis avant-hier. J'ai appelé l'installateur, il m'a promis d'envoyer quelqu'un dans l'après-midi. Annabelle, tu peux voir s'il s'agit bien de ça ? Et au passage, dis à Anaïs qu'elle peut sortir les bouchées au pesto et commencer le service.

– Elle est partie acheter du scotch double face, il y a une des extrémités de l'étoile de mer bleue, celle dans la salle du fond, qui s'est détachée.

– C'est une blague ?

– Non, on a essayé avec de la colle mais ça ne séchait pas. Elle a pris votre voiture pour aller plus vite.

– On ferait mieux de prendre une petite flûte pour se rendre aimables, suggéra Édouard. Ça te dit, Pierre, un peu de champagne ? Un couple de Suisses m'a téléphoné ce matin. Ils voudraient acheter *Luidia maculata* et avaient besoin des dimensions de la bête pour savoir si elle entrait dans leur hall. Du champagne, Betty ?

– Non merci. Je croyais qu'on réservait cette pièce à une institution. Tu étais en contact avec le directeur du musée de Strasbourg, non ?

– Mais il est un peu timide finalement. Milo est trop fulgurant pour eux. Ils le récupéreront dans cinq ans quand les médias l'auront digéré. En parlant de ça, j'ai lu le texte de René Garond hier soir dans l'avion. C'est très bien mais ça crame la casquette. Je sais bien qu'on est une galerie intello mais on n'invite quand même pas Roland Barthes à nos vernissages. »

Betty se rassit à son bureau. Quelque chose dans l'inclinaison de son dos indiquait qu'elle tentait de reprendre le contrôle. Elle n'avait souri à aucune des demi-plaisanteries de son associé. Elle lui répondit que l'auteur du texte parlait tchèque, qu'il avait rencontré plusieurs fois Miloslav à Prague l'été dernier et que celui-ci était très satisfait de ce qu'il avait écrit à propos de son travail, notamment sur ses inspirations schopenhauériennes et sa pratique biographique de l'art.

« Tu vois, Pierre, dit Édouard en se tournant vers moi, cette fois-ci avec Milo on expose du sérieux. »

Édouard était plus rusé qu'honnête, ce qui en faisait un associé assez médiocre mais un interlocuteur amusant. À vingt-huit ans, il avait déjà fait fortune grâce à une affaire de chasses d'eau musicales et avait rassemblé une très sérieuse collection de collages surréalistes qu'il prêtait à des musées. Il avait en réalité découvert un ou deux artistes oubliés et récoltait la gloire que les malheureux n'avaient pas eue. On le voyait beaucoup dans les magazines. Les journalistes avaient de l'imagination et lui posaient des questions sur sa façon de cirer les chaussures ou d'envisager les vacances du futur. À l'époque, je travaillais énormément, mais dès que je me trouvais par accident dans un endroit branché, il était là, un verre à la main, en train de raconter des histoires interminables à l'oreille de types plus grands et plus bronzés que lui. Un jour, il m'avait confié qu'il n'avait pas de succès avec les femmes à cause de son absence de diplôme. Il n'avait pas trop l'air d'y croire mais cet aveu m'avait touché. Il avait disparu des soirées et des restaurants à la mode pendant une quinzaine d'années. Je l'ai revu par hasard à l'entracte d'un concert donné dans les jardins d'une nouvelle fondation d'art située à la périphérie de la ville. Sa veste posée sur l'épaule, il parlait de la galerie qu'il était en train de créer et des nombreux partenaires qu'il avait refusés. Betty avait commandé un deuxième gin-orange dont elle croquait les glaçons en nous écoutant parler. Le bruit que faisaient ses dents me perturbait en face d'Édouard dont je peinais à suivre le bavardage. Un glaçon dans la joue, elle nous avait interrompus en déclarant qu'elle se voyait très bien s'occuper d'une galerie et que c'était d'ailleurs son unique vocation. Aussi surpris que moi, Édouard avait accepté le soir même de s'associer avec Betty, dont il n'avait sans doute perçu que le profil de statue grecque et le carnet d'adresses. Le carnet d'adresses en question comportait le numéro d'une vieille amie de lycée devenue hôtesse de l'air, celui du pédiatre des enfants et de la pizzeria du coin qui nous livrait notre dîner un soir sur trois. En quelques semaines, Betty avait acquis un avis sur tout ce qui s'exposait dans les galeries et les musées de la région, et au bout de trois mois elle affichait une contrariété à l'égard de tout être humain qui s'aventurait à émettre des doutes sur les qualités esthétiques de la postmodernité artistique.

Betty m'adressa un geste insignifiant et quitta la pièce suivie de Milo. Édouard, qui n'avait pas cessé de parler, me servait déjà un verre de champagne en me décrivant la dégringolade qualitative des galeries parisiennes. Je fus tenté un instant de lui raconter que j'avais un cancer, histoire d'observer sa réaction et de me mettre en condition. Je pense néanmoins que cela nous aurait embarrassés tous les deux. La seule faiblesse qu'Édouard prenait en considération, c'est celle qu'il débusquait chez les autres pour l'exploiter à son avantage.

Il devait être près de 19 heures et le brouhaha indiquait que les salles avaient commencé à se remplir. Édouard, qui n'écoutait déjà plus ce qu'il me disait, venait de prendre congé pour recueillir les commentaires élogieux de ses amis collectionneurs qui, quoi qu'il en dise, me semblaient à chaque fois moins nombreux.

Du haut de l'escalier, je vis que le couple de tout à l'heure n'avait toujours pas trouvé la sortie. Muets, et courageux, ils progressaient d'une œuvre à l'autre. L'homme portait une veste trop grande et lisait avec application la fiche de l'exposition. Le tremblement de sa femme à ses côtés trahissait leur détresse. J'avais envie de leur dire d'oublier ces détritus faussement métaphysiques et de profiter du temps terrestre qui leur restait à vivre. Mais une jeune rousse marchant sur la pointe des pieds dans un long manteau en fourrure rose m'en empêcha. Elle désigna avec l'angle de son téléphone un bocal géant rempli de confettis et d'écrous. « Je peux photographier ? »

À l'heure de Wikipédia et de l'information à la portée de tous, les gens recherchent dans l'art un savoir incarné et transgressif. Comme tout le monde, ils savent mais ils savent différemment, la réalité ayant été colorée et secouée, elle forme désormais une sorte de mousse bizarre qu'ils boivent en souriant.

Je faisais malgré moi partie de cette sublimation puisque le mari de la galeriste est l'homme le plus sollicité d'un vernissage. Après sept ans de présence aux événements mondains de cette bicoque, je n'avais plus aucun doute sur les enjeux stratégiques de ma position. Les gens semblaient tellement persuadés qu'Édouard et Betty étaient occupés à signer des contrats avec Dieu et ses conseillers artistiques qu'ils préféraient venir vers moi quand ils voulaient connaître le nom de l'artiste ou savoir si les œuvres étaient réellement à vendre. Guillaume et Annabelle leur paraissaient trop jeunes, trop insolents aussi. Les visiteurs me voyaient sortir du bureau, discuter avec Betty, inspecter les fenêtres avec ennui, et comprenaient vite que j'étais un interlocuteur à leur hauteur. Beaucoup ignoraient que j'avais reçu le prix de Rome pour des bâtisses en verre. Hélas je profitais assez peu de mon anonymat car les questions étaient loin d'être reposantes :

« Ça existe le postmodernisme en Tchéquie ?

– Je ne vois pas bien : c'est un pied ou une oreille ?

– C'était lui à la FIAC ?

– Les sacs-poubelle, c'est autobiographique ? »

Je faisais toujours l'effort de répondre. Depuis que Betty m'avait surpris un jour en plein délire interprétatif auprès de collectionneurs sérieux, je me contentais de donner les dimensions des œuvres au millimètre près, agrémentées parfois de renseignements sur la marque de la colle utilisée ou le nombre de tubes de peinture vidés. Il m'arrivait de regretter mon hostilité à l'égard des pièces exposées et je finissais par chercher Guillaume pour obtenir quelques éclaircissements. Chargé de traduire les communiqués de presse en anglais, en flamand et en hébreu, l'assistant de Betty avait acquis une certaine habilité dans la dentelle rhétorico-artistique. Mais ce que j'aimais surtout chez lui, c'est qu'il n'avait jamais l'air de croire à cent pour cent ce qu'il me disait. Il m'avait confié un jour qu'il aurait été doué pour concevoir des navettes aéronautiques mais que sa mère l'avait inscrit de force en histoire de l'art. Je ne savais pas quel genre d'enfance Guillaume avait eu mais je supposais qu'il avait dû attendre longtemps pour qu'on le prenne au sérieux et qu'il avait fini par renoncer.

Ce soir-là, parmi les invités et les badauds entrés par erreur dans la galerie, je reconnus quelques habitués. Il y avait cette avocate au menton très pointu qui vous dévisageait comme si elle cherchait à vous rappeler une situation humiliante de votre vie, ou bien ce photographe de mode qui ne pouvait s'empêcher de jouer avec les franges de son écharpe qui finissaient toujours par atterrir dans les verres de ses interlocuteurs. Je discutai aussi distraitement avec un couple d'Argentins adorables qui m'expliquèrent s'être installés en Europe pour les études de leur fils. Ils avaient acheté un petit château en granit rose dont ils venaient de refaire la toiture et d'assainir les douves. Malheureusement leur fils était reparti entretemps se cacher en Amérique latine à la suite d'un trafic qui avait mal tourné, me confia la femme pendant que son mari inspectait un sac-poubelle rempli de clefs rouillées.

« C'est très fort mais qu'est-ce que ça dénonce ? » demanda une dame au nez brûlé à son amie qui croquait un radis.

Je ne voulais pas que mon roman dénonce quoi que ce soit, pensais-je en les écoutant débattre sur le fait que l'exposition soit une allégorie de l'écomodernisme ou un hommage désabusé à l'État providence.

Je ne croyais pas dans les vertus d'un art moralisateur qui encapsule des idées prêtes à consommer. Les idées se déguisaient vite en concepts et les concepts, j'en étais convaincu, obscurcissaient chaque jour un peu plus le monde. Les écrans et les concepts, c'étaient la même chose. Un jour tout finirait par disparaître derrière eux. Il n'y aurait plus de vieilles dames et de vergers, plus d'enfants aux joues rouges, ni de toits sous la lune, seulement des écrans et des concepts.

« Et comment tu conçois la lutte des minorités en te passant des concepts ? » me rétorquait souvent Betty excédée par ce discours qu'elle jugeait à la fois réactionnaire et idéaliste.

Je répondais que les concepts n'avaient jamais libéré personne et que ce qu'il fallait avant tout libérer selon moi, c'était le regard et la sensibilité. Mais Betty en général avait déjà cessé de m'écouter.

Les gens ne croyaient plus dans les discours politiques et économiques mais ils s'accrochaient encore à ceux de l'art. La parole des artistes était comme celle des enfants, elle disait la vérité. Il me suffisait de côtoyer certains des énergumènes qu'exposait Betty pour trouver que la légitimité de l'art à nous donner des leçons ou nous faire penser ceci ou cela était douteuse. Les artistes étaient des victimes comme les autres. Surtout quand ils se contentaient d'exploiter leur colère.

Ça, bien sûr, je ne le disais pas à Betty. L'« arengagé », répétait-elle comme pour justifier la méchanceté et la mocheté des œuvres qui s'étalaient dans sa galerie.

J'étais bien conscient que l'art n'avait jamais été une coquille vide. Chaque époque lui avait fait endosser des responsabilités. Si je devais donner une mission à l'art aujourd'hui, me dis-je galvanisé par les bulles acides du prosecco, ce serait de réconcilier les gens avec le réel. Il fallait retranscrire le bavardage silencieux des mains, recenser les hontes insoupçonnées, enquêter sur la poésie des fenêtres allumées, décrypter le langage des vêtements, réhabiliter la musique des lave-vaisselle, traquer les conversations de couloir et toutes ces choses minuscules que l'humanité oubliait sans cesse de regarder et d'écouter. Plus que de dénonciations, nous avions besoin de comprendre et d'apprendre à aimer ce chaos dans lequel la naissance nous avait plongés.

« J'ai rencontré votre sœur dernièrement, une femme exquise, me glissa un collectionneur de vitraux anciens qui curieusement avait ses habitudes à la galerie.

– J'en suis certain mais ce devait être quelqu'un d'autre car je n'ai pas de sœur », répondis-je.

Il protesta, sûr de ce qu'il disait. « Même nez, même humour et même nom », affirma-t-il. Quelqu'un de normal aurait été intrigué par l'histoire du nom mais moi, c'était l'humour qui m'inquiétait.

Je fis un tour dans les salles pour vérifier si les œuvres de Milo avaient la faculté de se tordre ou de se mettre à danser comme les soleils verts mais aucune d'entre elles ne tenta le moindre mouvement à part, bien sûr, les tentacules en plastique noir qui ondulaient sans magie sous l'effet des ventilateurs.

Adossé au comptoir de l'entrée, où je me versais le troisième verre de prosecco de la soirée, j'aperçus un petit groupe de jeunes qui revenait des salles du fond. Leurs baskets blanches et leurs sacs en toile permettaient de les identifier. Ils avaient beau arborer des signes d'affranchissement du style piercings, cheveux bleus ou béret moche, les étudiants des beaux-arts qui fréquentaient la galerie avaient selon Betty autant d'audace que des huîtres à Noël.

« Ceux de cette année sont encore pires que les précédents, chuchota Guillaume en me donnant un coup de coude qui envoya discrètement la moitié de mon prosecco au fond d'un sac à main dont la propriétaire parlait très fort. Ils n'ont aucune stratégie et aucun talent. Du coup, ils restent là des heures sans savoir quoi faire. Anaïs est obligée de passer l'aspirateur sur leurs pieds.

« Vous avez vraiment eu l'occasion de voir ce qu'ils font ? C'est peut-être bien. »

Il m'était difficile de penser que j'allais mourir en laissant derrière moi autant d'espoirs déçus.

« Oui, parfois je fais l'effort de jeter un coup d'œil, on a tous des moments de faiblesse. Eh bien je vous rassure, c'est consternant. Et puis, quand ils sont à ce stade-là, ils sont inoffensifs, c'est le stade poisson rouge, ils ouvrent et ferment la bouche. » Guillaume mima avec les doigts un tourbillon désordonné à travers la galerie. « Il suffit de traverser la salle avec un air pressé pour les éloigner. Mais quand vous avez la bêtise de leur poser une question, même un bonjour, vous êtes cuit. Ils deviennent subitement agressifs. C'est très rapide, on a à peine le temps de voir la transition. Ils vous sortent tout de suite trente-huit dessins affreux de leur caleçon et guettent chaque battement de vos cils.

– Si ça se trouve ça me plairait leurs trucs. Je suis sûr que c'est inspiré par la mélancolie et le désespoir.

– C'est exactement ça », soupira Guillaume.

N'importe qui en se promenant sur le site Internet de la galerie pourrait faire défiler les visages souriants des invités dans la section archives. Pour ma part, je ne connais pas la moitié des noms. On peut y voir la tête sévère de Catherine Jersay coiffée d'un turban bleu et tournée de trois quarts en direction de Betty dont les yeux écarquillés trahissent un mélange de satisfaction et de fatigue. Comme pour la plupart des groupes de personnes photographiés, on décèle entre elles le flottement caractéristique d'une absence de conversation. On peut y voir évidemment les œuvres de l'inquiétant Tchèque, encore plus absurdes et volumineuses que dans mon souvenir. Le type apparaît çà et là au milieu des gens avec son tee-shirt moulant et ses bras ballants. On ne peut s'empêcher de ressentir une certaine pitié pour cet homme venu vendre sa sensibilité sous forme de sacs-poubelle tordus et déchirés à des étrangers avides de brouhaha et de vin blanc. Il y a aussi un peu partout le menton conquérant et le front luisant d'Édouard dont les bras s'abattent inexorablement sur les épaules de ses interlocuteurs au moment du flash. Sur l'un des clichés, on peut même me voir. Moi et mon air niais. J'aimerais avoir une mine sombre et songeuse, à la limite les bras croisés mais l'œil ironique à côté d'un sac en plastique ou même une attitude un peu perdue et solitaire, mais pour être honnête je pose avec une figure réjouie, la bouche entrouverte et un verre désespérément vide à la main.

8

Ce que je venais de révéler à Betty avait percé un trou béant dans notre silence habituel. Derrière elle, les vitres de la galerie reflétaient nos deux silhouettes hésitantes.

« Un cancer », répéta Betty comme si c'était la première fois qu'elle entendait ce mot. Une crispation déformait le contour de sa joue. C'était la crispation qui précédait les sanglots et les paroles tendres, me dis-je plein d'espoir mais néanmoins conscient des fioritures de mon imagination. Après tout il faisait nuit et je ne voyais pas grand-chose.

« C'est vraiment ce qu'il a dit ? fit Betty d'un ton étonnamment neutre qui démentit immédiatement la crispation et la possibilité des sanglots.

– Il a dit que j'avais un cancer. Un cancer de la gorge. Un truc un peu grave. »

C'était une curieuse sensation de se condamner à la maladie, j'avais l'impression de m'enfoncer la pointe d'un couteau dans la cuisse et d'observer le sang couler. J'entendis aboyer un chien par-delà les murs des jardins insoupçonnables qui nous entouraient.

« Ils sont tous partis ? » demandai-je. Les lanternes de chaque côté de l'entrée étaient restées allumées. Nous nous étions mis en marche et j'étais trop ému pour m'en soucier.

« C'est affreux, Pierre, ce n'est pas possible, s'écria soudain Betty au pied d'un des jeunes cerisiers qui égayaient le trottoir de leurs troncs noirs. C'est affreux. »

J'écoutais avec incrédulité le son de sa voix, une voix réchauffée par les verres de prosecco qu'elle buvait à la fin de chaque vernissage pour affronter sa déception.

« Putain, Pierre, un cancer ! Mais tu le fais exprès ou quoi ! »

Betty n'était visiblement pas préparée à la précarité de l'expérience humaine.

« L'hôpital n'est pas très loin de la maison, dis-je un peu au hasard pour adoucir le choc. J'irai en bus pour profiter du paysage. Ils ont construit une nouvelle aile qui est paraît-il très lumineuse.

– Tu avais cette douleur depuis combien de temps ? » Son inquiétude était étrangement agressive. « Pourquoi tu n'as pas consulté plus tôt ? »

Je ne réalisais pas encore la portée de ce que je venais d'annoncer à ma femme, et pourtant, dans cette rue illuminée épisodiquement par un lampadaire orange, ma vie semblait enfin s'éclaircir. Mon extravagant mensonge s'inscrivait dans la maïeutique socratique, il s'agissait de préparer ma femme à ma mort, dans la douceur et l'acceptation. Ma détermination à être malade n'avait jamais été aussi puissante.

Betty s'était remise à marcher sur le trottoir dont elle fixait la bordure avec fureur. Elle devait s'en vouloir, me dis-je. C'était inévitable quand on croyait aveuglément à toutes les sornettes du bien-être et du bonheur. M'élançant pour rattraper son pas rapide, je secouai le tamis de mes idées à la recherche d'une déclaration apaisante.

Un chien qui tirait sur une laisse invisible me barra la route. Levant un étroit museau, il s'immobilisa pattes écartées pour me dévisager. Son poil clair perçait la nuit d'une façon presque surnaturelle et je dus faire un effort pour apercevoir son maître, un vieil homme dont les épaules sombres se fondaient avec les façades.

« Gustave, viens ici », dit l'homme d'une voix dépourvue d'autorité qui me rappela celle de mon père. Mais avais-je déjà entendu la voix de mon père ?

Betty s'était retournée pour m'attendre.

« Qu'est-ce que tu fiches, j'ai froid moi. Ça fait des années que tu nous parles de ce truc à la gorge. Je parie que tu as attendu tout ce temps pour consulter. Résultat, tu te payes un cancer. Juste pour le plaisir de nous faire vivre un enfer.

– Je pensais que c'était une simple angine, mentis-je. J'ai toujours eu des angines, enfant. Tu sais comme je peux être aveugle parfois. Ma mère sortait devant moi les cadeaux d'un placard mais je continuais de croire au Père Noël. Il me faut un temps fou pour admettre les choses. »

Betty ne m'écoutait plus. Nos ombres glissaient de lampadaire en lampadaire le long des vitres de voitures. Les fenêtres de la White Gallery tranchaient le coin de la rue comme un couteau brillant. Leurs œuvres restent éclairées même la nuit, me dis-je en détournant la tête pour apercevoir une immense toile balafrée de rouge qui se fixa sur ma rétine comme un avertissement.

Le pas de Betty s'était encore accéléré et je dus courir pour la rattraper.

Elle m'avoua qu'elle ne savait plus où elle avait garé la voiture et qu'elle avait faim. « Les bouchées au saumon étaient dégueulasses », dit-elle. Le mot « dégueulasse » indiquait chez elle une ironie qui me fit une impression étrange.

« Si tu veux, on peut aller à L'Orchidée bleue, comme au bon vieux temps.

– Quel bon vieux temps ? »

J'aimais son refus du romantisme complaisant.

En dépit de toute l'eau froide qui avait coulé entre nous les semaines précédentes et de la glace qui s'était accumulée dans les interstices, Betty avait glissé sa main dans le creux de mon bras.

« Ça me fait bizarre de te parler à nouveau », dis-je.

Elle dégagea sa main avec un mouvement sec qui me fit aussitôt regretter d'avoir prononcé ces paroles.

« Tu ne vas pas nous faire le coup de mourir, n'est-ce pas ? » demanda Betty en s'arrêtant sous le porche d'un magasin de décoration. Les vitrines plongées à moitié dans l'obscurité mettaient en scène des parasols à rayures et des paniers de pique-nique. « Pierre, dis-moi, tu ne vas pas mourir ? » Elle enleva son écharpe et me poussa au bord du trottoir mouillé qui scintillait sous la lune. « Je te connais, tu vas en profiter pour nous faire pleurer. Pierre, tu ne vas pas faire ça ? Tu ne vas pas mourir ? » Elle poussa un cri de rage. « C'est trop facile ! »

Le restaurant asiatique était vide. La porte refermée dans un intimidant concert de grelots, il ne resta que le grondement du réfrigérateur à boissons et les lointaines intonations d'une radio quelque part dans la cuisine. Mêmes sets en papier vert pâle sur les tables, même aquarium aux lueurs tragiques, mêmes dragons peints sur le carrelage, la salle n'avait pas changé. Betty se laissa tomber sur une chaise à côté du petit comptoir encombré d'orchidées. Une odeur de jasmin et de riz vinaigré me chatouillait les narines pendant que je me laissais absorber par la symphonie des fausses bougies qui scintillaient de table en table.

En face de moi, Betty faisait rouler sous ses paumes une paire de baguettes laquées noires. Sa coiffure s'était à moitié effondrée, laissant une grande mèche lui balayer le cou. Son front était pâle et elle se mordait les lèvres en fixant la porte du fond. Le flottement de mes idées ressemblait à celui qui se produit lorsqu'on est sur le point de s'endormir. « Je vais bientôt mourir », m'efforçais-je de penser pour dérouler le paysage de ma vie sous cette lumière nouvelle. Indifférent à cette information, le moment présent me renvoyait des effluves de riz vinaigré.

« Tu es très jolie, dis-je à Betty.

– Ça m'étonnerait. » Elle détourna les yeux pour inspecter son téléphone qui pour une fois restait éteint.

« Je voulais te demander à tout hasard si tu savais pourquoi nous sommes fâchés ? »

Elle haussa les épaules et releva le menton.

« Tu vois, dit-elle, tu profites déjà de ta maladie. » Elle se mordit les lèvres en fixant la porte du fond.

Je fis une courte prière afin qu'elle pleure, juste un peu pour faire joli.

« Et là, par exemple, tu as mal ?

– Comme d'habitude », dis-je réalisant que le grattement douloureux avait disparu de ma gorge.

Entre les orchidées du comptoir, deux enfants nous regardaient. Les bras le long du corps, les yeux écarquillés et les pieds nus, les deux gamins posaient docilement sur une photo encadrée dont un des bords avait pâli. Leurs sourires parlaient de séparation, de vêtements trop petits et de lits défaits. Jamais, me dis-je, mes propres enfants ne parviendraient à m'émouvoir autant que ces deux gosses-là. J'en eus le cœur affreusement serré.

« Tu as pensé comme ce serait bien d'avoir une terrasse pour notre chambre ? Tu sais, une terrasse en teck avec des petites ampoules que l'on allumerait avant de s'endormir. Et puis tu pourrais lire dehors en pleine nuit. Je ne comprends pas pourquoi toi qui es architecte, tu n'as pas pensé à ça. »

Nous en étions revenus à l'inquiétant sujet de notre prochaine maison dont la demande de permis pâlissait dans mes tiroirs depuis plus de cinq ans.

« Il faudrait que l'on plante des bambous dans le jardin. Je sais, c'est cliché, mais j'adorerais méditer devant des bambous. Pas toi ?

– Je ne médite pas.

– Ah oui c'est vrai, monsieur préfère avoir un cancer. »

Betty était probablement ivre. L'ivresse la rendait belle.

« Tu ne m'as pas dit comment s'était passé le vernissage. Est-ce qu'Édouard est content au moins ? »

Comme il n'admettait jamais le moindre échec, je savais qu'Édouard était toujours content.

« Nous avons vendu *Memento Homo,* répondit-elle en arrachant avec ses dents un fil qui dépassait de sa manche.

– C'est quoi déjà ?

– Le tas de poussière.

– Le tas de poussière ?

– Oui, c'est une installation. Ne fais pas cette tête, tu sais très bien, elle est dans la salle du fond, et bien sûr c'est la seule pièce invendable de l'exposition.

– Pourquoi l'a-t-il achetée alors ?

– Je ne sais pas. Pour m'humilier sans doute. Ces gens-là prennent l'art pour une plaisanterie. »

Je trouvais personnellement que l'art actuel manquait pas mal d'humour mais je me contentai de poser un baiser sur la joue poudrée de Betty qui sentait la cannelle et peut-être d'autres parfums subtils que je ne connaissais pas.

Elle releva le menton et se passa la main dans les cheveux pour les lisser. Ils étaient de plus en plus décoiffés. Je lui fis signe que sa boucle d'oreille droite avait disparu.

« Je sais », dit-elle sans comprendre ce que je lui montrais.

Elle parla d'une femme venue lui présenter des assiettes brisées sur lesquelles elle peignait.

« Il s'agissait de dénoncer les violences conjugales qu'elle avait subies. Son travail était magnifique et plus je regardais ces morceaux d'assiettes, plus j'avais l'impression que c'était ce que je ressentais, que c'est ce que j'aurais dû faire. Mettre des assiettes en miettes et exposer ma douleur au monde entier. Je lui ai dit que c'était pas mal mais que j'avais déjà vu ça. Elle m'a donné ses coordonnées et m'a suppliée de la rappeler. Depuis je n'arrête pas de penser à ses assiettes. La nuit, je rêve que je les lance sur la tête des gens dans la rue, sur la tête des clients et même sur celle de nos enfants. C'est horrible, cette violence qui m'habite. »

La pluie s'était mise à tomber, couvrant la vitrine du restaurant de minuscules perles roses éclairées par les néons.

« Je t'aime, dis-je dans un inexplicable débordement d'allégresse.

– Mais comment peux-tu accepter tout ça avec autant de résignation ? » s'indigna soudain Betty en envoyant ses baguettes et notre photophore rouler par terre.

Un bruit de semelles en plastique se fit entendre depuis les entrailles de l'établissement. Une femme toute menue en peignoir vert fit son apparition dans la salle du restaurant. Je n'étais pas sûr de l'avoir déjà vue.

« Bonsoir madame. Vous servez encore ? »

Betty s'était levée à moitié de sa chaise en arborant un sourire dont le rouge à lèvres avait disparu. La patronne du restaurant hocha la tête. Même de près son peignoir en éponge vert ne ressemblait pas à un kimono, me dis-je un peu déçu.

« Nous prendrons l'assortiment de nems et des nouilles sautées. Pour deux personnes, précisa Betty en articulant démesurément.

– Il n'y a plus de nems et la cuisine est fermée », répondit la femme sans bouger du seuil de la pièce.

Sur le trottoir, Betty chercha à nouveau ma main. L'enseigne du restaurant qui auréolait de rose ses cheveux blonds ne parvenait pas à effacer le pli triste de sa bouche.

« Et le Brésil ! » Elle s'écarta brusquement. « Tu vas nous sucrer le Brésil avec ton cancer. Non, c'est pas vrai. J'en étais sûre. » Elle noua son écharpe avec des mouvements désordonnés tout en cherchant mes yeux dans le noir. « Avoue que tu as fait exprès pour le Brésil. Tu n'avais pas envie d'y aller. Je parie que tu n'as même pas regardé une carte pour voir à quoi ça ressemblait ni noté les dates sur ton agenda. Montre-moi un peu ton téléphone. Allez, montre. » Elle plongea la main dans ma poche. « Sors ton téléphone, je suis sûre qu'il n'y a rien. »

Elle trébucha et se rattrapa au rétroviseur d'une camionnette.

« Pierre, je te préviens, ne me fais pas ce coup-là. »

9

Je ne sais pas dans quel état d'esprit se réveille un menteur, ni quelles sont les premières pensées matinales d'un homme qui doit affronter un cancer, mais en entendant Betty se lever ce matin-là, mon cœur tanguait douloureusement. Quelques minutes auparavant, j'avais senti son souffle sur mon visage et je m'étais obstiné à garder les yeux fermés. Sans doute avait-elle hésité à me parler.

Il aurait été peut-être encore temps d'ouvrir les yeux, de redresser mon oreiller et de défaire les liens du mensonge en invoquant l'influence du vin de la veille. Mais le vin de la veille justement continuait de bercer ma lâcheté. J'étais ballotté par les flots de l'alcool, tantôt emporté par l'effroi de ce que j'avais dit, tantôt ramené par l'idée lumineuse de la mort qui m'attendait.

Betty n'a pas fait sa séance de méditation, pensai-je, réalisant que les flûtes indiennes m'avaient été épargnées. Cette pensée d'abord triomphante se répandit comme une coulée poisseuse dans ma conscience. Betty n'avait pas médité.

Un bruit de cavalcade traversa le couloir, suivi du bourdonnement d'une conversation au rez-de-chaussée, je perçus des intonations plus aiguës, Thomas sans doute, et le claquement de la porte d'entrée qui me laissa le souffle presque coupé. Ils sont partis, me dis-je, impressionné d'avoir été abandonné dans l'eau stagnante de mon mensonge.

Sorti du lit, mon projet d'écrire un roman m'apparut avec une nouvelle dignité. Je devais trouver une histoire capable de rompre l'aveuglement du quotidien. Tout est tellement absurde, il suffit de regarder. Absorbé dans la contemplation des lattes brunes du parquet, parquet que Betty avait fait vernir récemment sans me demander mon avis, j'imaginai un roman qui raconterait l'histoire d'un homme ayant décidé de cesser de parler à son entourage. Le type avait fait fortune dans les télécommunications en proposant des forfaits Internet à bas prix dans les pays en développement. Alors qu'il testait les effets de sa nouvelle lubie, le milliardaire silencieux se rendait compte avec effroi que les gens autour de lui disaient tous exactement la même chose. Toute la journée, la même chose avec les mêmes mots. Il réalisait alors qu'il ne les avait jamais écoutés. Évidemment, au moment où j'entrai dans la salle de bains, mes personnages avaient déjà perdu de leur prestige. Mon héros avait revendu ses actions pour fonder une secte qui prévoyait une fin du monde rapide et sans douleur, tandis que sa femme était devenue danseuse de cabaret par vengeance.

Cette déception fut rapidement balayée par un événement d'une gravité impossible à évaluer. L'interrupteur qui commandait les deux appliques au-dessus des lavabos avait disparu. Mes doigts, qui des centaines de fois avaient actionné un interrupteur à gauche de la porte en entrant, ne rencontraient ce matin-là que la surface à peu près lisse du mur. Il n'y avait pas trace d'interrupteur à cet endroit-là. L'interrupteur en question était situé dans la chambre, du côté droit de la porte, à un emplacement où j'étais certain de n'avoir jamais appuyé pour allumer quoi que ce soit.

L'eau chaude ne produisit aucune étincelle dans ma cervelle. La porte de la douche, cassée depuis deux ans, me retomba dans les bras.

Ma journée d'écriture commençait mal mais j'étais bizarrement confiant. Trop confiant, d'ailleurs, car j'avais aussitôt répondu à la sonnerie de mon téléphone. Delphine insistait pour caler un rendez-vous urgent à l'heure du déjeuner. Je l'écoutai en regardant mon visage apparaître sur le miroir de la salle de bains au fur et à mesure que la buée s'évanouissait. C'était frappant de voir simultanément la noirceur de mes cernes et le flux d'obligations qui m'attendaient et qu'elle énonçait avec sa voix aiguisée. Il y avait pêle-mêle un contrat à signer pour Gaëtan qui voyait ses clients en début d'après-midi, l'expert pour le projet des Charmettes qui avait appelé deux fois, mon vol pour Amsterdam qu'elle voulait réserver, un mail auquel j'avais oublié de répondre et deux ou trois choses que je n'avais pas écoutées.

« Je dis midi et demi pour M. Dumont ? »

Je n'avais aucune idée de qui était M. Dumont.

« Désolé, Delphine, il va falloir annuler ce truc avec M. Dumont et tous les autres trucs dont vous venez de me parler. Je n'ai pas la frite. »

Delphine avait le sens du devoir et je pouvais deviner le regard qu'elle venait de lancer à Émilie, la stagiaire verdâtre qui agonisait de bonne volonté sur le bureau d'à côté. Delphine bafouilla deux fois un « bonne journée » qui n'en était pas un puis raccrocha.

De l'eau dégoulinait autour de moi sur le parquet. Quelle stupidité de mettre du parquet dans une salle de bains, c'est bien une idée d'architecte à la con.

Delphine après tout était une fille bien. Une fille courageuse, ajouta une voix quelque part dans les dédales de mon esprit.

Tandis que je m'habillais, mes pensées dessinaient à nouveau de grandes pirouettes dans le ciel pur de ma nouvelle vie littéraire. Au milieu de toutes ces cabrioles enthousiastes, j'avais atterri dans la lingerie une paire de chaussettes à la main. Pris d'une paralysie en face du panier à linge sale, je réfléchis à cet incompréhensible besoin que j'avais d'écrire.

Pourquoi un roman ?

Ma vie aurait pu se suffire à elle-même, pourquoi y ajouter les complications d'une fiction ? Les draps repassés au-dessus du lave-linge avaient l'air de trouver mon ambition romanesque ridicule. Les bidons de lessive illuminés par le soleil du matin semblaient d'accord avec les draps.

Pourquoi un roman ?

Une auteure expliquait récemment dans une interview que son écriture était alimentée autant par dégoût que par passion pour la vie. Pour elle, le miracle de la création littéraire était tout entier dans ce paradoxe. Il fallait raconter ce que l'on vivait pour y échapper, il fallait raconter la médiocrité de l'existence pour réduire à néant ses effets indésirables.

Le rebord du panier à linge sale n'était pas l'endroit le plus confortable pour analyser les motivations millénaires de la littérature mais je réalisai que je souscrivais plus ou moins à cette conception des choses.

Les corn flakes que j'essayais d'attraper à la cuillère étaient aussi mous et désemparés que moi. J'en étais à mon troisième bol et aucun grand sujet de roman n'avait franchi le seuil de la cuisine.

Le mot « roman » me faisait l'effet d'un parpaing posé au milieu de ma tête vide. Même avec un faux cancer, j'avais encore des problèmes d'architecte.

Le lait des corn flakes avait coulé quelque part dans la manche de mon pyjama et la planche autour de l'évier m'apparaissait plus gondolée que jamais.

C'est dans ce naufrage existentiel que j'eus soudain le souvenir d'un carnet sur lequel j'avais pris des notes à propos d'un potentiel roman. J'avais en tête un rectangle violet, peut-être bleu, avec un élastique. Je ne savais plus où je l'avais mis ni à quelle époque de ma vie il appartenait, mais à l'instant où ce carnet jaillit dans mon esprit, je fus persuadé qu'il contenait le sujet d'un chef-d'œuvre.

L'ennui avec la littérature, découvris-je plus tard, c'est qu'elle vous habituait au merveilleux et au génie. N'importe quel type plus terre à terre, n'importe quel amateur de mots croisés ou passionné de tondeuses à gazon aurait flairé le danger.

Les tiroirs de mon bureau n'ouvraient quasiment plus. Il y avait dedans un fatras de papiers, de câbles d'alimentation et de stylos en plastique qui me donnèrent aussitôt le cafard. J'avais besoin de ce carnet et je fis comme si tout ceci ne me concernait pas.

Plus je pensais au carnet, plus son contenu miroitait comme les facettes d'un diamant. Une part de moi admettait que si ce carnet recelait une seule bonne idée, il y aurait eu de fortes chances pour que je m'en souvienne, mais l'autre part de moi, la part la plus paresseuse et la plus fébrile, sans doute celle qui avait décidé de mentir à propos du cancer, celle-là avait matraqué la première et continuait désespérément ses recherches. Dans sa folie, elle avait dispersé des dossiers remplis de factures, renversé l'imprimante et piétiné de vieilles maquettes tombées d'un carton. Épuisée, elle avait fini par se calmer et par découvrir un petit cahier vert et violet entre deux classeurs de comptabilité. Sa texture et l'élastique qui le fermait lui semblèrent aussi familiers que le visage de la boulangère en bas de la rue.

Comme presque tous les carnets et journaux intimes que j'avais possédés, celui-là n'était rempli que sur les douze premières pages. L'essoufflement se faisait sentir dès la cinquième, sur laquelle j'avais dessiné un énorme cactus et une mouche avec un sourire carnassier. La vision de la mouche m'apporta une sensation de malaise.

Les idées de roman arrivaient quelques pages plus tard après le récit maladroit d'un week-end où il ne s'était rien passé à part une panne de lave-vaisselle et la visite familiale d'un atelier de poterie. Outre la perplexité que me causait cette dernière activité qui avait rejoint les limbes de ma mémoire et n'avait suscité aucun élan créatif chez nos enfants, je fus soulagé de découvrir qu'il ne s'agissait pas d'un cahier de brouillon issu de mes années de collège.

Le mot « roman » était tracé au feutre bleu en haut de la page. Je bénissais le jeune type génial qui avait pris la peine de noter toutes ces choses. J'avais aussi un peu pitié de sa naïveté. Et dire qu'il pensait qu'il lui suffirait de se retrousser les manches entre deux clients pour composer une œuvre littéraire. Heureusement, j'arrivais à son secours.

Cette lecture méritait un canapé confortable et peut-être même un sablé au citron. Je rassemblai une brassée de dossiers, de bonbons et de feuilles volantes pour les remettre dans les placards en tassant l'ensemble avec quelques classeurs bien lourds dont l'un portait le nom d'une résidence passive aux parois végétales que j'avais dessinée cinq ans plus tôt. « HIGH GARDENS. » La vision insolente d'un mur de mauvaises herbes séchées dansa pendant quelques secondes sur les portes des placards. Le projet qui avait tourné à la catastrophe m'empêchait à présent d'emprunter la sortie n° 16 du périphérique.

Arrêté au milieu des marches de l'escalier, trop impatient pour attendre, j'avais ouvert mon précieux carnet quand la sonnette se mit à hurler.

J'aurais souhaité que ce premier jour de « maladie » fût une journée consacrée au recueillement et à la littérature mais c'était trop demander à la vie terrestre.

Dans le miroir de l'entrée, mon reflet me fit une impression rassurante. Mèches aplaties, paupières tombantes, joues piquetées de gris, j'avais l'air parfaitement malade.

« Vous avez laissé la clef sur la porte », s'exclama Anaïs, dont le visage émergeait d'une tour de lainages jaunes. « Je ne sais pas vous, mais je suis à la bourre aujourd'hui. Vous ne travaillez pas ? Madame ne m'avait pas dit.

– Je suis malade. »

Anaïs avait déjà enlevé ses baskets dorées et sortait des vêtements d'un sac en plastique.

« Ah ouais ? Faut dire qu'avec le temps… Bientôt, ils vont nous mettre de la neige en août. Tenez, regardez, c'était en promo. Ils sont magnifiques, non ? Quatre euros les dix, je me suis dit qu'il fallait pas laisser passer. Vous en voulez ? C'est pas comme si j'en avais besoin de dix. »

Anaïs ouvrit son sac en plastique où j'aperçus un amoncellement de cadres en forme de cœur.

« Ça ferait classe avec des photos en noir et blanc », ajouta-t-elle, guettant mon approbation par-dessus son écharpe jaune.

J'acceptai deux cadres en suggérant l'idée d'y mettre une photo de nos enfants.

« Il en faut trois alors. Quatre euros les dix, répéta-t-elle tandis qu'elle déposait le sac sous l'escalier et enfilait ses ballerines en éponge.

– Anaïs, je peux vous demander par quoi vous voulez commencer ? demandai-je en la voyant refaire sa queue-de-cheval devant le miroir.

– Je prendrais bien une soupe d'écrevisses avec des croûtons au beurre. » Elle me fit un clin d'œil, réjouie par sa blague. « Je commence toujours par l'étage. C'est là qu'il y a le plus de bordel. Faites à votre aise, je vous dirai quand je viendrai dans le salon pour l'aspirateur. Mais faut pas s'inquiéter. De toute façon, aujourd'hui, j'ai pas mal à faire avec le linge. Et si vous avez des trucs sales à me donner, c'est maintenant. Pas demain », précisa-t-elle en faisant trembler chacune des marches de l'escalier.

Mon allure délabrée ne lui inspirait aucune forme de respect. Ni de pitié d'ailleurs. Faire pitié à sa femme de ménage, me dis-je, était quand même le comble de l'ambition.

Retournant dans le salon comme un naufragé sur son radeau, je pris un sachet de sablés au citron et m'installai sur le radiateur. La mâchoire en action, les yeux perdus dans le spectacle de la pelouse qui verdoyait derrière la baie vitrée, je réalisai que j'avais oublié mon carnet sur le palier.

Tombé sans doute de ma poche, mon téléphone vibrait sur le parquet avec l'entêtement stupide qui caractérisait tous les appareils électriques. La voix aiguë que j'entendis me fit regretter immédiatement mon goût du risque.

« Je parle bien à monsieur Deltière ? »

Pendant un quart de seconde, mon cerveau se prépara à dire non.

« Oui, c'est lui-même. »

La petite toux m'indiqua qu'on remettait ses idées en place de l'autre côté.

« C'est Elena Gatica Vératruch. »

Ce nom sonna comme un affreux gong au milieu d'un affreux concert de flûtes indiennes.

« Bonjour Elena. » Ma voix, étranglée sur le « bonjour », se rattrapa avec quelques notes chaleureuses sur le « Elena ».

« Oh mais comme jé suis contente dé vous parler. Vous êtes très occupé, ils m'ont raconté. Mais j'ai dit à mon mari qu'il fallait absolument que jé vous parle. Ça me fait tellement plaisir dé vous entendre. J'ai adoré la dernière exposition dé votre femme. C'était d'une telle sensibilité. J'ai dit à mon amie Catherine dé Mondajour, vous savez la femme du grand collectionneur belge, dé venir voir. Jé suis sûre qu'elle va aussi adorer qué moi. Toutes ces couleurs, toutes ces choses si belles, si impressionnantes, c'était d'un exquis. J'ai dit à mon mari que ça me faisait penser à la propriété dé Angelo, mon cousin en Argentine. Il a une château, vous voyez, il est soublime, et il mé dit Elena, tu es la bienvenoue mais moi j'adore cet endroit. Il a fait venir des tapisseries appartenant à un grand prince maharaja. C'est immense et merveilleux, c'est très coloré et… »

Suivait une série de descriptions de tapis et de liens de parenté complexes qui me donnèrent l'occasion de réfléchir aux intentions de mon interlocutrice.

Elena Gatica Vératruch hantait chacun des vernissages de Betty. Elle débarquait à 18 heures pile dans le hall vitré de la galerie et mitraillait encore ses louanges à l'heure où Guillaume indiquait au traiteur de ramasser les derniers verres vides dans l'escalier des toilettes. Entretemps cette pie au bec peinturluré avait agité dans tous les sens ses serres où tintait un élevage de bracelets. Avec les années, elle s'était constitué parmi les fidèles de la galerie une basse-cour d'amis au milieu desquels elle voletait de gauche à droite, se cognant parfois aux œuvres et aux visiteurs inconnus. Ces derniers n'avaient pour elle pas plus de consistance que des ballots de paille qu'elle poussait des deux coudes quand le plateau des verres de vin se rapprochait.

Quelques mois auparavant, Elena avait saisi mon poignet au milieu d'une conversation incompréhensible que je tenais avec un peintre autrichien et un collectionneur de statuettes jamaïcaines. Sans introduction, elle m'avait annoncé que je devais lui « sauver la vie » car elle ne supportait plus la décoration de son salon. Ses ongles bordeaux m'étaient rentrés dans la peau pendant que j'examinais le fard vert qui dégoulinait de ses paupières. Personne ne pouvait faire ce travail avec autant d'« exquiosité » que moi. Sous le regard inerte du peintre et circonspect du collectionneur, j'avais tenté de me dérober.

« Je suis débordé, avais-je commencé. Votre salon est magnifique. Je vais vous présenter un artiste génial, il est autrichien. »

Elle avait tenu bon.

Elena avait le sens de la flatterie. Et c'est Betty qui avait cédé en consentant à lui donner le numéro de mon cabinet dont elle avait harcelé les secrétaires jusqu'à décrocher un rendez-vous.

Christian n'avait jamais osé critiquer ouvertement les caprices maléfiques d'Elena Gatica Vératruch mais, lors de nos réunions hebdomadaires, j'avais senti chez lui une certaine désapprobation à l'évocation du dossier. Il y avait, semblait-il, une histoire d'aquarium géant et de moquette avec des motifs psychédéliques à laquelle on ne devait pas toucher. Je n'avais pas posé de questions en espérant lâchement que mes collaborateurs avaient été sensibles au récit que cette cliente faisait de ses origines princières.

« Vous savez, monsieur Deltière, j'ai une amie qui vient dé se séparer de son mari, un type très riche mais affreusement méchant. Vous savez, vraiment méchant. Vous comprenez ?

– Oui, dis-je, je comprends. » Je réfléchissais à ce qu'on pouvait faire d'Elena dans un roman.

« Mais très riche, vous voyez.

– Je vois.

– Elle né veut plus le voir. Elle a décidé dé partir. En fait, c'est moi, jé lui ai conseillé de partir. Mais elle a trop dé peinas. » Je savais d'expérience que quand l'espagnol d'Elena reprenait le dessus, la situation devenait dangereuse. « Trop dé peinas à cause de la maison bien sûr. C'est une maison esplendida avec des tas dé fénêtres, des escaliers partout et muchas chambres. Vous voyez ? Elle voudrait la même. Jé lui ai parlé dé vous. »

Je n'avais toujours pas trouvé le sujet du roman qui allait éclaircir mon destin et sublimer ma mort mais une certitude venait enfin de faire surface. Mon roman ne parlerait pas d'Elena Vératruch et de tous ceux qui lui ressemblaient. Ces gens-là avaient été placés dans mon existence pour me tester, me dis-je en écoutant la roucoulade d'Elena qui s'attaquait à présent à l'injustice des contrats matrimoniaux et à la perversité internationale des notaires. Parler d'eux aurait été un piège. Il fallait résister à l'attrait pittoresque que représentait le carnaval de leurs ridicules plumés et de leurs snobismes masqués. C'est trop risqué, me raisonnai-je tandis qu'Elena décrivait les pantoufles d'une duchesse qui l'avait récemment invitée à prendre le thé. Ma décision était prise, j'allais résister aux saveurs de la dénonciation et de l'ironie pour me concentrer sur la face lumineuse de la vie.

10

En revenant m'asseoir dans la salle d'attente avec mon gobelet mou et brûlant, j'eus d'un seul coup une bouffée d'euphorie. Ma journée était vide comme une fosse septique neuve. Pas de collaborateurs stressés, ni de clients décomplexés, pas d'histoire d'escalier mal placé, ni de problème d'étanchéité. Rien que la joie pure d'exister. Les effluves chimiques du café stimulaient mes narines tandis que je contemplais les dalles de carrelage gris et les silhouettes recroquevillées autour de moi.

Anaïs avait décidé ce matin-là de lessiver les murs de la cage d'escalier et je n'étais pas pressé de rentrer. « Votre docteur, il devrait vous donner de la vitamine C. » Sa serpillière dégoulinante s'agitait dans ma direction. Je n'avais pas encore osé lui parler de mon cancer mais je sentais obscurément qu'Anaïs serait la plus difficile à convaincre.

La porte peinte en mauve sur laquelle brillait la plaque « Dr Lejeune » restait close depuis une demi-heure. J'aurais pu décrire à Betty un type chauve à lunettes mais j'avais réalisé au milieu de la nuit que ce nom trouvé sur le site Internet de l'hôpital où consultait Calfond était peut-être celui d'une femme de quarante ans. Il fallait être précis avec Betty. Je ne voulais pas mourir dans les insultes et les cris.

Contrairement à toutes les personnes assises dans la salle, je n'avais pas de rendez-vous, ni de maladie. Je m'étais donné comme mission de compenser la tension ambiante par un visage empli de cette gentillesse inconditionnelle que l'on décrit à propos des grands saints. Les gens autour de moi semblaient pour la plupart enfuis d'eux-mêmes et mon sourire flottait inutilement dans l'air chargé de détergent.

Je ne m'étais jamais rendu compte à quel point il était facile d'aimer les gens. Il suffisait de les regarder pour découvrir un absurde lapin en plastique qui dépassait de leur poche, un pli de la joue indiquant qu'ils se parlaient à eux-mêmes ou le mouvement maladroit avec lequel ils tentaient d'essuyer secrètement une tache de yaourt sur leur manche.

Une femme de petite taille apparut dans l'angle du couloir. Elle contourna les revues et marmonna quelque chose au gringalet en tee-shirt qui lui tenait le coude gauche. Je lui adressai un sourire gonflé d'amitié et d'espérance qu'elle ignora avec majesté. Le turban fleuri qui enserrait ses joues creuses renforçait l'autorité de son regard. Le garçon l'aida à retirer son imperméable et s'assit à côté d'elle les genoux serrés. Son fils sans doute. Mon imagination crépitait en produisant de brèves images. Il était revenu habiter chez sa mère et ils passaient leurs après-midi sur un vieux canapé vert à regarder les films de Rohmer. Ils retournaient au parc où le garçon avait appris à faire du vélo vingt-deux ans plus tôt avec son père. Elle lui racontait d'ailleurs cinq fois par jour comment elle avait rencontré son père. « Mon pauvre petit », lui disait-elle le soir en montant se coucher. La douleur se dégoupilla à nouveau dans ma gorge. Pourquoi fantasmais-je autant sur la maladie, la douleur des séparations et le silence des cimetières ? Des dizaines de petites lames tranchantes s'agitèrent en tous sens tandis que j'avalais ma salive.

Mon gobelet était vide et les dépliants sur la table basse me faisaient de l'œil. « Le cancer en souriant », « Rester belle pendant la chimio », « Cancer et cuisine gourmande ». Une pudeur me retenait de les ouvrir.

Métastases, tumeur invasive, immunothérapie versus radiothérapie… J'étais conscient que les questions de Betty exigeraient un peu de vocabulaire mais je comptais sur Google, Doctissimo et Wikipédia pour me construire un diagnostic en béton. Les informations contradictoires diffusées par les forums offraient quant à elles des perspectives de conversation infinies. Aucun cancérologue même bavard et pervers n'aurait eu autant de matière à fournir à son patient. Il suffisait de taper un mot pour découvrir de nouvelles sources d'angoisses insoupçonnées, aussi bien du côté des symptômes que des traitements.

Un deuxième gobelet de café fumant entre les mains, il me sembla tout à coup que la section cancérologie de l'hôpital Saint-Michel et l'univers tout entier se gorgeaient de possibilités narratives. C'était un moment parfait pour découvrir enfin les promesses de mon carnet violet.

En dédaignant la mouche et le cactus, je retrouvai rapidement l'endroit où commençaient les idées de roman.

« Idée n° 1 : Une petite fille joue dans un jardin, les fenêtres de la maison s'allument, la nuit tombe et personne ne l'appelle. Elle rentre, s'installe en face de son frère qui dîne, elle lui chipe des frites et plonge les doigts dans sa mousse au chocolat. Au lieu de monter se coucher comme le petit garçon, elle s'assied entre ses parents et regarde un film d'Ozu avec eux. Elle les suit dans leur chambre et joue à côté du lit où ils dorment. La petite fille se met à chanter pour essayer de les réveiller mais on se rend compte qu'elle est inaudible et transparente. »

Je n'avais aucune envie de raconter un truc aussi glaçant. J'hésitais même à lire la page suivante. Était-ce moi qui avais inventé ça ? J'avais peut-être ramassé le carnet de quelqu'un d'autre par inadvertance. L'écriture, dont les lettres paraissaient se recroqueviller sous l'effet d'une flamme, était pourtant bien la mienne.

L'idée n° 2 n'était pas celle d'un roman mais d'une biographie, la vie d'une sainte non officielle qui avait été tailleuse de pierres en Bretagne au début du vingtième siècle. Ma grand-mère m'avait raconté son histoire quand j'étais enfant. Elle l'avait côtoyée à l'école du village et n'avait pas attendu la canonisation de l'Église catholique pour l'invoquer dans ses prières. Les miracles de cette Marie-Gwenaëlle n'étaient pas tous très clairs ni réglementaires (une des fontaines qu'elle avait réalisées s'était écrasée sur un facteur malhonnête) mais l'histoire avait un potentiel romanesque incontestable. Veuve trois fois, elle avait ressuscité un de ses maris avant de mourir et avait élevé neuf enfants dont sept étaient devenus prêtres, les deux autres, des jumelles, étant tombés dans un puits le jour de leurs cinq ans. Son métier de tailleuse de pierres lui avait donné l'occasion de réaliser plusieurs dizaines d'autels dans les églises de la région et une bonne vingtaine de statues religieuses dont certaines avaient pris vie sous le regard des paroissiens.

Rien qu'à lire ces lignes, je percevais un fond de musique bretonne capable d'égayer la salle d'attente et tous ces patients aux regards mornes. La lande et le ciel gris disparurent à la seule idée des recherches que j'aurais à effectuer. Je ne voulais pas mourir le nez dans les archives moisies d'un prieuré breton.

La page d'en face comportait une liste qui n'avait rien de littéraire. Il était entre autres question d'un radiateur sèche-serviettes dont j'avais souligné la marque et d'un mail urgent pour une histoire de porte. Au secours, dis-je à voix basse. Le reste des feuilles était encombré du même fatras de choses à faire et de gens à contacter. « Lorsque vous sentez que vous êtes sur le point de vous effondrer, comptez jusqu'à dix, buvez un verre d'eau et souriez. » Je ne sais pas quelle mouche m'avait piqué pour écrire ça mais j'étais bien certain de ne l'avoir jamais appliqué. Dans les marges, on pouvait lire par endroits des phrases d'auteurs que j'avais recopiées. Certaines résonnaient avec un écho désagréable. « Ce qui donne au romancier le sentiment de l'échec, c'est l'immensité de sa prétention. » Le nom de « F. MAURIAC » était griffonné en dessous.

Je me sentais abandonné par la personne qui avait rempli ces pages. Être trahi par soi-même avait quelque chose de troublant et inconfortable à la fois.

Alors que je relevai la tête, mon regard croisa celui d'un gamin que sa mère ou sa grand-mère venait d'asseoir par terre au milieu de la pièce. Il avait la bouche ouverte et des lunettes bleues qui lui agrandissaient les yeux. Il m'observait en déchirant les pages d'un magazine. Ses mains arrachaient le papier avec rage mais ses pupilles restaient immobiles, comme deux billes aimantées dans ma direction.

Je tentai de me concentrer en déplaçant mon regard sur la rangée de fauteuils au-dessus de lui.

Mes pas ne m'avaient pas amené là par hasard. Il y avait forcément quelque chose à soutirer à ces gens, à cet endroit, il y avait forcément une explication au fait que je sois là. Je tentais de me concentrer encore et encore. Que m'inspiraient ces inconnus ? Quelles histoires racontaient-ils ?

Un homme aux joues rouges lisait dans le coin gauche de la pièce. Impossible de déchiffrer le titre du livre qu'il tenait à quelques centimètres de ses sourcils. Sa bouche prononçait chaque syllabe avec une application bouleversante. On avait l'impression qu'il avait appris à lire la veille et qu'il y prenait un plaisir encore incertain. Sortant mon carnet, je notai : « À six ans, Élias parlait huit langues et faisait la fierté de ses parents. Il connaissait le nom de tous les fleuves et rivières d'Asie et pouvait résoudre une équation du troisième degré. Depuis cet âge, l'intelligence et la mémoire d'Élias ne font que diminuer. Élias vient de fêter ses soixante ans et il se souvient à peine du nom de sa rue et de la couleur de son chien. » Je me relus et me demandai pourquoi j'avais attribué à mon personnage un prénom aussi grandiloquent. L'homme aux joues rouges alias Élias en profita pour se moucher avec une détermination très lente. Pris d'une intuition, je saisis mon stylo et notai : « Élias passe pour un idiot auprès de ses voisins, qui ne lui adressent la parole que pour lui rappeler le jour des poubelles. Malgré l'apparente désagrégation de son esprit, Élias a le sentiment que les données qui disparaissent chaque jour laissent la place à une vérité spectaculaire que personne ne soupçonne. » Tout en méditant sur ce que je venais d'écrire, je rajoutai cette phrase que je soulignai trois fois : « Élias est profondément heureux. »

Cette histoire était franchement pas mal mais plus j'y réfléchissais, plus je me sentais indigne de l'écrire. L'un des principaux freins était que je n'avais pas la moindre idée de la « vérité spectaculaire » qu'abritait la caboche d'Élias et qui le rendait si heureux.

Mon attention se mit à tanguer avant de s'arrêter sur une photo en noir et blanc suspendue au-dessus de la grosse bouteille en plastique qui faisait office de fontaine à eau. De là où j'étais, les formes étaient confuses et on pouvait supposer qu'il s'agissait d'un mur écroulé devant lequel se tenait une silhouette arborant une casquette ou un képi et quelque chose en bandoulière. L'ensemble évoquait la guerre ou plutôt ses ravages. Une drôle d'image pour la salle d'attente d'un service d'oncologie mais il était probable que de plus près, la photo soit celle d'un chat mignon dans un pot en terre cuite renversé.

La guerre fit aussitôt crépiter dans mon esprit les étincelles d'une histoire d'amour déchiquetée par les incertitudes et les menaces du combat. Des scènes diaboliquement tristes accoururent à moi. Notamment, une scène d'adieux à faire pleurer le plus endurci des directeurs de musée. Et pour cause, celui qui restait sur le quai se rendait compte avec effroi que l'absent, en plus d'être absent, avait oublié sa valise.

On y déplorait beaucoup de disparitions, quelques humains mais surtout des lettres. Les lettres perdues étaient une excellente idée. Il n'y avait pas mieux pour brouiller les situations et procurer au lecteur des angoisses délicieuses. L'intrigue de ce genre d'histoire était malheureusement prévisible. Il fallait ajouter quelque chose d'inédit à ce dispositif tragique.

La femme rousse installée à côté de la fontaine à eau fit une grimace en se grattant le menton. Posant son téléphone en équilibre sur le genou gauche, elle entreprit de rouler les manches de sa veste en jean jusqu'aux coudes. J'étais à peu près convaincu qu'elle avait une voix rauque et un paquet de cigarettes dans la poche de sa veste. Cancer du poumon certainement.

Je fis un effort pour revenir à mon roman d'amour et de guerre. Par miracle le scénario avait changé. Éliane coupait sa chevelure rousse avant de partir au combat (sans sa valise) tandis qu'Henri surveillait les poules et raccommodait les chemises de nuit tout en pleurant dans sa pipe. Ça avait l'avantage d'être à la fois rétro et avant-gardiste mais j'hésitais à prendre des notes. L'histoire était un peu tirée par les cheveux. Et puis, je n'avais pas le cœur d'écrire un roman sentimental. Probablement à cause de Betty et sa tendance à mépriser tout ce qu'il y avait de romantique. Même mort, je ne supporterais pas de la voir lire mon livre en ricanant.

J'avais beau agiter les maigres ressources de ma créativité, la seule histoire que je parvenais à dérouler de façon cohérente était la mienne. Il fallait s'y résoudre. Le problème c'est que je n'avais pas tellement le courage de me confronter à mon « misérable petit tas de secrets ». Je n'avais rien contre les autobiographies, je n'avais juste aucune envie de rédiger ni de lire celle qui me concernait. L'idée même de décrire mon nez ou de citer les phrases stupides que je prononçais dans la vraie vie m'était insupportable. Je n'avais jamais été photogénique, il y avait peu de chances que je passe bien dans un livre.

« Pourquoi tu les rases avec ton enfance ? s'énervait Betty quand je rappelais à nos enfants un épisode de mon âge tendre. De toute façon, ta mère était une sale égoïste et tu étais malheureux. Vis donc un peu le moment présent, ça te fera des vacances. »

Le gamin en face de moi avait cessé son activité destructrice et continuait de me fixer. Il pointa l'index vers moi. Ses quatre ans rendaient peu crédible toute hypothèse de menace ou de provocation mais je n'écartais pas l'éventualité d'un avertissement de l'au-delà.

Le risque surtout avec les autobiographies, c'était de mentir. Même en étant très sévère avec soi-même, il était difficile d'échapper au désir enfantin d'être aimé. La mémoire était une complice assez enthousiaste pour réaliser ce genre de hold-up. On pouvait aussi décider dès le début de se décrire comme un salaud, mais là encore il était impossible de résister à la tentation de raconter une histoire avec du suspense et des révélations. Je ne serais pas crédible à ce jeu-là. Toute ma vie ressemblait à l'affolement désespéré d'un papillon de nuit contre l'abat-jour d'une lampe de chevet.

À la rigueur, concédai-je, je voulais bien raconter ma vie mais sans moi.

Le gamin aux lunettes s'était remis à déchirer des pages sans me quitter de l'œil.

Autobiographie d'un homme absent. C'était un titre intrigant et la perspective de me faire disparaître de ma propre vie avait quelque chose de cohérent puisque de toute façon j'allais disparaître. L'avantage, c'est que j'avais déjà le décor et les personnages. Ce serait un excellent exercice d'humilité, une façon d'anéantir mon ego avant le grand saut, me dis-je en écrasant mon gobelet contre mon genou.

Déjà mon esprit tricotait les mailles du texte. J'imaginais mes enfants apprenant à nager avec un père aux épaules musclées et aux phrases éducatives, un père qui ne leur aurait pas transmis cette ridicule peur des méduses, ni cette méfiance paranoïaque à l'égard du sport et de ses bienfaits. Mes clients, quant à eux, habitaient d'adorables fermes à toit de chaume ou de ravissantes villas roses et vertes dotées de volets et de balcons. Ils n'avaient jamais vu ma tête dans les magazines, n'avaient jamais eu cet incompréhensible coup de cœur pour les maisons en verre et vivaient une vie débarrassée de toute vanité.

Profitant de mon inspiration, la porte de droite, celle avec écrit « Dr Lejeune », s'était ouverte en laissant passer un être affreusement banal. L'homme avait tendu une main velue à un type au sourire triste qui portait une casquette en coton délavé. Puis la porte s'était refermée sur le couloir et sur sa misère orpheline.

C'était donc le docteur Lejeune : les lunettes en écaille, la cravate sombre au-dessus de sa blouse et les frisottis qui habillaient ses tempes bronzées. Il y avait aussi une grosse montre en acier, notai-je.

Je pensai qu'il s'agissait tout à fait du genre de personnage qui traînait sur les terrasses des club-houses de golf avec des polos roses et des rires interminables. Tout à fait le genre de personnage qui réclamait des doubles garages et des jacuzzis avec jets colorés. Le genre de personnage qui repartait d'un vernissage en serrant deux fois la main de l'artiste avec un certificat d'achat dans la poche de sa veste.

Il était parfait, personne ne pouvait inspirer plus confiance à Betty que cet homme-là.

11

Entrecoupées de souffleries de sèche-cheveux, mes explications avaient eu du mal à atteindre les oreilles de Betty et a fortiori son attention.

« Qu'est-ce que tu me chantes ? » Elle éteignit son sèche-cheveux et resserra les pans de son kimono de soie rose.

Impatient de parler à Betty de mon brillant et bronzé cancérologue, j'avais profité de l'intimité embuée de notre salle de bains pour me lancer dans le récit du premier rendez-vous chez le docteur Lejeune. La petite lanterne de la lune qui se balançait entre les branches du tilleul me donnait du courage. La lune est l'amie des enfants punis et des amoureux éconduits, bref des gens sans espoir.

Visiblement Betty ne se souvenait plus de tous les détails de notre discussion d'après le vernissage. En revanche, elle gardait le souvenir perturbant d'une assiette de nems gras et dorés. « La cuisine du restaurant était fermée, la rassurai-je. Tu n'en as mangé aucun, je te le promets.

– C'est quoi cette histoire de chimiothérapie, c'est une blague j'espère ? » Ses yeux démaquillés avaient perdu leur éclat et semblaient soudain plus petits et plus pâles, comme des coquillages abandonnés par la mer.

Elle se rappelait vaguement avoir entendu parler d'une tumeur, de telle sorte que je fus obligé de lui annoncer une deuxième fois l'entièreté de la mauvaise nouvelle.

« Bon Dieu, mais c'est horrible. » Elle tenait encore un peu à moi malgré son sèche-cheveux et ses regards froids.

« Tout va bien se passer, ma chérie », dis-je tandis que je lui ouvrais les bras pour la presser contre mon cœur. Elle désigna la mousse à raser sur mon menton et préféra s'asseoir sur le rebord de la baignoire.

« Je croyais que tu me faisais marcher l'autre soir. Ça te ressemble tellement, le coup du cancer. »

Nos regards se croisèrent dans la buée du miroir. Elle m'adressa un sourire qui zigzaguait entre la pitié et l'agacement.

« Qu'est-ce que je peux faire pour toi ? » ajouta-t-elle tandis qu'elle se massait les joues et le front avec une sorte de pâte verte.

Pleurer, pensai-je. « Rien, dis-je.

– Tu veux que j'annule mes rendez-vous demain et que nous allions passer la journée à la mer ? »

Le rasoir en l'air, j'hésitai. Marcher sur le sable mouillé avec Betty et écouter le cri des mouettes allongé entre les dunes faisaient partie des choses que l'on pouvait potentiellement regretter une fois parti dans l'au-delà. Pourtant il fallait que je travaille. Malgré son titre, mon *Autobiographie d'un homme absent* n'allait pas s'écrire toute seule.

« Je crois qu'il vaut mieux que je me repose. »

Betty dans le miroir eut l'air soulagée. Elle essuya la pâte verte autour de ses jolies narines et proposa que nous allions dîner au restaurant le lendemain soir pour en discuter. « Allons-y sans les enfants, juste nous deux. » Je ne me faisais pas trop d'illusions sur le « nous deux », il s'agissait surtout de préserver nos enfants du désastre que j'étais devenu.

Le reflet du soulagement de Betty entraperçu dans le miroir ruina ma première matinée d'écriture.

Vers midi, j'avais écrit trois phrases mais elles n'avaient aucun rapport entre elles, à part peut-être la frustration et le ressentiment. Je pris la décision réconfortante de les effacer avant d'aller déjeuner.

Le gratin de pâtes me donna des ailes. C'est sans doute un exploit pour un gratin de pâtes mais je n'étais pas regardant sur la diététique et, en l'absence de tendresse conjugale et de petit-déjeuner, les macaronis et le fromage râpé m'apportèrent une sensation de confort qui m'éclaircit aussitôt les idées.

C'était simple, le livre intitulé *Autobiographie d'un homme absent* était au-dessus de mes moyens d'écrivain.

Comment décrire sa vie si on n'y était pas ? On pouvait imaginer les choses comme on le faisait dans un roman, ce n'était pas le problème. Le véritable problème, c'était la façon dont les gens et les choses s'éparpillaient dès qu'on n'était plus au milieu pour les retenir. C'était flagrant quand on s'intéressait à mon cas. Mon père, qui avait quitté ma mère quelques années après ma naissance, en profitait pour partir quand même. Ma mère, qui clamait partout que ma venue au monde l'avait empêchée d'aller vivre en Inde comme elle en rêvait, achetait enfin son billet d'avion. La perspective de me documenter sur ce pays surpeuplé pour y raconter pendant plus de deux cents pages ses excentricités en turban et à dos d'éléphant m'enchantait moyennement. Je me demandais surtout comment d'un point de vue technique réussir à lui faire rencontrer mes clients ou même

Betty qui détestait les gens pieds nus. Le roman m'apparaissait comme un océan de récits incompréhensibles où chaque personnage tenterait de crier plus fort que les autres pour ne pas se noyer dans l'indifférence du lecteur.

Je me rendais compte que mettre les gens que l'on connaissait dans un livre obligeait à les aplatir entre deux pages. Certaines qualités disparaissaient tandis que certains défauts prenaient des dimensions démesurées. Aspirant aux lumières de l'après-vie, je ne voulais pas être retenu par les filaments interminables du ressentiment d'autrui.

Cette conclusion pleine de sagesse me plongea dans une sieste digestive qui commença par un pique-nique au milieu des dunes avec Betty. Betty s'était déguisée en cow-boy et attrapait des cubes de melon avec la pointe de ses éperons. J'étais enchanté de cette désinvolture mais les choses se gâtèrent quand elle me proposa d'aller nous baigner et que nous nous retrouvâmes devant notre lave-linge dans lequel elle voulait absolument m'enfermer. « Tu verras, me dit-elle en tendant un bidon de lessive qu'elle tentait de me faire avaler, tu te sentiras plus détendu et ça t'éclaircira les idées. »

Quelques heures plus tard, je tenais un sac en cuir turquoise sur les genoux et nous étions en route pour le restaurant.

« C'est une ancienne piscine reconvertie en restaurant marocain, tu verras, c'est très sympa », m'annonça-t-elle avant de démarrer.

Il ne fallait pas que j'oublie d'insérer « sympa » dans mes futurs dialogues, me dis-je. Cet adjectif tiédasse avait le mérite de s'insérer partout sans rien révéler sur la situation ou sur les intentions des personnages, ce qui était parfait pour conserver le suspense.

« Qu'est-ce que tu écris ? me demanda Betty à un feu rouge qui s'éternisait.

– Rien », répondis-je, ravi d'avoir piqué sa curiosité.

Elle paraissait de bonne humeur sans que je puisse savoir si cette disposition d'esprit était de l'indifférence ou le résultat de plusieurs heures de méditation intense.

De mon côté, il faut avouer que je m'étais plutôt concentré sur mon apparence. Betty m'avait trouvé faussement endormi sur notre lit et j'avais veillé à bien garder mes mèches décoiffées et mon pull chiffonné avant de monter dans sa voiture. Contrairement à ce que l'on pourrait penser, cette négligence me demandait quelques sacrifices. Sans être un dandy, je priais pour que mon nouveau look me donne un air malade mais néanmoins séduisant. Je m'étais inspiré d'un vieux film en noir et blanc mettant en scène un archéologue bronzé et débraillé sur le point de découvrir une nouvelle civilisation.

Le « sympa » de Betty se révéla constitué de coussins en velours mauves, de tables basses en teck et d'un troupeau de photophores en ferraille et verroterie. Un serveur vêtu d'une longue tunique immaculée nous désigna une table dont les pieds semblaient avoir été oubliés.

J'adressai un regard attendri à Betty tout en essayant de plier les jambes sous le plateau en teck. Les murs blancs et la verrière de l'ancienne piscine ondulaient dans le reflet dansant des bougies.

« Pourquoi tu fais cette tête ? dit-elle, sans doute agacée par l'angle burlesque de mes épaules et par mon manque général de souplesse. Tu n'aimes pas l'endroit, c'est ça ?

– Non, bien sûr que non, dis-je, ça me fait un plaisir infini d'être ici avec toi. »

Les cliniques vétérinaires reconverties en bars à smoothies et les charcuteries transformées en ongleries m'inspiraient une certaine lassitude. C'était la même chose avec les piscines déguisées en restaurants mais ce soir-là je pris la décision d'adhérer sans réserve à tous les concepts les plus creux et les plus révolutionnaires du moment. J'étais avec Betty et je savais que notre histoire se jouait à chaque instant.

Les sourcils et le sourire de Betty reprirent aussitôt une position normale et diffusèrent leur déconcertante bienveillance. C'étaient les effets dévastateurs du fameux « sourire intérieur », pensai-je, de plus en plus persuadé qu'elle s'était plongée dans le néant une bonne partie de la journée pour affronter cette soirée.

Quelque temps avant la révélation de ma mort, il m'était arrivé un accident à la fois idiot et merveilleux, j'étais retombé amoureux de ma femme. C'était un sentiment un peu dangereux à déclarer. D'ailleurs, le cinéma et la littérature ne s'étaient pas beaucoup intéressés au phénomène. Le coup de foudre entre le lave-vaisselle et la brosse à dents n'a sans doute rien de très esthétique, ni de très excitant. De mon côté, je n'avais jamais cessé d'aimer Betty mais quelque chose s'était réveillé et ce quelque chose n'avait rien à voir avec les « je t'aime » tièdes que nous échangions dans les courants d'air.

« C'est vegan », déclara Betty, mettant un terme à mes plans de reconquête amoureuse habilement dissimulés par la lecture du menu. Imprimés sur une feuille de papier kraft à la modestie douteuse, les noms des plats ressemblaient à des vers de Rimbaud mixés avec un manuel de permaculture.

Le grand prêtre en blanc était revenu nous toiser comme pour mesurer notre faim et notre degré d'abattement. Betty lui commanda un kisir au paprika et un chou-fleur braisé au tamari. « À se partager », précisa-t-elle tandis que je contemplais avec envie les babouches en daim couleur sable doré du serveur. Il déposa la carte des vins sur mon assiette à la façon d'un livre sacré sur un autel et repartit avec une grimace arrogante sur les lèvres.

« Ces coussins me rappellent le safari que nous avons fait au Kenya quand Hubert avait eu sa crise d'appendicite chez tes parents », dis-je pour donner à la conversation un aspect intime.

Nous dormions en réalité dans d'affreux duvets en nylon violet et prenions nos repas debout en dansant pour effrayer les serpents mais Betty ne sembla pas vraiment perturbée par cette réécriture de l'histoire. Son sourire s'était même agrandi, laissant percer un ennui mal dissimulé.

« Que dirais-tu d'une petite bouteille de rosé ? » dis-je en prenant un ton détaché très éloigné de l'affolement que m'inspirait le visage de ma femme.

Le bracelet de Betty se cogna contre le teck.

« Il ne vaut mieux pas. »

Aucun cancéreux n'aurait proposé une chose pareille. J'étais en train de me trahir.

« Je me disais que tu avais peut-être envie d'un verre. »

J'affichais l'air doux et résigné que j'avais vu sur un tableau représentant saint Sébastien le poitrail hérissé de fléchettes.

« J'ai fait suffisamment l'idiote mercredi. Prends-en, toi, si tu veux. » Prudent, j'avais déjà refermé la carte. Elle enleva le bracelet et me regarda avec son drôle d'air, celui qui donne à ses yeux un vert de liquide vaisselle, celui qui durcit son menton et rajoute un pli de chaque côté de sa bouche.

« Je ne sais pas ce qui m'a pris mercredi. Le prosecco a dû me monter à la tête. D'ailleurs, je ne sais pas pourquoi on boit de l'alcool. C'est ridicule. Ça nous fait une peau dégueulasse, ça nous met dans des états pas possibles et on continue à en boire comme des imbéciles. Tu comprends, toi ? »

Je répondis d'un non docile.

« Au bout de deux verres, on ne sait plus ce qu'on fait. Je suis sûre qu'Anaïs en profite. Elle est tout le temps plantée devant moi, une bouteille au-dessus de mon verre. La dernière fois, les gens n'ont pas arrêté de poser des questions stupides. Plus le travail d'un artiste est important, moins j'ai d'arguments pour le défendre. Je ne sais pas, ça me paralyse, j'ai tellement peur de trahir l'œuvre, de passer à côté de la subtilité. Au fait, tu ne m'as pas dit ce qu'avait dit Catherine Jersay à propos de Milo.

– Elle le trouvait très prometteur, mentis-je.

– Très prometteur, c'est tout ? Elle est gonflée. Elle expose des embryons d'artistes tout juste sortis du jardin d'enfants et elle trouve que Milo est prometteur. Enfin, aucune importance, de toute façon je n'ai pas envie de te parler de la galerie. Voilà, je ne sais pas ce que je t'ai dit mercredi soir, je n'ose même pas imaginer », elle eut un petit rire, « mais sache que je suis là.

– Tu t'es jetée dans mes bras. »

Elle souriait à nouveau mais je vis au tremblement de ses narines que quelque chose en elle était sur le point de s'affaisser. J'entendais presque le bruit sinistre de la fissure dans la glace et les remous de l'eau sous la banquise. Nous allions bientôt vaciller dans la mer glacée, elle allait enfin pleurer.

C'était bien comme métaphore, les larmes et la mer. Cela faisait un peu Aragon. Je n'osais pas sortir mon carnet.

« Explique-moi ce que t'a dit le médecin. Je voudrais mieux comprendre.

– Le médecin », commençai-je en regardant le serveur traverser la salle les bras chargés de plusieurs plats à tajine fumants. Avec un peu de chance, il s'arrêterait au retour pour le vin. Les babouches s'éloignèrent et il resta Betty et ses yeux couleur tempête.

« Quel est le stade de la tumeur ? » tenta-t-elle de m'aiguiller.

Préparer la femme que vous aimez à la mort qui vous attend était beaucoup plus déprimant que jouer au golf en polo rose et beaucoup plus compliqué qu'affronter des clients en colère au milieu d'un chantier, réalisai-je, soudain effrayé.

« Ils n'ont pas encore fait tous les examens mais je crois que c'est à un stade sérieux.

– Un stade sérieux ? » répéta-t-elle comme s'il s'agissait d'une langue étrangère.

Une sorte de confiture se mêlait à mes idées au fur et à mesure que je tentais de les mettre en mots. J'avais pourtant passé une heure le matin même à lire des brochures médicales en ligne sur les cancers en général et celui de la gorge en particulier mais mes connaissances n'étaient pas à la hauteur de l'épreuve. Je fis un résumé qui mélangeait les bonnes et les mauvaises nouvelles, le tout rehaussé de quelques notions intimidantes et compliquées.

« Pourquoi tu dis que les fonctions rénales sont menacées ? Quel rapport avec la gorge ? Tu me caches quelque chose. »

Le grand prêtre aux babouches sauta sur l'occasion pour s'incliner en direction de notre insignifiante table. « Prendrez-vous du vin, monsieur ? » dit-il en souriant. Surpris par son attaque, je ripostai en lui demandant son avis sur le choix d'un rosé.

« Un Domaine Ourgado 2020, monsieur. On est sur des notes florales avec un léger bouquet d'épices sur la langue. Si monsieur est plus fruité, je suggère un saint-pivier 2021, on part sur des arômes de poire et de cerise avec une envolée légèrement acidulée. »

Les yeux de Betty que je consultai par politesse n'affichaient rien de fleuri ni de fruité. Les petites étoiles des photophores se multipliaient à chaque battement de cils. La montée des eaux était inquiétante et la banquise risquait à tout moment de se fendre.

« Tu sais ma chérie, si ça peut te rassurer, le docteur Lejeune est très compétent. La crème de la crème en matière d'oncologie. Ce type-là ira loin, crois-moi.

– Je me fous jusqu'où il ira. Il s'appelle comment ? Répète-moi son nom. »

Betty avait déjà sorti son smartphone. Un réflexe qu'elle avait dès qu'on lui parlait d'un artiste.

Fébrile, je lui expliquai que le docteur Lejeune était abonné à toutes les revues médicales à la mode et qu'il avait l'air dynamique et humain, deux qualités absurdes que Betty aimait bien.

« Il rentrait même d'un colloque à Miami, ajoutai-je en songeant au bronzage de l'énergumène.

– J'espère que ce n'est pas juste un alibi pour passer des vacances avec sa maîtresse », observa-t-elle avec une ironie de mauvais goût.

Les gens à la table d'à côté se levaient pour applaudir. Des hommes en costume pour la plupart, dont certains avaient retiré leur veste tandis que leurs collègues les regardaient avec envie les jambes scellées à tout jamais sous les plateaux en teck. L'un d'eux s'essuya le front avec sa cravate et me fit un clin d'œil que j'ignorai, faute de pouvoir le lui rendre. Betty trouvait en général que mon intérêt pour les autres clients au restaurant manquait de dignité.

« Il compte t'opérer quand ça ? répéta-t-elle un peu plus fort. Pierre, pourquoi tu ne me réponds pas ? »

La banquise penchait dangereusement. L'eau froide menaçait de submerger la table, le photophore et les coussins en velours.

« Il y a des métastases, c'est ça ? Tu ne veux pas me le dire ? » Son reniflement produisit un son de trompette assez comique.

Betty détestait pleurer mais plus encore qu'on la voie pleurer. « Maman se prend pour la reine d'Angleterre », plaisantait Clémence quand sa mère partait se moucher dans l'escalier de la cave.

Elle me demanda pardon et se leva pour aller aux toilettes. Il restait sans doute là-bas un morceau de banquise auquel elle espérait s'accrocher un moment, des bruits d'eau pour couvrir les siens, quelques mouchoirs, et un peu d'obscurité. Peut-être même de quoi bricoler son fameux « sourire intérieur ».

J'aurais bien aimé mettre Betty dans mon roman, me dis-je en pensant à sa pratique nihiliste de la méditation et aux quatre tenues vestimentaires qu'elle arborait quotidiennement. Betty s'était approprié un vernis de sophistication bourgeoise et quoi qu'on y fasse les bourgeois passaient mal dans les romans. Ils étaient déjà dans la reproduction passionnée d'eux-mêmes. Ils étaient des copies de copies. On n'avait pas d'autre choix que de faire comme Flaubert et de les décrire comme d'orgueilleuses girouettes. Mais comment aurais-je pu faire une chose pareille à Betty ?

Mon Élue était revenue, contemplant sans rien dire le serveur qui disposait avec une délicatesse byzantine les récipients en terre cuite contenant notre dîner. Son mascara n'avait pas coulé, ses lèvres étaient encore roses et je devinais même un peu plus d'irisé sur ses joues.

« Tu le sais depuis combien de temps ? » Seul son ton abrupt trahissait le refroidissement du récent plongeon.

Je lui réexpliquai les examens et la visite au docteur Calfond en fournissant quelques détails inutiles sur la secrétaire qui perdait les dossiers.

« Pierre, je vois que tu me mens, dis-moi la vérité. »

Je cachai mon trouble en enfournant un triangle feuilleté qui se révéla diaboliquement piquant.

« Tu étais au courant pour ton cancer depuis longtemps, c'est ça ? Pourquoi tu ne nous l'as pas dit ? Tu étais tellement bizarre ces derniers temps. Les enfants l'ont aussi remarqué. Tu te souviens quand tu as jeté l'assiette de Clémence par la fenêtre ? »

Je voulais rappeler à Betty qu'il s'agissait de steaks de pois chiches au curry et que personne n'avait réussi à les manger mais Betty, vivifiée par son bain glacé, courait à présent sur la banquise armée d'un harpon.

« Et la fois où tu as vidé le compost sur la couette de Thomas sous prétexte que tu ne supportais plus qu'il t'apprenne à trier tes ordures ? Il est encore traumatisé par ce truc. Son lit était rempli d'asticots. Anaïs a dû jeter ses draps à cause de l'odeur, sa housse de couette préférée, celle avec Bob l'éponge. Et Hubert, est-ce que tu t'intéresses à Hubert ? Je parie que tu ne connais même pas l'adresse de son studio ? »

Le carnaval de piments qui se déchaîna dans ma gorge m'empêcha de former la moindre expression. Ma bouche en feu ne laissa passer qu'un faible grognement.

« Cet été pendant les vacances, est-ce que tu étais avec nous ? Non. Tu lisais. Tu lisais ton Proust tout seul comme un vieux célibataire égoïste. Monsieur ne se rasait plus. Crois-moi ça ne te va pas la barbe. Est-ce que tu t'es promené une seule fois avec nous ? Non. Tu ne nous as jamais accompagnés au marché. Pas une fois. Tu bouffais tes langoustines avec les doigts pleins de mayonnaise. Les enfants étaient dégoûtés. Moi aussi. L'unique fois où on est sortis en famille, c'était pour aller au cinéma voir ce film cafardique que tu avais choisi. Cette femme qui tricote des pulls pour ses enfants qui meurent les uns après les autres.

À la fin, il ne lui reste que des placards remplis de pulls. Thomas s'est réveillé en pleurs plusieurs nuits de suite. »

Betty saisit mon verre et, les joues tremblantes, elle avala une longue gorgée de rosé.

« Je ne vois pas ce que tu as contre Proust, dis-je, la langue brûlée.

– Et le chantier, Pierre ? Notre chantier, ce projet avec lequel tu nous baratines depuis quinze ans, tu l'as complètement abandonné. Cela fait des mois que tu ne veux plus parler de cette maison. Tu te rends compte ? Ce terrain qu'on a cherché des années, ce permis de construire qu'on a dû négocier mur par mur avec la mairie, les plans que tu as redessinés des dizaines de fois, tout cet argent, tout ce temps… Et moi, qui ai erré des week-ends entiers afin de dénicher ces stupides carreaux en ciment teinté pour la salle de bains. Pourquoi tu ne nous as pas dit que tu étais malade ? Tu voulais souffrir en silence pour nous imposer tes yeux tristes, c'est ça ? »

Les verres vibrèrent sur la table, signalant un tremblement de terre qui se révéla de façon très décevante être un appel sur le téléphone de Betty.

« Ah c'est vous ? Bonjour monsieur, comment allez-vous ? Je comprends. Non, je ne suis pas au courant. Ça se produit en permanence ? Il est très possible que cela fasse partie de l'installation. Il faudrait demander à l'artiste. Je comprends. Non, il n'est pas là. Il est à l'étranger pour le moment, une foire à Chicago, je crois. Avec le décalage horaire, c'est compliqué. Mais je comprends, bien sûr. »

Le téléphone plaqué contre la joue, Betty hochait la tête en jouant avec sa fourchette. Elle semblait à peine contrariée et sa bouche s'arrondissait comme si elle s'apprêtait à produire de ravissantes bulles rose et bleu.

« Oui, je peux venir voir si vous voulez. C'est peut-être l'ampoule. Bien sûr, je vais lui demander, je vais même lui envoyer un mail tout de suite. Non, il ne répond jamais au téléphone. Ne vous inquiétez pas. Cela peut aussi faire partie du dispositif. »

Il fut question de branchements électriques, de bavarois à la pistache, de disputes conjugales et de sapin à abattre. J'en profitai pour réfléchir brièvement à mon roman sans sujet.

Fallait-il inclure les messages et les conversations téléphoniques dans une œuvre romanesque ? J'étais inquiet à l'idée de devoir couper mes scènes à tout bout de champ. Sur le plan artistique, les intrusions du téléphone portable ressemblaient à des poteaux électriques au milieu de cerisiers en fleur. L'avantage, me dis-je en observant un couple qui titubait amoureusement vers la sortie, c'est que cela laissait aux personnages le temps de penser à autre chose.

« Quelle merde », fit Betty. Elle piqua deux olives avec sa fourchette. « C'est un des néons de Tramescu. Le truc s'est mis à clignoter, figure-toi. » Elle mastiqua les olives avec un air à moitié amusé. « Évidemment, le type qui l'a acheté est furieux, continua-t-elle presque à voix basse. C'est la première fois qu'il achetait une œuvre chez nous, il comptait l'offrir à sa femme pour leur anniversaire de mariage. Il avait invité toute sa belle-famille, les amis et tout le bazar. À la fin du repas, le truc a fait un grésillement bizarre en s'éteignant plusieurs fois. Il paraît que les enfants ont hurlé. Et maintenant », elle inspira comme pour déployer une salutation au soleil sur un tapis de yoga, « il dit que le néon ne se rallume que quand on crie. »

Tramescu était un nain dont la barbe jaune et les mitaines en laine m'impressionnaient beaucoup plus que les œuvres. Il vivait dans un four à pain au milieu des Carpates où il se nourrissait de baies et de cadavres d'animaux. Les caprices de son néon n'étaient rien en comparaison de son caractère.

« Tu penses que Tramescu va pouvoir faire quelque chose ? dis-je, heureux de remplacer mon cancer par des problèmes de court-circuit.

– Tu rigoles ? » Betty releva son front pâle de guerrière inuite. « Non, je vais essayer de régler ça moi-même. La dernière fois que je l'ai appelé pour lui demander ses coordonnées bancaires, il m'a insultée. Je voulais lui faire un virement, alors tu imagines si je…

– Tu devrais peut-être dire à ton collectionneur que Tramescu travaille à partir de matériaux récupérés dans des bureaux de poste communistes. Les collectionneurs adorent la politique.

– Copper a une compréhension très limitée de l'art contemporain. Il pensait que le néon serait parfait pour renforcer l'éclairage de sa salle à manger. »

Je n'osai pas demander à Betty de quelle œuvre il s'agissait. Je me souvenais de l'une d'elles qui s'éclairait en rouge pour former l'inscription *Mind your own business*. Il me semblait parfois la voir briller dans l'obscurité de mes insomnies.

« Excuse-moi d'insister, est-ce que tu lui as quand même dit que Trasmescu était aveugle ? Franchement, à sa place, je crois que ça me calmerait.

– Tramescu n'est pas aveugle, il fait seulement travailler des orphelins myopes et homosexuels que le pouvoir persécute.

– Je me demande où il les trouve, dis-je, légèrement surpris et écœuré par les formes variées du malheur humain et plus encore par la sous-traitance opportuniste qu'en faisait l'art contemporain.

– Pierre, je ne veux pas discuter d'art avec toi ce soir. Parlons de ton cancer et restons rationnels. Je me suis renseignée sur

Internet : les chiffres sont très rassurants. Les gens ne meurent plus, la mort est un épiphénomène. Et la souffrance », elle fit une pause en contractant son poing, « si jamais tu comptes souffrir et nous infliger le spectacle de tes souffrances, la souffrance est quasiment éradiquée. Un cancer est juste un mauvais moment à passer. »

Ses yeux brillaient, ils étaient injectés de sang.

« Comme un rhume ? demandai-je.

– Non, comme des vacances ratées, répondit Betty dont l'humour était aussi sympathique qu'un couteau aiguisé. Je voudrais juste rencontrer ton cancérologue. Histoire d'éviter quelques discussions pénibles. Moi, tu comprends, j'ai besoin de savoir. »

Je fis semblant de constater l'existence d'un dépôt invisible au fond de mon verre. Betty me reprochait souvent d'être secret. « Tu ne dis rien ? » se plaignait-elle au milieu d'une soirée animée ou d'une promenade en forêt. Beaucoup de routes entre nous étaient devenues impraticables, comme verglacées par un hiver définitif, et certaines conversations demandaient désormais un chasse-neige, des gants et un courage que je n'arrivais plus à trouver.

Les poignets en soie kaki posés de chaque côté de son assiette, Betty tentait d'attraper mon regard en durcissant le sien.

« Je ne veux pas que tu m'accompagnes à l'hôpital, finis-je par dire. Chaque homme doit affronter son destin. J'ai besoin de ton amour, pas de béquilles. » Mes phrases semblaient tout droit sorties d'un téléfilm mal traduit mais Betty ne parut pas s'en rendre compte. Elle ouvrit plusieurs fois sa bouche délicatement nacrée sans émettre un son. « D'ailleurs, j'avais demandé à Calfond une absolue confidentialité. Pareil avec Lejeune, il ne te dira rien. J'en ai discuté avec lui, certains malades lui ont fait la même demande. Il dit que c'est plus sain, que les conjoints pleurent, emmêlent tout et compliquent inutilement les traitements. Selon lui, il n'y a rien de plus naturel que la maladie.

– Et les enfants, tu as pensé aux enfants ?

– Quels enfants ? dis-je pour gagner du temps.

– Pierre, arrête.

– Nos enfants survivront. Tu oublies le pouvoir du moment présent.

– Arrête Pierre. On dirait que ça t'amuse. Je voulais savoir si tu comptes leur dire ? Ils sont jeunes. On ne peut pas gâcher leur insouciance. C'est tellement précieux l'insouciance. » Elle désigna la flamme du photophore et le décor clignotant des autres tables.

J'avais sans cesse été pris en otage par l'insouciance des autres, me dis-je en songeant à ma mère et aux mégots de cigarettes qu'elle laissait tomber dans le grille-pain et la cuvette des toilettes. Il était temps de venir à bout de cette tyrannie.

« On ne va tout de même pas leur mentir. On ne doit jamais mentir aux enfants, protestai-je, ravi de rappeler cette règle biblique que martelait Justine Machin-Truc dans ses livres d'éducation positive. Imagine un peu le feu d'artifice de traumatismes quand ils découvriront la vérité. Imagine leur colère, leurs échecs amoureux, leurs naufrages professionnels, leur déchéance physique, leur décrépitude morale. »

Betty plongea un morceau de pain dans l'un des bols remplis de purées colorées et poussa un soupir. Son regard, d'un seul coup, se vida. Le restaurant, les plats devant elle, ma présence, tout semblait avoir disparu au fond de ses pupilles noires et béantes. Elle médite, pensai-je, terrifié par le spectacle de ce somnambulisme inédit.

« Je suis en train de lire un roman très intéressant, lançai-je à tout hasard pour ranimer ma femme. Un roman dans lequel l'auteur imagine sa vie sans lui, une sorte d'antiautobiographie.

– Je ne vois pas l'intérêt, articula Betty revenue à une forme de protoconscience crachotante.

– Je ne sais pas, je crois que l'auteur avait envie de rester en dehors de tout ça. Et de comprendre ce qui l'entourait en se débarrassant de lui et de son encombrante existence. Au fond, tu as raison, il aurait dû se contenter d'inventer une histoire.

– Pourquoi inventer ? Il y a tant de choses à raconter, à défendre, à dénoncer. Les forêts détruites, les femmes violées, les trafics, les guerres qui…

– En fait, je crois que l'auteur a essayé. Il évoque la disparition des pandas au début du livre et puis, je ne sais pas, on dirait qu'à force de se pencher au-dessus d'un gouffre rempli de vérités, il a eu le vertige et il a préféré parler des choses dont personne ne parle. Ces choses très simples, presque invisibles, qui restent au bord de nos vies mais finissent par leur donner une forme sans que l'on s'en rende compte. L'auteur est persuadé que la mort n'est qu'un concept et que ces choses résistent pour nous le prouver.

– Ça a l'air complètement sinistre. C'est pire que Proust. Je suis sûre que tu ne devrais pas lire ça. Surtout dans ton cas.

– Non, c'est très agréable à lire, les chapitres sont courts et… »

Je jubilais à l'idée d'un roman qui promènerait le lecteur dans les paysages ignorés de sa propre vie et je réfléchissais à la façon dont je pourrais débarrasser mon personnage de cette couche compacte d'idées collantes et de phrases gluantes qui asphyxiait toute émotion.

« Pierre, est-ce que tu l'as déjà annoncé à nos amis ? »

Quand Betty parlait d'amis, je ne pouvais m'empêcher d'imaginer une foule de visages rouges et bruyants au-dessus d'une nappe aux verres renversés.

« Non, je l'ai seulement annoncé à Christian, je ne me sens pas en mesure de suivre les dossiers en cours.

– Et ta carrière ? »

Le mot *carrière* m'évoquait un trou géant, ouvert sur le néant dans lequel on casse des pierres dans la poussière et la chaleur.

« Pierre, s'il te plaît, sois sérieux. Tu ne vas quand même pas rester seul à la maison pendant des journées entières. Tu vas déprimer.

– Pas du tout, je vais penser à vous en réparant nos poignées de porte. »

Betty essaya de piquer une olive qui roula jusqu'à la babouche princière du serveur occupé à disposer l'addition sur la table d'à côté.

« Tu ne sais pas réparer les poignées de porte. Je te connais, tu vas écrire des poèmes lugubres que tu nous liras tous les soirs pendant le dîner. Au fond, je parie que tu es ravi. C'est ça qui m'inquiète. Enfin du tragique dans ta vie.

– Betty, pour moi, la mort n'est pas tragique. Ce qui est tragique…

– C'est bien ça le problème avec toi, tu n'aimes pas la vie. Tu méprises les gens qui aiment la vie, les gens qui prennent soin d'eux, qui courent trois fois par semaine et qui évitent le gluten. C'est facile de se moquer des autres mais si tu en avais fait autant tu ne te retrouverais peut-être pas avec une saloperie de cancer.

– Le destin n'a rien à voir avec le gluten.

– Tu vois, tu es méprisant. »

Je ne méprisais pas les gens mais les grelots bruyants dont ils se coiffaient la tête.

Je résistai à l'idée de parler à Betty du tableau que j'avais vu dans la salle d'attente de Calfond. La photo de l'œuvre était sur mon téléphone mais j'avais peur qu'elle se moque de moi. Après tout, je ne connaissais pas encore le nom de l'artiste. Mes recherches sur Google n'avaient rien donné. J'espérais secrètement que l'artiste fasse partie du panthéon de Betty. Ou alors qu'il soit jeune, inconnu et désespéré et que je puisse changer le cours de son existence.

Je pris la main de Betty et me concentrai sur le petit vertige que me procurait encore ce contact après vingt ans d'une vie commune qui l'était de moins en moins.

Quelles paroles magiques pouvaient faire renaître la femme que j'aimais ?

« Qu'est-ce qu'il y a ? Ne me regarde pas comme ça, tu me déprimes.

– Betty, ma chérie, ma colombe, dis-moi pourquoi nous sommes fâchés, je n'arrive plus à me souvenir ?

– Tu pourrais te remettre au golf, dit-elle avec la détermination d'un castor au milieu d'une rivière lisse et boueuse. Ou accepter pour une fois d'aller à la chasse avec Alfred. Il est sympa et tu vas finir par le décourager avec tes refus. »

N'importe quel attirail lié au golf ou à la chasse renforçait mon sentiment d'imposture dans ce monde. Quant au « sympa » dont Betty affublait Alfred, il s'agissait d'un déguisement que deux verres de whisky tourbé faisaient tomber sans difficulté.

« Si tu parles de l'homme qui a épousé ta sœur, c'est l'être le plus misogyne que je connaisse.

– Mais qu'est-ce que tu vas devenir tout seul à tourner en rond avec ta maladie ? gémit Betty tandis que je serrais plus fort ses doigts contre ma paume. Tu vas finir par devenir une ombre, un spectre, un fantôme. » Sa voix s'étrangla comme une sonnette cassée.

La véritable tragédie, c'était de constater à quel point j'étais passé à côté de ceux que j'aimais pour imaginer un seul instant que la maladie allait les faire accourir pleins de regrets et de tendresse.

Quelle vie avais-je menée pour croire que la mort allait tout me restituer ?

12

Je ne savais pas du tout comment nous allions recoller les morceaux après ce que je lui avais dit sur ses préjugés de vieille anarchiste cinglée. De toute façon, il n'y avait pas vraiment de morceaux à recoller, le vase avait toujours été cassé.

Peut-être que quelqu'un lui avait annoncé pour mon cancer.

« Sale individualiste. » J'avais dit ça, avant de claquer la porte de ma voiture. Plein d'autres choses traînaient dans les tiroirs de mes ressentiments mais j'avais seulement extirpé et déballé ce qui débordait. Par exemple, je n'avais pas parlé de son attitude vis-à-vis de mon père, je n'avais pas parlé de son mépris pour Betty, de sa façon de manipuler cette pauvre tante Marthe, ni de tout le reste. Mais, cela faisait déjà beaucoup et elle n'avait pas adoré. Surtout l'histoire des cahiers.

« Qu'est-ce qu'on s'en fichait de la taille de ces cahiers. Ne me dis pas que tu étais aussi conventionnel et matérialiste à cet âge-là ! » Mes cahiers d'enfance avaient scellé la discussion. Elle m'avait arraché des mains le sécateur que je lui avais apporté et m'avait mis à la porte en me disant que j'étais une « petite vermine ».

L'expression avait dansé au-dessus de ma tête plusieurs semaines, à chaque fois que je voyais mon reflet dans l'ascenseur. « Petite vermine. » J'imagine que les gens qui ne m'aimaient pas me traitaient secrètement de « salopard », « crétin » ou « sale con ». « Petite vermine » était une insulte presque touchante mais dès que je la prononçais, je retrouvais la colère de ma mère sifflant sur le perron.

Elle m'avait laissé un message vocal. Cela lui ressemblait bien d'inviter son fils à manger une part de gâteau après des mois de silence. Une façon de me ramener à mon statut de gamin. Un gamin qui traînait quelque part dans les fougères autour de la maison et dont elle criait le nom par la fenêtre quand elle avait besoin d'un coup de main pour étendre le linge ou poster une lettre. Néanmoins, elle se souvenait que j'aimais le roulé à la confiture et surtout, cette fois-ci, c'était elle qui faisait le premier pas.

En fait, c'était moi le « roulé à la confiture ».

Je crus d'abord qu'elle avait changé d'avis. J'avais sonné au moins huit fois en soulevant les lianes du chèvrefeuille qui, depuis ma dernière visite, avait doublé de volume. La plante envahissait à présent un tiers de la façade et dessinait un rideau devant la porte d'entrée. J'avais fait plusieurs remarques sur cette exubérance végétale avant de constater que l'épanouissement du chèvrefeuille avait aux yeux de ma mère une priorité indéniable sur beaucoup d'autres sujets.

« Quelle heure est-il ? »

Je fis mine de l'embrasser. Elle me tendit la joue en levant les bras bien haut comme si elle se rendait malgré elle à la police.

« Attention à la peinture. »

Évidemment, je la dérangeais. En dehors d'imprévisibles et brefs attendrissements, elle était plutôt hostile à la fréquentation des humains. Sa sœur, qui dormait désormais sous son toit, en savait quelque chose.

Tante Marthe me fit un signe de la main depuis la table de la cuisine dont la porte était entrebâillée. Elle avait reçu des ordres de silence et de distanciation.

« Suis-moi à l'atelier, je dois finir ma couleur. »

Ma mère portait sa vieille blouse dont la teinte bleu lavande ne se voyait plus que dans le dos. Ses cheveux, que j'observais en marchant derrière elle, n'avaient plus une mèche brune depuis longtemps. Elle les avait coupés au carré un ou deux ans auparavant et ils tentaient de résister encore au bandeau en toile beige qu'elle enfilait pour les retenir. Tout en soulignant la sévérité de son nez et l'arcade sarcastique de ses sourcils, cette nouvelle coiffure proclamait sa faculté à rester la jeune fille insouciante qu'elle n'avait jamais cessé d'être.

En arrivant dans son atelier, dont l'odeur de cendre froide et de citronnelle n'avait pas disparu, elle m'expliqua qu'elle travaillait sur une grande composition florale.

« Je suis si souvent interrompue que je ne sais pas si je parviendrai à peindre un seul bouton-d'or avant ma mort. »

L'évocation de sa mort était une figure de rhétorique. Ma mère n'a jamais cru une seule seconde à sa mortalité.

« Elle était là hier soir, posée ici, c'est quoi encore ce merdier, il n'y a plus moyen d'avoir un peu d'ordre chez soi. » Elle cherchait parmi les toiles adossées au mur du fond, accusant tour à tour tante Marthe, la femme de ménage, Dieu et d'improbables enfants.

Pendant ce temps, le regard aimanté par l'arc vert de la porte-fenêtre, je cherchais un soutien dans les silhouettes familières du jardin. La pelouse, plongée à moitié dans l'ombre bleue des hêtres, palpitait comme un animal endormi. Le saule promenait ses feuilles mouillées et son air mélancolique sur l'allée de gravier. Debout contre l'haleine fraîche de la fenêtre, je réalisai à quel point ma nostalgie était exacerbée par l'absence de réciprocité. Les oiseaux, les branches et le vent produiraient après mon départ la même musique que celle écoutée enfant.

Une immense scie bleue déchira tout à coup le ciel dans un coin du paysage. C'est impossible, me dis-je en plissant les yeux pour observer le sapin à contre-jour. Impossible parce que aucun arbre ne pouvait atteindre cette taille en l'espace de quelques mois. Impossible aussi parce que aucune personne sensée n'aurait pris la peine de planter ou faire pousser un tel colosse échevelé dans son jardin.

« Je vais finir par fermer cet atelier à clef, c'est infernal à la fin. Quel foutoir. Et maintenant, je ne trouve plus mes lunettes. Viens par ici, que je te montre. Qu'est-ce que tu regardes ? Le jardin est une horreur. Elles ont encore tout saccagé », lança ma mère.

Je savais très bien ce qu'impliquait ce refrain, cette façon de laisser entendre que les taupes avaient profité de mon absence pour lui faire la vie dure. Cette cruauté des fils indifférents à l'égard de leur mère.

L'indifférence.

L'indifférence me réveillait la nuit. Je n'avais pas assez vu, écouté, compris, aimé… L'indifférence allait tout engloutir.

Je ne me souviens pas de l'âge que j'avais quand mon père est véritablement parti mais sa présence était devenue de plus en plus floue dans la maison. On le trouvait assis dans l'herbe en train de lire quand on traversait la pelouse pour jouer au fond du jardin, il entrait dans la salle à manger pendant nos dîners pour prendre les lunettes qu'il avait oubliées et parfois la porte de sa chambre était fermée mais nous sentions l'odeur de sa pipe. Un gentil fantôme qui traversait sans bruit les pièces de notre quotidien. Je me souviens qu'un jour au milieu d'un jeu bruyant auquel je m'adonnais dans la salle de jeux, il s'agissait d'un garage et j'imitais les rugissements des voitures, au milieu donc de mes bruitages, je m'étais arrêté pour écouter le silence autour de moi. Ma mère et ma cousine étaient parties à un rendez-vous mais j'étais persuadé que mon père rôdait dans les parages. Le cœur chancelant, je l'avais appelé dans toute la maison, cherché dans sa chambre où il n'était pas. En ouvrant les placards, je m'étais rendu compte qu'ils étaient vides. Vides et poussiéreux.

« Viens voir. »

En équilibre sur le rebord de son chevalet, ma mère avait disposé trois nouvelles toiles.

« Approche, elles ne vont pas te mordre. »

Elle s'était récemment mise à peindre des fleurs : pivoines, tulipes, hortensias, œillets, camélias… Elle les représentait la plupart du temps sous la forme de bouquets éclairés par une lumière matinale, dans une composition qui restituait docilement le style des tableaux hollandais du dix-huitième siècle. Pour une artiste iconoclaste dont la spécialité était la violence des formes et l'abolition du réel, le décalage était saisissant. Je soupçonnais pour ma part une nouvelle transgression.

Ma mère avait cessé officiellement de peindre une dizaine d'années auparavant. Elle avait donné quelques interviews fantaisistes pour exposer les raisons de son abandon, puis avait résilié ses contrats avec les différentes galeries et expédié toutes les toiles qu'elle gardait au fond du garage dans un entrepôt sécurisé. Son galeriste parisien, Pierre Doiron, me téléphonait toutes les semaines pour que je la fasse changer d'avis. Il lui envoyait des lettres pleines de compliments qu'elle mettait à la poubelle avec jubilation.

Betty avait été impressionnée le jour où elle avait appris que j'étais le fils de cette peintre si médiatique. Elle s'était procuré le catalogue de sa grande exposition à la fondation Géraudy et quelques revues d'art qui parlaient de son travail. La surprise avait été encore plus violente en la rencontrant. La grande artiste dont on vantait partout en Europe les toiles métaphysiques avait autant de foi dans l'art qu'un peintre du dimanche cynique et désabusé. Je me souviens de ce premier déjeuner comme si les restes des plats étaient encore exposés là, sous mon nez. Le rire de ma mère quand Betty avait cité l'article intitulé « Une critique déconstructiviste de la modernité ». « Et dire que je me suis contentée d'éplucher mes légumes sur des toiles », avait ricané ma mère.

Quand elle avait annoncé publiquement mettre un terme à sa carrière artistique, j'avais éprouvé du soulagement pour elle. Je ne sais pas comment elle avait réussi pendant toutes ces années à tenir déguisée et masquée au centre de ce cirque. Ce n'était pas seulement qu'elle méprisait ce que faisaient les autres artistes ou ce que disaient les commentateurs de son œuvre, elle méprisait avant tout ce qu'elle peignait.

Je craignais de devenir comme elle. Surtout quand je commençai à sentir que mes projets m'échappaient et que ma personnalité glissait comme sur une pente, se détachant progressivement de son double souriant et sociable. La maladie était le seul buisson qui se présentait sur la falaise de ma dégringolade morale. La fameuse nuit de la révélation avait tout changé. Même mes mensonges avaient changé de nature.

« Les pétales de tes dahlias ont une texture incroyable. »

Ma mère restait derrière moi sans bouger. J'avais continué avec les nervures des feuilles du rosier qui étaient merveilleusement suggérées, les cerises qu'on avait envie de manger, l'ombre sur la nappe qui était admirablement je ne sais plus quoi…

La moitié de son atelier avait été déballée à mes pieds.

« Mes fleurs », répétait-elle.

Elle en parlait comme une petite fille babille en montrant ses poupées. Elle guettait mes réactions en m'enfonçant ses doigts dans les côtes pour guider mon regard vers les détails les plus marquants de son œuvre. Elle avait complètement oublié le roulé à la confiture et tante Marthe qui nous avait rejoints pour annoncer que le thé refroidissait.

Tante Marthe avait pas mal changé depuis qu'oncle Jean était mort. Ses vêtements devenus trop grands lui donnaient un air maladroit mais elle n'avait pas perdu son goût pour la cuisine. Ma mère m'avait confié qu'elle la retrouvait fréquemment endormie sur la chaise à côté de l'évier, les mains recouvertes de farine ou de pelures d'oignon. Tante Marthe avait reporté sur sa petite sœur enragée la dévotion affectueuse qu'elle vouait auparavant à son mari. Les draps repassés, les brosses à dents remplacées, la robe de chambre pliée, les gâteaux au goûter, les vitres propres, les factures réglées, l'escalier ciré, le verre d'eau sur la table de nuit, les chambres aérées, les fleurs fraîches dans l'entrée… J'espérais seulement que l'oncle Jean, qui n'avait jamais adoré ma mère, n'était pas trop jaloux et écœuré.

Après avoir gratté chaque recoin de son atelier, ma mère se laissa tomber dans l'un des trois fauteuils en velours jaune que j'étais allé chercher dans le petit salon. Tante Marthe poussa jusqu'à nous un chariot sur lequel tremblotait tout un magasin de porcelaine. Elle fit vaciller dans mon assiette une large part de roulé à la confiture sur laquelle elle déposa une énorme cuillerée de confiture, précisant qu'il s'agissait de celle à la groseille. « Ta préférée. »

Pendant un bon moment, chacun de nous trois se borna à écouter le bruit des cuillères et regarder le sucre se déposer au fond des tasses. J'eus le sentiment perturbant d'être tombé au milieu d'une séance de méditation.

« Merde, j'allais oublier de te montrer la plus importante », fulmina tout à coup ma mère, rompant l'harmonie redoutable de l'instant. Elle jeta par terre sa serviette brodée et installa une toile carrée sur le chevalet en face de nous. Il s'agissait d'une tulipe jaune dont la tige ployait comme après une tempête.

« C'est beau », dis-je avec un sourire bête tout en me persuadant qu'il n'y avait pas de message ou de menace dans la souffrance de cette fleur.

Ma mère avait refusé qu'on lui serve du thé, et rien qu'à voir la couleur de la flaque de café au fond de sa tasse, on pouvait supposer que son breuvage était carabiné. C'était bien son genre de chercher à entretenir sa nervosité dans une époque où chacun courait désespérément après la paix intérieure.

Tante Marthe m'annonça discrètement qu'elle donnait des cours de catéchisme à l'école du village.

« Elle a juste trouvé de nouveaux estomacs à nourrir », précisa ma mère, insensible au paradis et à l'enfer. Puis elle rit toute seule en racontant que tante Marthe avait perdu un des gosses lors d'une sortie au cimetière.

J'étais étonné que l'on emmène de si jeunes enfants dans un endroit aussi austère.

« Ça les calme, à ce qu'il paraît », conclut ma mère avant de revenir sur le problème des taupes. À l'entendre parler depuis des années, on pouvait facilement imaginer qu'elle menait une guerre contre une armée de Khmers rouges au fond de son jardin.

« Elles vont finir par me tuer. Marthe m'a lâchement abandonnée, je n'ai plus aucun allié. » Ma mère n'était pas douée pour apitoyer. Elle enchaîna avec les bâtons de dynamite qui selon elle étaient les plus efficaces.

« Ne fais pas cette tête. Il suffit d'enlever la motte de terre et de placer le bâton dans la galerie. Je mets les grosses bottes en caoutchouc de ton père, je me place dessus et j'allume la mèche. C'est tout. »

Effrayé par le bruit et la fumée, le voisin lui avait envoyé un courrier pour l'informer qu'il se plaindrait à une société de protection des animaux.

« Cet animal a juste peur que je mette le feu à la niche qui lui sert de maison, déclara-t-elle tandis qu'elle me versait une deuxième tasse de thé avec autorité.

– Il l'a traitée de djihadiste », murmura tante Marthe qui avait sans doute perçu dans cette insulte quelque chose de troublant. La conversation glissa ensuite sur le terrorisme que ma mère considérait comme une « vaste blague » orchestrée par les médias. « Il n'y a aucune raison de s'en faire autant à cause de ces gens-là. Ils ont des têtes d'abrutis et parlent à peine français. »

J'allais faire remarquer que c'était le cas de ses taupes mais elle s'était relevée pour fermer la porte-fenêtre.

« Il paraît que tu as un cancer, finit-elle par dire en regardant tante Marthe qui remuait abondamment son thé au risque de le faire déborder. Ton fils Hubert l'a annoncé à Marthe par téléphone hier ou avant-hier. »

Tante Marthe me proposa du doigt une autre part de roulé à la confiture. Sa tête fragile oscillait sans cesse contre le dossier du fauteuil. Elle murmura que si j'avais besoin d'aide, elle pouvait me conduire à l'hôpital, venir cuisiner et s'occuper des enfants à la maison. « Tu auras plus de calme pour te reposer. » Elle évitait le mot *cancer* qui devait la bouleverser. J'entendais, à mesure qu'elle parlait, tous les autres mots qu'elle avait peur de prononcer et qui palpitaient dans sa voix.

Ma mère fit remarquer que mes enfants croulaient certainement sous les activités. « Peinture sur rideaux, lâcher de chameaux et saut en sac à dos, s'amusa-t-elle à énumérer. Et puis, je veux avoir la paix chez moi. La dernière fois que j'ai mis un pot de moutarde périmé dans la poubelle, ta gamine m'a traitée de nazie sous prétexte que je n'avais pas trié le verre avec le verre, le couvercle avec les couvercles et que je n'avais pas partagé le reste de moutarde avec les cochons de la ferme du coin. Je lui ai dit que j'avais autre chose à faire. Je ne sais pas ce qu'on leur met dans la tête mais ça fait froid dans le dos. Quand je pense à l'innocence de votre génération, et à tous les papiers de bonbons qu'on jetait par la fenêtre, crois-moi, ça n'empêchait pas les oiseaux de chanter. Les enfants d'aujourd'hui sont sérieux comme des papes, et encore il paraît que le dernier est un vrai clown si j'en crois la voisine. »

Elle enchaîna en affirmant que les cancers n'étaient plus du tout dangereux comme autrefois et qu'on avait un tas de techniques pour les pulvériser. « Je ne m'inquiète pas une seule seconde pour toi », révéla-t-elle avec un sourire héroïque et vaguement indécent.

Les taupes restaient sa priorité absolue en matière de danger.

« Tu dors bien au moins ? demanda Marthe.

– Je dors mais bizarrement, je fais beaucoup de rêves et je…

– C'est normal à un certain âge, on ne dort plus, on ressasse », affirma ma mère.

Pour calmer tante Marthe dont les mains tremblaient comme des herbes folles le long de la route, je fis semblant de discuter de l'été qui arrivait, des fleurs qui allaient fleurir, qui avaient déjà fleuri, qui ne fleurissaient plus, des arrosages qu'il fallait faire, des chenilles sur les feuilles des buis.

Ma mère avait repris le tri de ses châssis dans le fond de la pièce.

« Et le commerce de tableaux, comment ça se passe ? » Il était inévitable que la discussion échoue sur la galerie de Betty.

« Très bien, répondis-je en reprenant une bouchée de gâteau pour me donner un air serein.

– J'ai fait un tour dans les locaux de Deltière & Machin-Chose il y a quelques semaines », annonça ma mère tandis qu'elle vidait le reste de la cafetière dans sa tasse. Elle avala trois gorgées de son diabolique liquide et m'expliqua qu'elle n'avait pas croisé Betty.

« Betty est très très occupée en ce moment, dis-je précipitamment.

– Ta femme était sans doute barricadée dans son bureau comme tous les galeristes, fit-elle remarquer en guise d'apaisement. D'ailleurs, ça valait peut-être mieux, entre nous c'était pas terrible-terrible.

– Qu'est-ce que tu n'as pas aimé ? demandai-je dans un élan de candeur et de crétinerie filiale.

– Je ne sais pas, ça sentait l'orangeade bon marché, le quatre-quarts rassis et le thermos mal lavé, ça sentait la kermesse d'école quoi. Que du conventionnel, du banal et du bien-pensant. Tu parles d'une exposition collective, à ce stade j'appelle ça du collectivisme artistique. Ça manquait totalement de mordant. »

Je ne pus m'empêcher de penser à toutes ces fleurs ingénues que ma mère s'était mise à peindre. Était-il possible que ses fleurs mordent, piquent ou empoisonnent ?

« Oui, mais ce que tu as vu, ce sont les jeunes artistes de la galerie, ils n'ont pas quarante ans, ce sont des bébés pandas, encore aveugles, naïfs, vulnérables et tout ça mais la plupart sont très prometteurs, tu sais… »

En ouvrant mes mails, j'étais récemment tombé sur une vidéo montrant des bébés pandas avec un appel aux dons contre la déforestation des bambous.

« Je ne veux pas être mauvaise langue, d'ailleurs à mon âge on n'est que douceur et indulgence, mais ce que je barbouillais avait quand même beaucoup plus de panache. » Elle leva vers moi des yeux clairs traversés d'imperceptibles éclairs de sorcellerie.

Apparemment ma mère n'avait jamais vu de photos de bébés pandas.

« Les artistes actuels sont dans une démarche de déconstruction et de réparation du monde, récitai-je avec le ton calme de Betty. Ils veulent éveiller nos consciences. » Ce dernier argument était sorti de ma bouche par erreur.

« Éveiller nos consciences, non mais de quoi je me mêle. Bientôt, on va nous apprendre à penser, à respirer. Quand je te disais que ça sentait la kermesse… Ils nous prennent pour des mioches. »

Le soleil, l'obstination, le chagrin peut-être, avait dessiné d'étranges motifs le long de ses pommettes. Je n'avais pas vu ma mère vieillir. Ses rides m'apparurent comme une attaque personnelle, un reproche adressé à mon insouciance.

« Non, et puis je vais te dire, continua ma mère en se rasseyant, ça manque surtout de modestie. »

Depuis quand la modestie lui servait-elle de boussole ?

Elle regarda par la fenêtre avec un air découragé. Je ne savais pas si cet anéantissement était dû au manque de modestie des artistes contemporains ou à ma stupidité. La lumière de l'après-midi avait baissé et les ombres de nos doutes s'étaient emparées des murs de la pièce. Peut-être était-elle fatiguée malgré le café.

« Ça n'a rien à voir avec la déconstruction, murmura-t-elle. L'art n'est ni une entreprise de démolition ni une religion. Les artistes qui veulent nous convertir à un quelconque dogme se trompent. L'art n'a aucune vérité à délivrer, l'art nous relie non pas à Dieu mais au réel lui-même et à son infini mystère.

– C'est beau, dis-je. C'est à tout ça que tu penses quand tu peins tes fleurs ? » Je craignis aussitôt que ma question ne ressemble à une fléchette pleine de venin.

« Tu n'as vu que des fleurs parce que tu n'as pas bien regardé. Si tu avais vraiment regardé mes peintures, tu n'aurais pas vu des pétales, des tiges et des pistils, tu aurais vu des gens, et même des gens que tu connais. »

Les tremblements de tante Marthe avaient repris et se répercutaient entre la tasse et la soucoupe qu'elle essayait de maintenir droite sur ses genoux. Il était plus prudent de ne pas pousser plus loin la conversation.

« Tu as une mine affreuse, je ne t'ai jamais vu avec des cernes pareils », déclara ma mère en me raccompagnant sur le perron.

Les larmes me montèrent aux yeux. Quelqu'un avait enfin perçu l'aspect pathétique de mes joues chiffonnées et de mon front jauni. Parmi tous les êtres humains que je côtoyais, c'était ma mère qui justifiait tout à coup le mal que je me donnais à être malade, la force morale qu'il y avait à être un mourant au milieu des vivants. Peut-être même décodait-elle dans mon teint décoloré les signaux de mon départ prochain.

J'avais envie de la serrer contre moi et de lui dire que je l'aimais. Mais ces deux choses m'apparaissaient aussi compliquées à réaliser qu'un salto sur un cheval au galop.

« Cela m'a fait plaisir de te revoir, dis-je pour faire plus simple.

– Tu as toujours été sentimental. » Elle fit mine d'admirer une mauvaise herbe qui poussait entre la façade et le volet.

En l'embrassant, je réalisai avec gratitude que ma mère ne mourrait pas. Ce chagrin révoltant auquel chaque enfant se préparait depuis l'âge de six ans, ce chagrin auquel je n'aurais jamais trouvé de consolation, ce chagrin immense et programmé, ce chagrin-là me serait épargné.

« Maman, Clémence m'a reposé dernièrement la question de mon double prénom. Je n'ai jamais su. Pourquoi Pierre, pourquoi Antoine ?

– Ton père détestait le prénom Antoine, et moi je détestais Pierre. C'est dingue mais c'est comme ça, nous n'avons jamais été d'accord sur rien. »

13

Thomas s'était plaint à ses grands-parents des fameuses vacances empoisonnées par Proust et les langoustines à la mayonnaise. Sa frustration avait été sans doute amplifiée par le contraste qu'offraient les panneaux colorés à l'entrée de Queenie Island, ceux où l'on voyait des gamins armés de mitraillettes à eau et des familles entières la bouche grande ouverte agrippées à des engins volants. Militants actifs pour la Corruption Béate de l'Enfance au nom du Bonheur Universel, Cricri et Toto avaient compati au sentiment d'injustice de leur petit-fils en lui offrant quatre tickets, dont deux étaient destinés à ses « copains ». Les récréations de Thomas étant essentiellement peuplées d'ennemis et de fourmis, Betty avait réglé la question en nous incluant Clémence et moi dans l'expédition.

Hubert était monté dans la voiture par erreur, persuadé qu'il s'agissait d'un convoi en direction du supermarché où il comptait renouveler son stock de chaussettes et de corn flakes. C'était seulement sur le parking de Queenie Island qu'il s'était rendu compte dans quel climat de gâchis baignait désormais sa journée. Stoïque, il s'était contenté d'enfiler ses lunettes de soleil et de faire remarquer à sa mère accroupie entre deux pots d'échappement que les enfants de six ans à haut potentiel savaient faire leurs lacets depuis longtemps.

Hubert était incontestablement différent des deux autres. Le premier biberon que j'avais donné à mon fils avait été régurgité sur le formulaire de notre déclaration de revenus. Il n'y avait pas eu de deuxième biberon, et globalement il n'y avait pas eu grand-chose. Betty estimait que la parentalité était une affaire sérieuse incompatible avec l'amateurisme qui caractérisait mes gestes et mes paroles. Il me semblait que l'enfance de mes enfants s'était déroulée dans la pièce d'à côté. J'avais entendu les cris, les pleurs, les rires, les chocs, les murmures et les mélodies comme la bande-son rassurante et normale d'un film réalisé dans une langue étrangère.

Quand je pensais à Hubert, il ne me restait que deux images : un bébé renfrogné aux mains agitées et un adolescent aux lèvres desséchées qui récitait une poésie sur un vase brisé. Peu importe le fantôme de père que j'avais été, l'adulte calme qu'était en train de devenir Hubert attestait que tout s'était bien passé. La seule chose que j'aurais pu regretter et que j'avais déjà commencé à regretter, c'était l'absence absolue de complicité entre nous deux.

« Mais c'est immense », dit Betty en dépliant l'effrayant plan bariolé de Queenie Island. Sa bonne volonté avait fondu et dégoulinait à présent au fond de ses chaussettes vertes antitranspirantes. Son short beige à larges poches et ses chaussures de randonnée étaient les seules traces de l'enthousiasme naïf qui l'avait animée au réveil ce matin-là.

Elle avait visiblement abandonné la boîte de bâtonnets de carotte et le sac à dos miniature avec gourde intégrée sur le siège passager de la voiture. Sa tenue m'avait vaguement inspiré un personnage de roman perdu à jamais sur les chemins de

Compostelle à la recherche d'une vie intérieure et d'un Fanta bien frais. Heureusement j'avais tout noté sur mon carnet avant de partir.

Le week-end en famille promettait de ne pas être très propice à l'écriture mais je continuais à épier le réel avec avidité, constatant que beaucoup de choses jusque-là m'avaient échappé. Je remarquai que la musique sur un parking donnait aux soucis et à l'existence en général une consistance moelleuse. Le paradis, pensai-je, avait peut-être le goût, la forme et la couleur d'un beignet à la fraise.

Sitôt les barrières du parc franchies, Betty et Clémence partirent acheter une glace avec Thomas qui, ayant renversé son bol de lait d'avoine et ses noisettes grillées sur le carrelage de la cuisine, montrait déjà des signes de faiblesse en sanglotant à propos d'un tee-shirt dont les dinosaures avaient décoloré à la machine. Resté avec Hubert sur un banc, je contemplai mes mocassins avachis et ses chaussures en toile couvertes de taches et cherchai désespérément un fait banal à commenter, un fait qui n'ait rien à voir avec la mort, la maladie ou le bruit infernal qui nous entourait, quelque chose capable de percer la nuit qui enveloppait notre relation.

Je n'avais jamais été doué pour susciter les confidences. Mon bilan personnel en termes de confidences ne comportait que des vantardises de collectionneurs narcissiques et des déclarations marmonnées par mon beau-frère misogyne et alcoolique.

J'hésitai un moment à faire une allusion au studio dans lequel Hubert avait emménagé quelques semaines plus tôt mais le sujet me parut risqué. J'avais vaguement signé un papier tendu par Betty à travers la fenêtre ouverte de ma voiture. Il y avait bien sûr ses études. N'importe quel père normal aurait posé une question là-dessus. Hubert en profiterait pour me décrire l'organisation de la cafétéria et son emploi du temps, heure par heure, matière par matière, tout en se plaignant des trajets et du système de notation universitaire. Le bavardage technique que produisait Hubert n'avait rien à envier au silence des fonds marins.

Assis sur le banc, les mains croisées entre mes genoux, j'essayais de convoquer l'absurde, le sacré et le beau. Peut-être que, contrairement à ce que pensait Betty, j'avais des ambitions parentales trop élevées. Peut-être que j'aurais dû partir comme mon père. Au moins, mes enfants m'auraient cherché. Au lieu de cela, ils étaient devenus indifférents et aveugles. Ils m'ignoraient comme ils ignoraient la forme des feuilles dans les arbres ou les noms sur les dos des livres. Personne ne scrute autant le monde qu'un enfant qui cherche à être aimé.

« Je me demande ce qu'on fiche ici », murmura Hubert.

Pour ma part, j'étais venu poussé par les vents tourbillonnants de l'exaltation et de la mauvaise conscience. Mon faux cancer m'incitait en effet à accomplir toutes sortes de corvées. Je vidais puis remplissais le lave-vaisselle chaque jour, triais les enveloppes du courrier par ordre de grandeur, payais les factures d'un chauffagiste fantôme et avais accepté cette sortie sans même regarder la météo. Outre les courbatures et les maux de tête que me procuraient ces activités nouvelles, il me semblait que le monde me dévoilait quotidiennement des textures, des bizarreries et des combinaisons inédites.

Et dire qu'autrefois j'avais trouvé la vie plate et vide comme une boîte de biscuits après le goûter. Alors que tout était si brillant et fragile.

Il fallait que je profite de cette journée pour annoncer à Clémence et à Hubert ma maladie et ma mort prochaine. Un manège en forme de pieuvre tournait un peu plus loin entre les palmes d'un cocotier en résine rose. Rien de tel que l'odeur des frites et des barbes à papa pour atténuer le choc. J'avais fini par convaincre Betty d'informer nos deux aînés de l'épreuve qu'ils allaient traverser. « Les non-dits sont une entrave à la résilience », avais-je prononcé, me souvenant tout à coup du sous-titre d'une photo de lotus sur un magazine qui traînait au milieu des chaussures dans le vestiaire.

Je me rendais compte, assis sur ce banc, que la réaction d'Hubert me faisait peur. Ou plutôt son absence de réaction. Le manège s'était arrêté et des gamins sautaient entre les tentacules de la pieuvre en criant. Le mieux était de trouver un moment où Clémence et lui seraient réunis. Clémence était une adolescente concernée. Trop concernée, ne put s'empêcher d'ajouter une petite voix impertinente qui riait à présent fréquemment dans les cavernes de ma conscience.

Devant nous, un homme barbu et tatoué essayait d'installer son fils à califourchon sur une crevette géante. Les hurlements du gosse ressemblaient de plus en plus à de la terreur. Aveuglée par l'écran de son smartphone avec lequel elle filmait la scène, sa mère l'encourageait : « Brian, allez mon chou, fais-moi coucou ! » L'enfant s'accrochait désespérément à son père, risquant à tout moment de déchirer son tee-shirt sur lequel était inscrit « Daddy cool » en lettres turquoise sur fond jaune.

« Tu crois que l'on devrait faire quelque chose ? »

Hubert haussa les épaules.

Peut-être avait-il été à la place de ce gosse quelques années plus tôt, me dis-je, effrayé des dégâts collatéraux que ma distraction paternelle avait pu causer. Peut-être s'identifiait-il à ce gosse hurlant, bavant et gesticulant dans l'incompréhension totale de ses géniteurs souriants.

« Tu te souviens quand j'ai rapporté à la maison notre premier ordinateur ? On m'avait prêté des logiciels avec des puzzles, des coloriages et des jeux vidéo, mais toi tu t'en fichais, tu préférais Excel. »

Hubert mit un peu de temps à répondre. Il poussa d'abord un grognement plaintif qui me fit regretter ma remarque.

« Ça me tuait de voir l'argent que l'on mettait pour aller chaque année à Trifouillis-les-Bains piétiner le même carré de sable alors que les autres types de ma classe partaient avec leur famille faire des road trips aux States ou des trucs cool en Australie.

– Tu n'étais pas content de nos vacances ? La villa dans les dunes, notre crique sous les pins et la lumière du phare des îles Tregouët le soir après le dîner… Tu te souviens ?

– Je rêvais de voyages, papa. C'est pour ça que je me tuais à noter le montant des contraventions quand vous alliez au marché, et le prix de vos langoustines qui coûtaient un aller-retour à New York, tes piles de bouquins et les transats que vous louiez à la sorcière de la plage. On aurait pu faire trois fois le tour du monde avec ça.

– C'est dingue quand j'y pense, tu étais si jeune et tu avais déjà les pieds bien sur terre. Quel âge tu avais ? Douze ans, treize ans ?

– Peu importe. À l'époque, je n'avais pas compris que ce n'était pas une histoire d'argent. Que vous étiez comme ça, maman et toi. Surtout toi. Du genre à contempler le même bout de paysage pendant des mois et à en tirer de la fierté. Comme si les autres, ceux qui voyagent, ceux qui prennent l'avion et visitent des monuments, étaient trop agités ou trop cons pour profiter de ta plage et de ton phare. Résultat, on rentrait de vacances et j'avais rien à raconter. »

En observant Hubert de trois quarts, je retrouvais les traits de mon père ou plutôt une expression à lui que j'avais observée sur une photo en noir et blanc qui traînait dans l'atelier de ma mère. Un air à la fois amusé et maussade qui m'impressionnait.

« Ta mère n'est pas comme ça, c'est moi l'ermite sinistre, dis-je, ravi de faire mon mea culpa. Elle rêverait que l'on aille en Amérique du Sud, visiter des favelas et débusquer des artistes dans des déchetteries à ciel ouvert. Elle me tanne pour que l'on déménage et que je me remette à travailler sur les plans du nouveau chantier. Mais c'est plus fort que moi, tout ça m'ennuie profondément. Je n'arrive pas à faire semblant. »

La petite voix rigola du fond de sa caverne. Bien sûr que tu es capable de faire semblant, s'esclaffait-elle.

« Ma mère m'a ballotté enfant dans tous les aéroports d'Amérique latine et d'Asie. J'ai tellement vu de paysages qu'ils finissaient par se ressembler tous. Toujours les mêmes maisons inconnues, les mêmes arbres indifférents et des défilés de poteaux électriques hérissés de menaces. Au fond, ce qui me faisait rêver à huit ans, c'était d'avoir des voisins à espionner et un pull plié sur une étagère. Je n'ai jamais compris l'intérêt des voyages.

– À propos d'étagère, dit-il après une hésitation, ce serait pas un luxe de déménager. Je dis ça pour les autres, pas pour moi. Le nombre de fois où j'ai invité des potes et la poignée de ma chambre leur restait dans les mains. Sans parler du lavabo des toilettes, des traces noires autour de la porte d'entrée et tout le reste. » Il ramassa un caillou par terre et l'examina. « Le pire c'est qu'ils savaient tous que tu étais un architecte connu. Je ne te raconte pas la gêne. Je me souviendrai toujours de la fois où on faisait des spaghettis avec mon pote Arthur et la plaque rouillée au-dessus de la hotte est tombée dans la casserole des pâtes. Le type gueulait comme un fou, il avait le bras droit ébouillanté. Je me demande comment les maisons de tes clients tiennent encore debout.

– Et toi, mon garçon ? m'exclamai-je avec un enthousiasme qui m'assécha la gorge et me fit tousser.

– Quoi, moi ?

– Comment se passe ta nouvelle vie, loin de nous ? »

Il se pencha en avant, les coudes appuyés sur les genoux. Je ne voyais plus que sa nuque et les quelques boucles de mèches blondes qui dépassaient de sa chemise. Je priai pour qu'il ne commence pas à me parler des erreurs de traduction du mode d'emploi de sa cafetière électrique.

« Rien à dire. Je vais aux cours, je me fais du pop-corn et je découvre des trucs bizarres comme les machines à laver et le silence. En fait, parfois, j'ai peur », il sembla hésiter et fit rouler un caillou avec le bout de sa semelle, « je me rends compte que c'est passé trop vite, tout ça.

– Oui, c'est vrai », dis-je, essayant prudemment de deviner ce qu'il y avait derrière le « tout ça ». Quelque chose dans ma gorge puis dans mes entrailles se serra. J'avais envie de prendre mon fils dans les bras. Ses épaules ressemblaient à deux rochers pointus et glissants, ses bras à de longues algues froides. Il était trop tard, me dis-je et ma main retomba dans le vide.

« Et sinon, je suis en train de monter une start-up, soupira-t-il après un silence plein d'écume et de vagues brisées.

– Une start-up ? répétai-je malgré moi. Une start-up qui fait quoi ?

– Oh, ça ne va pas t'intéresser mais en gros c'est une appli, un logiciel pour smartphone, destinée au partage de déchets.

– Le partage de déchets ? » J'avais pris une intonation qui suggérait le mieux possible l'ouverture d'esprit que je réservais à mes clients les plus délirants.

« Oui, tu sais dans les grandes villes, les espaces d'habitation se sont réduits de trente pour cent en vingt ans alors que les gens passent quarante pour cent de temps en plus chez eux à cause du télétravail et qu'ils voyagent en moyenne trente pour cent en plus pour loisirs ou raisons professionnelles. Du coup la gestion des poubelles est devenue hyperproblématique au niveau individuel, surtout dans les villes qui ont décidé de compresser les coûts en réduisant les jours de collecte. Résultat, tu pars pour un déplacement à Dijon et à ton retour tu dois travailler dans un appart qui sent le concombre moisi et le poisson pourri. L'idée c'est de trouver des solutions de proximité en connectant les gens, du genre "je prends ta poubelle tel jour et en échange, tu prends la mienne tel autre". Ça paraît con comme ça, reconnut-il pendant que je tentais de garder un air neutre, mais on a interrogé plusieurs dizaines de personnes et elles paraissaient assez enthousiastes à l'idée de profiter de ce genre de service. Surtout que l'on propose également à chaque utilisateur une évaluation qualitative et quantitative en temps réel de ses déchets grâce à des capteurs connectés. »

Pendant ce temps, Betty, Clémence et Thomas s'étaient rapprochés, en contournant un groupe d'Asiatiques en pleine séance photo devant un crabe habillé en policier.

Hubert, dont les mains se nouaient et se dénouaient à toute vitesse comme les tentacules d'un poulpe fou, m'expliqua l'utilité d'un système de notation des hébergeurs de déchets.

Je me demandai s'il serait encore possible de lire de la poésie ou de tomber amoureux dans un monde où les poubelles se mettaient à communiquer sur leur contenu.

« C'est enfin l'occasion de donner aux gens conscience des déchets qu'ils génèrent », conclut-il en se levant péniblement.

Les poubelles partagées sont l'hommage du capitalisme au communisme, pensai-je, à moitié rassuré de constater que les idéologies finissaient un jour par se transformer en vieilles dames polies.

« C'est marrant, c'est un concept auquel je n'aurais jamais pensé.

– Ouais, peut-être parce que c'est un concept complètement con, marmonna Hubert.

– Comment ça va les hommes ? » lança Betty avec une bonne humeur dopée à la caféine. Un large gobelet décoré d'étoiles de mer et de ratons laveurs à la main, elle me jeta un long regard dont je balayai les questions, les doutes et les accusations à l'aide d'un baiser dans le creux de son cou.

Après avoir attendu trois quarts d'heure pour avoir le droit de monter dans une capsule en plastique propulsée dans les airs à une vitesse interdisant tout commentaire, nous avions fait une halte dans un labyrinthe aquatique peuplé de poissons apathiques et très colorés.

J'étais déjà épuisé.

Clémence parlait à son téléphone pour commenter sourire à l'appui l'endroit merveilleux dans lequel elle se trouvait. Elle énumérait les espèces de poissons, décrivait le fonctionnement « très inspirant » de leurs branchies et indiquait la quantité annuelle de nourriture que les employés déversaient sur leurs nageoires nacrées. Assis sur le rebord d'un distributeur de serviettes en papier, j'observais avec sidération les oscillations de ses sourcils maquillés. Aucune joie, pensai-je, ne justifiait de telles grimaces sur un visage.

À la sortie de l'aquarium, Hubert se laissa tomber sur un fauteuil orange couvert de miettes et nous l'imitâmes sans un mot. Je contemplai la sauce cocktail qui dégoulinait lentement du burger au crabe posé au milieu de mon assiette en carton. Mes oreilles bourdonnaient, mon sens critique m'étouffait, ma gorge se desséchait. J'avais le sentiment de n'être pas armé pour ce genre d'expérience. En face de moi, Hubert guettait les bulles de son immense Coca-Cola Zero avec une grimace triste. Peut-être qu'Hubert appartenait à cette tribu de gens fragiles et inadaptés, pensai-je, sachant qu'Hubert était probablement en train d'élaborer les bases d'une nouvelle théorie fatigante sur les boissons gazeuses.

« On devrait faire une photo. »

Tous les burgers atterrirent dans leur assiette et les yeux se tournèrent vers moi.

« Une photo de quoi ? demanda Clémence qui photographiait son cornet de frites en forme de coquillage.

– De nous, de cette journée, pour se souvenir.

– Pour se souvenir, articula Betty comme si elle relisait la déposition d'un accusé.

– Tu détestes les photos, me rappela Clémence.

– Moi, je veux faire une photo avec Hugo, cria Thomas qui avait enfin avalé l'énorme croquette de poisson l'empêchant de parler depuis dix minutes.

– C'est qui Hugo ? »

Hugo était un bigorneau en mousse et tissu de deux mètres de haut qui ne tarda pas à s'asseoir à notre table à la suite des demandes et bouderies de Thomas. Je n'osais plus manger. « Est-ce que tu es mon ami ? » Thomas, accroupi sur sa chaise, appliqua ses doigts pleins de sauce sur le costume en nylon bleu ciel de son personnage préféré tout en jouant avec son étrange paire de lunettes en plastique. « Elles sont trop bien tes lunettes en vrai. » Hugo le bigorneau agitait régulièrement en notre direction les minces bras qui sortaient de chaque côté de son corps brillant. J'étais le seul à lui répondre par des signes de la main et des « hello » timides. Thomas, surexcité, tenta de rentrer une frite dans la bouche de son nouvel ami. Je m'interdis de chercher la fente où se cachaient les yeux du type. La chaise sur laquelle s'était installée la mascotte sembla vaciller mais le sourire peint sur son visage de coquillage ne faiblissait pas.

Étais-je le seul à deviner qu'il y avait un être humain sous cette montagne de matière synthétique ?

« Arrête, Thomas, finis-je par dire d'une voix vacillante. Hugo a l'air fatigué, il a peut-être besoin d'une sieste. » La moustache du bigorneau s'était décollée et pendait d'un côté.

« N'importe quoi. Hugo a l'air super content, répondit Thomas en désignant l'expression souriante du bigorneau géant. En plus il adore manger, même que son plat préféré, c'est le steak de kangourou, n'est-ce pas Hugo ? Le steak de kangourou et les mangues farcies aux épinards », chanta et dansa Thomas sur sa chaise.

Je repensai au poulpe en salopette rouge et à l'hippocampe déguisé en aviateur croisés un peu plus tôt devant les toilettes. Comment arrivait-on à faire gober de telles absurdités à des enfants qui par ailleurs étaient si pointilleux sur les explications techniques concernant le fonctionnement du micro-ondes ou le recyclage des eaux usées ?

Indifférente au malaise de la scène, Betty promenait son joli short beige dans les buissons à côté de nous. « Apporte-lui un soda, rappelle-lui qu'il a signé un contrat. » Milo avait débarqué à la galerie pour décrocher ses œuvres, il traitait Édouard de sale capitaliste et racontait qu'un musée bulgare lui avait promis une rétrospective au printemps suivant. « Passe-le-moi », s'énerva Betty en tournant autour d'une poubelle métallique remplie d'emballages luisants. L'artiste maudit se calma, il expliqua que sa mère devait se faire opérer et qu'il avait besoin d'argent. « Encore », s'exclama Betty en enjambant une touffe d'herbes. Elle mit une main sur son téléphone pour nous exposer la situation. « Demande-lui ce qu'a sa mère », suggéra Clémence en train de photographier la détresse souriante d'Hugo le bigorneau. « Il dit qu'elle veut refaire son nez, elle est complexée depuis des années, elle menace de se suicider, répondit Betty les deux pieds sur le cadavre d'un burger abandonné. Merde, il a raccroché. Allez-y, je vous rejoins, je vais le rappeler. » Elle s'éloigna en envoyant des baisers invisibles en direction de notre table dévastée.

Comment pouvait-elle m'abandonner dans ce flot d'agitation vulgaire alors que toutes les cellules de mon corps luttaient contre un prétendu cancer ? Et moi, pourquoi n'étais-je pas en train d'écrire ? Ces deux indignations tournoyaient dans mon esprit comme les lames d'un hachoir.

Nous faisions la queue sous une pluie fine et une explosion de guitares électriques en provenance d'un prétendu hangar à bateaux couvert de têtes de mort. Occupé à m'extraire des tourments du ressentiment, je mis un moment à réaliser que l'attraction suivante promettait une tempête, une attaque de pirates et un naufrage, le tout accompagné d'une succession de sensations fortes. Les vingt-cinq minutes d'attente affichées en chiffres rouges sur un petit écran restaient aussi immuables qu'une inscription latine sur une église romaine. De toute façon, me dis-je en rabattant ma capuche, je n'avais pas le courage d'affronter un naufrage.

Thomas réclama une nouvelle glace. « Tiens, voilà l'argent, achète-toi deux boules et évite le chocolat. » À la différence de Betty, je ne voyais pas comment on aurait pu kidnapper un garçon de huit ans si bruyant. En le regardant s'éloigner dans la foule les poings dans les poches, je ne pus m'empêcher de songer à ce que représentait le fait d'être parent. Être parent, c'était remplacer sans cesse l'idée réconfortante d'être prolongé par celle d'être dépassé.

Smartphones rangés dans les poches, regards perdus vers l'horizon bariolé, Clémence et Hubert étaient enfin disponibles à mes déclarations.

« J'ai quelque chose à vous dire », débutai-je sans originalité.

Aucun des deux ne parut inquiet. Ils se tournèrent vers moi pour former un petit cercle au milieu des badauds. La digestion des burgers de crabe ralentissait mes pensées.

« Je profite de l'absence de Thomas pour vous annoncer quelque chose de difficile.

– Je sais, murmura Clémence qui réajustait le nœud de sa capuche. Je sais pour ta maladie. »

Les paroles de Clémence provoquèrent d'abord en moi un soulagement puis une inquiétude tandis que je contemplais les gouttes de pluie glisser sur les manches et les épaules de son imperméable kaki. Hubert émit un grognement.

« C'est ta mère qui te l'a dit ? » Bousculé par le sac à dos d'un homme en train de filmer une petite fille coiffée d'un immense beignet, je tentai de rétablir mon équilibre.

« Non, non, j'ai entendu maman hier soir au téléphone dans le garage. Elle pleurait.

– Elle pleurait ?

– Oui, c'est pour ça que j'ai écouté. »

La pluie se déversait à présent sur nous sans aucune considération pour ce que nous ressentions ou disions.

« Et toi Hubert, tu le savais aussi ? demandai-je à mon fils dont le visage avait presque disparu dans les profondeurs de sa capuche en coton gris.

– Oui, Clémence me l'a dit ce matin mais je le savais déjà. » Il joua avec sa fermeture Éclair. « Je veux dire, j'avais deviné que tu étais malade. »

Mes cheveux et mon col étaient à présent gorgés d'eau. Des petites rivières coulaient sur ma poitrine et des picotements fulgurants traversaient ma gorge. Ma foutue angine reprenait.

« Moi aussi, je m'en doutais, avoua Clémence.

– On respectait ton silence, ajouta Hubert. Avant je te trouvais souvent négatif et relou avec le passé et tout ça. En fait, ça m'a permis de comprendre qui tu étais.

– Moi j'ai réfléchi et je me suis dit que ta maladie, papa, c'était peut-être un genre de tremplin, tu vois, un genre de tremplin pour changer de vie. Une occasion de rebondir. »

Hubert releva le menton pour appuyer ce que sa sœur venait de dire.

« Rebondir, bredouillai-je, mais rebondir vers quoi ?

– Rebondir vers le bonheur, papa », dit Clémence avec une voix caressante.

Une fanfare émergea soudain des entrailles de la Terre. Les badauds s'écartèrent et notre file se déplaça le long d'une palissade décorée d'algues et de filets de pêche. Un char géant surmonté d'un crabe en tutu bleu qui claquait ses pinces au rythme de la musique passa devant nous.

Être parent, décidai-je, c'était accepter de rester seul à bord d'un canot qui prenait l'eau.

Clémence me prit la main.

« Papa, on veut que tu te battes. »

Clémence parlait mais rien de ce qu'elle disait n'avait de véritable sens, ni pour moi ni pour elle. Elle parlait comme on pousse sur les pédales d'un vélo. Sans même y penser. Elle parlait par réflexe, habitude et conditionnement. Elle parlait comme une grenouille coasse au bord d'un étang.

14

À quoi bon avoir cherché toutes ces années une histoire à raconter ? À quoi bon avoir réfléchi jour et nuit au caractère de mes personnages et à la validité d'un message à délivrer ? Je n'avais pas la moindre idée du roman que j'écrivais. Je ne savais pas d'où il venait, où il allait.

Un narrateur dormait au fond de moi et il s'était réveillé. Qui était Peter ? Que voulait-il ? Tout ce que je savais, c'est qu'il était là et qu'à chaque mot lui et moi sortions d'une forme d'opacité.

Peut-être que tous les romanciers connaissaient ça. Après tout, ce n'était peut-être que ça l'inspiration, cette façon de dire des choses les yeux fermés en tâtonnant avec un bâton. On pensait une chose, on en écrivait une autre et à la fin quelqu'un lisait un texte qui racontait une histoire inconnue de tous. La littérature était à la fois un miracle et un malentendu. Ce qui m'importait désormais, c'était de connaître ce que Peter était venu faire dans les pages de mon roman.

Au fond, je n'étais pas encore sûr qu'il s'agisse d'un roman. Je travaillais depuis mon lit avec la satisfaction d'être Proust ressuscité. Ma main traçait des nœuds serrés à l'encre bleue sur mon carnet. J'avais mal à la gorge, juste assez pour imaginer que je luttais contre une menace. J'avais aussi un peu mal au bras et je sentais avec un héroïsme délicieux mes yeux se remplir de larmes.

Contrairement à mes chantiers où il fallait faire plaisir à tout le monde : le client, la banque du client, les voisins du client, l'entrepreneur, l'urbanisme, les collaborateurs, la commission incendie, la compagnie d'assurances..., j'étais seul sur mon petit tas de briques, tout seul à choisir de quelle couleur seraient le carrelage de la salle de bains et les rideaux du salon. C'était le moment tant attendu de la prise de pouvoir face aux compromissions. C'était l'heure de la révolution. Sauf qu'à chaque ligne il devenait de plus en plus évident que le fameux pouvoir n'était pas entre mes mains. La seule décision que je parvenais à prendre était celle d'arrêter.

Vers 3 heures de l'après-midi, mon estomac glouglouta. Les miettes de trois brioches aux raisins s'étaient répandues entre les draps. J'avais faim. Une dorade grillée, salivai-je tout en enfilant mes pantoufles. Un gratin dauphinois, réfléchis-je sous la douche. Un verre de muscadet, ajoutai-je le nez penché sur mes lacets.

Avant de partir pour le supermarché, j'avais cherché en vain Anaïs pour lui parler de pharmacie et de médicaments. Je me suis souvenu du silence et de la maison vide et j'ai cessé de crier dans l'escalier. Anaïs était sans doute à la galerie. De toute façon, elle ne tenait personne au courant de ses déplacements.

C'est dommage, pensai-je en laissant claquer le portillon sur les ombres bleues du jardin. Toutes les occasions de rappeler la fragilité, le destin et la mort étaient bonnes à prendre.

J'avais parcouru à pied la moitié du chemin quand je pris conscience que je longeais la route des pins, celle qui descend en pente douce vers le centre du village en passant par l'école et la chapelle des Anges. En réalité, ce fut un chat, un opulent chat gris qui, sautant d'une barrière devant moi, me surprit au milieu du bourdonnement de mes pensées. La rue m'était alors apparue d'un coup : les murs de lichen de chaque côté, l'ombre tourmentée des pins et les maisons aux fenêtres silencieuses.

Détaillant avidement ce décor dans lequel je venais de tomber, je me demandai ce qu'en aurait pensé Peter. Peter, me semblait-il, aurait relevé le grincement de cette branche au-dessus de ma tête et ce lointain ronronnement de tondeuse que mon esprit avait aboli par habitude.

Peter, me répétais-je en écoutant le bruit de mes semelles sur la surface lisse du trottoir.

Le parking du supermarché était agrémenté en son milieu d'une rangée de cyprès poussiéreux. C'était la première fois que je faisais attention à eux. J'hésitai à cueillir une branche pour vérifier mes symptômes. J'avais des doutes sur le fait d'être allergique aux cyprès. Surtout que les cyprès, me rappelai-je une fois devant l'un des spécimens rabougris, les cyprès, c'était les cimetières, c'était la mort. Est-ce que le docteur Calfond avait le moindre espoir d'éloigner ses patients de la tombe en pratiquant ce genre de diagnostic ? La médecine devait vraiment avoir l'air pathétique une fois qu'on était bel et bien mort, me dis-je en me dirigeant vers la porte à tourniquet vitrée qui accueillait les clients.

À l'intérieur, j'errai au milieu des rayons en faisant rouler derrière moi un panier vide en plastique rouge. Je réfléchissais à la présence d'Hubert la veille sur le canapé pendant le film. Le week-end était fini depuis longtemps. Pourquoi n'était-il pas retourné à son studio ? Ses chaussettes avaient-elles mis plus de temps à sécher ? Avait-il peur pour moi ? Souffrait-il d'un chagrin d'amour ?

J'avais fini par m'arrêter devant l'étal des poissons avec un ticket vert à la main.

Hubert était une énigme, comme Betty, comme Clémence, comme Thomas.

Cette conclusion me serra l'estomac. Il y avait peut-être une solution, me dis-je, une solution à laquelle personne ne songeait tant elle était facile et compliquée. Il fallait accepter de tacher ses vêtements et de déchirer son amour-propre. Il fallait aimer. Personne ne pouvait prétendre aimer qui que ce soit en restant drapé dans les plis sacrés de sa dignité. L'amour, quoi qu'on raconte au cinéma et sur les couvertures des livres colorés, l'amour n'était pas photogénique.

Une chanson de Dalida résonna dans les brumes glacées du rayon poissonnerie.

« C'est fini, chantait la diva blonde d'une voix rauque et profonde, c'est fini la comédie… » Oui, acquiesçai-je ravi, oui c'est ça, je m'étais égaré dans une comédie. Mon texte était mal écrit, mes costumes étaient trop petits, il fallait à présent jouer la vie, la vie sans idéologie ni travestissement. La vie.

Les roues de mon panier en plastique rouge butèrent contre les baskets d'une jeune fille au nombril tatoué. Elle battit ses faux cils en secouant un paquet de chips.

« Mais où tu te crois, pépère ? Faut se réveiller parfois, c'est pas l'heure de la sieste ! »

L'Univers n'y allait pas par quatre chemins pour me parler.

La longue file devant l'étalage de poissons et coquillages me donna l'occasion de reprendre mes esprits. L'occasion aussi d'envoyer à Betty un SMS avec les mots suivants : « Je suis un con mais je t'aime. »

Et puis de penser à mon roman. Peter était devenu un ami, il fallait que je me méfie. On ne savait même pas à quoi il ressemblait. Dans mes premières déclarations de tyran autoproclamé, il avait naturellement pris le visage de mon associé. J'avais noté : « Regard triste, cheveux anthracite gominés et silhouette en tabatière. » En relisant mes notes la veille, je m'étais rendu compte de mon aveuglement. Ça m'avait fait un peu rire sur le coup. C'était tellement typique du pauvre type qui veut raconter une histoire sans une once d'imagination.

Un couple m'avait dépassé, elle accoudée au Caddie, lui le nez contre une boîte de choucroute. « Ils mettent toujours trop de sel », dit-il. Un homme plus loin essayait en tremblant de faire rentrer une salade dans un sac plastique. Des cheveux bouclés roux et blancs, une chemisette aux manches trop larges, des cernes, la soixantaine. Et pour le tremblement, un chagrin sans doute. Ou la colère. Qu'est-ce qui empêchait les gens de faire leurs courses en colère ?

Je notai l'idée sur mon carnet dont les pages gondolées par l'écriture faisaient un bruit de feuilles mortes.

La parka du client devant moi s'agitait. Il désigna les piles d'huîtres au vendeur en bottes blanches. Je détaillai les carreaux rouges et bleus de son écharpe et l'épaisseur de sa nuque.

Dans mon immense paresse intellectuelle j'avais certainement espéré croiser Peter au supermarché.

Simuler un cancer me demandait beaucoup plus d'énergie que je ne l'aurais cru. C'est un stoïcisme, c'est un art de l'esquive, me disais-je pour me donner du courage. Je tentai de me souvenir des bases philosophiques du karaté que j'avais pratiqué de mes huit à mes douze ans.

À défaut d'art martial, je m'étais inventé deux règles : poser toutes les questions qui me passaient par la tête et prendre un air constamment réjoui et résigné. Pour l'air, il fallait encore que je m'entraîne mais pour les questions, je vivais désormais submergé dans un fatras d'informations.

Je pouvais réciter de façon convaincante la liste des auteurs au programme de français du bac, le nom des magasins bio qui vendaient du jus de betterave, les déchets qui accélèrent le compost, la cote des artistes sud-africaines qui se battaient contre les stéréotypes et les meilleures répliques de Bob l'éponge.

« Ce sont les scénaristes de ce dessin animé qui sont cinglés ou c'est notre fils qui a besoin d'un psy ? » avais-je demandé à Betty un soir devant mon immense tiroir à chaussettes.

Elle n'avait pas ri, pas répondu et s'était retournée pour mesurer l'étendue de mon infirmité.

La nuit, quand l'étau de remords me comprimait la gorge, je me racontais que toute cette bouffonnerie était une ruse pour me rapprocher de ceux que je n'avais pas assez aimés. L'idée rendait mon oreiller plus moelleux.

« Je ne vous mens pas, je vous prépare à la vérité », avais-je une fois murmuré dans le noir. Le souffle de Betty s'était alors transformé en longs sifflements que j'avais interprétés comme les marques d'un mécontentement profond.

Ce matin-là, elle m'avait à nouveau scruté avec son drôle d'air, les sourcils de travers, pendant que je tirais la couverture en cachemire au-dessus de mes genoux gris. Clémence et Thomas étaient déjà dans la voiture. Elle avait oublié ses clefs.

« Tu n'as pas trop mal ? »

Enfonçant mon carnet dans un coussin, je lui répondis que la séance de chimio m'avait fichu par terre et tordis sur mes lèvres un sourire réjoui et résigné qui vraisemblablement n'était ni l'un ni l'autre.

Le miroir de la salle de bains me le confirma quelques minutes plus tard. Le front terreux et les yeux bouffis, je ressemblais à un gamin le lendemain d'une indigestion d'œufs en chocolat.

J'avais plusieurs fois vérifié sur Google les effets secondaires des chimiothérapies. Il y en avait tellement que j'avais dû choisir. La peau sèche et la perte des cheveux n'étaient pas à ma portée. J'avais opté pour les nausées et la fatigue, sans exclure rhume, torticolis et tous les pépins de santé qui se présenteraient.

Sur les forums, le nombre des symptômes était fascinant et je dois bien confesser qu'ils me faisaient envie. Il aurait été tellement plus simple de souffrir pour de vrai, ruminais-je en lisant les témoignages accablants des patients.

J'étais le vilain petit canard de la maladie, j'étais la volaille maladroite qui admire les cygnes malades se débattre sur le lac glacé de la fatalité, j'étais le coucou qui pond ses œufs dans le malheur des autres, j'étais…

« Et pour vous, monsieur ? »

C'était mon tour au rayon poissonnerie. Ça tombait mal, je n'avais plus envie de dorade grillée. Les yeux vitrés des poissons sur la glace pilée me donnèrent le mal de mer.

« Je vous écoute. »

Le vendeur fit clapoter ses bottes blanches dans la flaque qui s'échappait du présentoir à crevettes. Une mèche insolente, des pupilles jaunes et une bouche triste. C'était une chose violente à admettre mais il ressemblait à Peter.

15

Ce que j'aimais chez Marc, c'était son incompatibilité totale avec l'art contemporain, dont il regardait les œuvres de loin. « Je suis trop sensible pour ces choses-là », avait-il dit un jour à Betty en finissant à la petite cuillère un plat d'œufs mimosa. Marc habitait une baraque néogothique dont il reclouait avec amour les volets après chaque tempête. Directeur de collection dans une petite maison d'édition qui avait désormais pignon sur rue, c'était un cousin issu de germains que j'avais l'habitude de voir déambuler pieds nus et les manches roulées dans les réunions de famille qui ponctuaient nos étés. Marc respectait ma célébrité et ne posait jamais de questions sur mes chantiers. De mon côté, j'évitais de lui parler littérature pour des raisons de discrétion et de stupidité.

Ce jour-là, j'avais pourtant décidé de faire une exception.

Peter envoyait désormais des mails à des correspondants inconnus, partait faire des courses incompréhensibles et entretenait des peurs sophistiquées. Pour ma part, j'étais au stade du parent qui sort faire sa première promenade en poussette avec son nourrisson. J'avais besoin d'encouragements et de recommandations, de compliments et d'air frais. Une conversation avec un éditeur me paraissait un itinéraire parfait.

« Bien sûr, envoie-moi ton truc, dit Marc au téléphone avec une voix qui ne trahissait aucune lassitude d'éditeur. Tu n'as qu'à venir à la maison, je te ferai goûter mon cidre. L'année dernière il avait un goût de crottin de cheval mais cette année il a une douceur d'huître. » Je détestais le cidre et encore plus la façon dont Marc parlait du sien mais j'avais accepté l'invitation avec les ronronnements d'un tigre asthmatique.

Dans la vie professionnelle, Marc devait être nécessairement plus ferme, plus froid. Je redoutais soudain d'avoir affaire à une autre personne. « Quand il parle de ses auteurs, on a l'impression qu'il dirige un hôpital psychiatrique », disait ma mère à propos de Marc qu'elle trouvait mal habillé et mal coiffé. Fermant les yeux un instant au mépris des virages, je m'imaginai être l'un de ses génies à l'imaginaire pathologique qu'on interviewe en chuchotant dans des émissions à faible audience.

Même à deux doigts de mourir, la littérature cachait des ambitions inavouables.

Je dus rouvrir les yeux pour éternuer à cause des courants d'air. La toux et la voix enrouée m'apparaissaient de précieux atouts pour regagner l'amour de Betty. Ou du moins sa pitié.

« Je garde les gosses, me prévint Marc sur le perron vert et glissant de sa bicoque, Claire est partie faire un tour en mer. » La femme de Marc, une grande brune à la mâchoire proéminente, avait été championne de voile dans sa jeunesse. Son regard perçant se posait sur vous avec l'insistance d'une mouette affamée. Réconforté de ne pas avoir à lui faire la conversation, je suivis avec gaieté Marc dans un long couloir humide qui menait à sa cuisine.

« J'ai hâte de goûter ton cidre, m'entendis-je dire avec consternation.

– Tu sais pas la meilleure ? Les gosses ont tout picolé. Ils n'ont rien laissé les salauds, pas une bouteille, plus rien. À leur âge, ça promet. Ne t'inquiète pas, je les ai punis, ils vont s'en souvenir les vauriens. »

Mes yeux mirent longtemps à s'adapter à l'obscurité de la pièce éclairée par une seule minuscule fenêtre au-dessus de l'évier. Marc était pieds nus comme à son habitude et ses cheveux en broussaille formaient une auréole grise autour de la tête. Je l'avais sans doute réveillé d'une sieste.

« Tu veux goûter mon calva ? »

La perspective de contrarier davantage Marc m'inquiétait plus que le goût de son calva. Il sortit un verre d'un placard grinçant et y versa un liquide jaune avec un long soupir.

« Ça te dérange si on sort jardiner ? Je me sens tendu, là. »

Je songeai tout à coup que cette tension était peut-être liée à la lecture de ma prose.

Marc m'avait désigné un transat pour que je m'asseye pendant qu'il désherbait une plate-bande de jonquilles. J'entendis le vrombissement étouffé d'un énorme insecte. C'était le téléphone de Marc. Il le saisit les ongles pleins de terre et l'envoya rouler sur la pelouse.

« C'est ma mère. Elle m'appelle trois fois par jour pour me demander la date et l'heure. Elle est persuadée qu'on la drogue et qu'on ne la réveille qu'une fois par semaine. »

Marc arrachait à mains nues de longues tiges qu'il jetait à mes pieds sur le gravier.

« Lundi dernier le directeur m'a convoqué pour mise en danger de la vie d'autrui. Figure-toi qu'elle cachait un miroir sous son matelas.

– Une arme ? demandai-je, impressionné par la violence de cette vieille dame aux yeux clairs et aux cols brodés.

– En quelque sorte, ricana Marc. Elle inciterait paraît-il les autres pensionnaires au suicide en leur montrant à quel point ils sont mal coiffés. Le directeur était fou de rage. Selon lui, elle clame dans les couloirs qu'ils ne sont pas en vacances et qu'ils sont maintenus dans un état chimique proche de l'idiotie qui n'a rien à voir avec la vieillesse. Certains pensionnaires refusent depuis de manger leurs biscottes. Le pire, c'est que c'est vrai.

– Les biscottes ?

– Non, l'idiotie. Je me suis engueulé avec le directeur. Il voulait lui retirer son livre préféré sous prétexte qu'elle s'abîmait les yeux et qu'elle organisait des lectures clandestines. Je lui ai expliqué que je suis éditeur et que les livres sont la lumière de nos vies. Il m'a rétorqué que *Crime et Châtiment* ne pouvait rien apporter de lumineux à une femme comme ma mère. Je lui ai demandé s'il l'avait lu. Je savais que ce n'était pas le cas.

– Pourquoi tu ne la gardes pas chez toi ? Tu as la place ici, non ?

– Claire ne veut pas, ma mère est suicidaire. Si, je t'assure, elle estime qu'on vit dans une époque de cons et qu'elle a assez donné. La dernière fois qu'elle est venue, elle a volé la corde à sauter de Lisa.

– La corde à sauter ?

– À cause de son cœur, elle essayait de le fatiguer. »

Autour de nous, la campagne restait digne et angélique comme un paysage de Camille Corot. C'était une vieille technique que j'avais mise au point pour me calmer en face de mes clients. Dès que mes nerfs se mettaient à grésiller, je me transportais dans des tableaux aux lumières mélancoliques. C'était en général assez efficace, mais ce jour-là je décidai de chasser Camille Corot et ses pinceaux pour demander à Marc ce qu'il avait pensé de mes premiers chapitres.

« Tu as eu l'occasion de publier de bons romans dernièrement ? »

Bizarrement la question n'était pas celle que je voulais poser.

« Oui, on a fait une bonne rentrée en janvier, répondit-il derrière un buisson aux branches moroses. Il y avait un ou deux romans qui valaient le détour, mais aussi des machins autofictionnels totalement schizophréniques et un récit de voyages qui donnait envie de rester bricoler dans son garage. On a également publié cet auteur d'origine hongroise, je ne sais pas si tu as lu le bouquin ? Les critiques y ont vu un éloge formidable de la maternité moderne et un blogueur assez connu a déclaré que c'était le meilleur roman de cape et d'épée qu'il avait lu depuis Alexandre Dumas. » Il se releva avec les mains noires et un air ironique. « Ça parlait d'une histoire d'amour dans la salle des machines du *Titanic* entre deux ouvriers irlandais. Tu peux me croire, c'est moi qui l'ai édité. Je te jure, parfois la littérature ressemble à un concours de poésie pour enfants illettrés. »

Je réfléchis à toute vitesse à une façon efficace de barrer la route à ces confidences glaçantes sur l'avenir de la littérature.

« Mais, pourtant, dis-je.

– Je ne comprends pas pourquoi on se casse encore le cul à publier de bons bouquins. Les rares personnes qui achètent des livres ne les ouvrent pas. On devrait laisser les pages blanches, ça permettrait d'élargir le débat. Au fond, c'est ce que cherchent les médias, non ? »

Le vert de la pelouse tout à coup s'éclaira et les chants d'oiseaux résonnèrent avec une vibration métallique. Après tout, j'allais bientôt mourir. Je pouvais me permettre d'être chiant, voire un peu pressé.

« Je ne sais pas si tu as eu le temps de lire ce que je t'ai envoyé ? »

Marc grommela quelque chose à propos de cette « merde de chiendent » puis répondit qu'il avait parcouru quelques pages de mes écrits en faisant la queue à la poste, le matin même. Il m'adressa un sourire plissé que j'imaginai aussitôt réservé aux auteurs transpirants et aux manuscrits refusés.

« C'est marrant, dit-il la tête dans une touffe de jonquilles, je n'aurais jamais cru ça de toi. »

Personne n'imaginait qu'un type qui dessinait des maisons transparentes puisse avoir une vie intérieure.

Un bruit sourd nous parvint depuis un endroit éloigné du jardin. « C'est rien, indiqua Marc, c'est Alexandre, il est puni à cause du cidre. Je lui ai demandé de nettoyer la mare, le gredin doit être en train de racler le fond avec sa pelle. »

Mon rire se coinça entre ma poitrine et la toile du transat.

« Pierre, je vais être honnête avec toi : ton Peter, il m'a mis mal à l'aise. Je ne sais pas comment te dire, en fait il me fait peur mais je n'arrive pas à savoir pourquoi. À midi, j'ai déjeuné avec un auteur suédois et sa traductrice, l'auteur était chiant et la traductrice traduisait mal, bref, j'avais du mal à suivre parce que je pensais à ton roman. En fait, je pensais à ton personnage et je me suis dit que si ça se trouvait le mec était suicidaire. Ça m'a gâché le déjeuner.

– Je suis désolé, dis-je en essayant de minimiser ma désolation. Ça fait trente ans que je veux écrire un roman mais chaque fois que je trouve un sujet précis et que je me mets à l'écrire, je réalise que je suis en train de mentir. Les images, les conversations, les séries, même ma vie, tout est déformé par nos jacasseries, alors je me disais à quoi bon… »

Comme pour acquiescer, les pommiers coupables du cidre et du calvados firent bruisser leurs feuilles toutes neuves au-dessus de nos têtes.

« J'ai fini par accepter l'idée, continuai-je, je me suis dit que si mon écriture n'était pas capable d'accéder aux vérités ultimes qui se cachaient derrière les mensonges, elle pouvait tenter de décrire la matière, les plis et les motifs de ces mensonges, une description honnête, une description débarrassée des enjeux de ces mensonges, une description où on aurait coupé le son, si tu vois ce que je veux dire. Et alors peut-être qu'à un moment, au milieu, on pourrait entrevoir… »

Les poumons comprimés contre mes jambes, je m'arrêtai, à la fois essoufflé et perturbé d'avoir produit un discours aussi abstrait.

« Ouais, c'est intéressant, dit Marc en contemplant les boutons de son cardigan comme pour vérifier s'il ne les avait pas décalés. C'est peut-être cette absence d'ambition qui m'a dérouté et qui m'a plu. Tous ces détails contradictoires, toutes ces hésitations, on se demande sans cesse si on est en train de perdre son temps ou si on est sur le chemin d'une révélation. Un peu comme dans ces thrillers où l'auteur oblige son lecteur à regarder la moindre trace de calcaire sur les robinets. Cela dit, je ne te cache pas que ton texte, je l'ai lu très vite, dans la file à la poste ce matin. Après, ils ont ouvert un autre guichet et j'ai abandonné ton Peter. Si je me souviens bien, il était au supermarché où il relisait pour la treizième fois l'étiquette d'une boîte de sauce tomate. »

Les raclements avaient repris derrière la maison. « Attends-moi cinq minutes. » Marc saisit ses gants sur le gravier et partit en courant.

La toile chaude du transat, le chant des merles et le miroitement vert de l'horizon faisaient penser à un mail de promotion pour un stage de méditation. Je suis en train de me ridiculiser avec mon roman, me dis-je le buste penché vers le gravier.

Quand Marc revint, je vis à ses joues gonflées qu'il riait un peu.

« Oh les gosses, soupira-t-il en s'accroupissant pour ramasser les touffes d'herbe qu'il avait dispersées un peu partout. Alexandre a trouvé une vipère et ce petit con de Fabrice m'a menacé de faire un "burn-out". Ils n'ont pas besoin de lire Racine pour avoir le sens du tragique. »

Il me confia que ses deux fils ne lisaient pas. « Jamais », insista-t-il. Cette confidence, sans doute douloureuse, lui fit lâcher son râteau dans un parterre de petites fleurs violettes. « Quand je leur parle des vies parallèles et des consolations que procure la lecture, ils me regardent comme si je portais des collants et une culotte bouffante. Heureusement je ne suis pas du genre à m'acharner, conclut-il plié en deux pour récupérer son râteau. Je ne comprends pas pourquoi aujourd'hui les gens se mettent une pression d'enfer pour que leurs gosses soient épanouis. Les miens n'ont jamais appris à jouer d'aucun instrument de musique, pas un seul stage de poterie, pas le moindre séjour linguistique, ni de rendez-vous chez le pédopsychiatre. Rien. Je les enferme dans leur chambre quand ils font trop de bruit. Une paix totale. Ils gueulent parfois la nuit à cause d'une araignée ou de je ne sais quoi, mais il se rendorment et quand c'est compliqué je me contente d'allumer le couloir.

– Je n'ose pas imaginer la tête de Betty si je me contentais d'allumer le couloir.

– Mais regarde-moi cette saloperie ! » Il brandissait de longs filaments terreux surmontés d'une fleur jaune. « Regarde ! Ça fait des semaines que j'en arrache. Et dire que certains refusent de croire que Dieu ait pu inventer les dinosaures, c'est ce truc qui devrait leur faire perdre la foi. Regarde comme elle me nargue là avec ses pétales. Et encore une autre ! »

Marc avait disparu dans les affres insoupçonnables du jardinage.

« Pardon, dit-il, ne fais pas attention à moi. » Il s'essuya le front et retourna une pierre avec le bout de son pied nu. « Le désherbage ça me défoule, j'adore. D'ailleurs, j'y pense, comment vas-tu trouver le temps pour écrire avec tous ces bâtiments que tu fais sortir de terre ? »

Je réalisai que je n'avais pas pris la peine de tousser ou d'avoir l'air épuisé.

« Là, je fais une sorte de pause, j'ai un cancer. »

Marc émit un petit sifflement et leva vers moi un regard dont le bleu paraissait lavé de toute plaisanterie.

« Et comment va Betty ? demanda-t-il soudain. Ça doit être dur aussi pour elle. Je pense souvent à tous les puissants qui doivent dormir sur son paillasson en espérant qu'elle daigne leur vendre les rognures d'ongles d'un tagueur connu. Je devrais me lancer dans l'art contemporain, moi aussi. Tu verrais la tête de mes stagiaires quand ils voient les trous de cigarette sur la moquette de nos bureaux et le crachotement dégueulasse de notre machine Nespresso. »

Les fils de Marc passèrent en courant armés d'une épuisette et d'un arrosoir rouillé. Ils étaient plus grands et plus bruns que dans mon souvenir.

« Pourquoi leur fais-tu vider l'étang ? demandai-je, toujours incapable de parler de mon roman.

– Je voulais savoir ce qu'il y avait dedans. Quand je pense à tous ces trucs que j'ai perdus depuis vingt ans, des montres, des cartes bancaires, des clefs, des tickets-restaurant, des débuts de roman... Il y a forcément une partie qui doit encore s'y trouver. Et puis, comme tu vois, je suis pour l'exploitation utile des enfants. »

Je contemplai un ver de terre qui tentait de s'échapper d'un sac de terreau. Les ombres de l'après-midi gagnaient peu à peu mon transat. La vitesse avec laquelle la lumière changeait me donna le cafard. C'était si rapide un après-midi, une journée, une vie.

« Tu vois ce truc ? » demanda Marc toujours occupé à triturer la terre. Il tenait dans sa paume une drôle de boule brun et jaune. « Eh bien je ne sais pas si c'est une pomme de terre ou un bulbe de tulipe. C'est dire si je m'y connais en jardinage. Mais je m'en fous, ça me détend, ça me défoule. Le savoir est surévalué. Je n'ai pas peur de le dire à mes enfants. En revanche, mon canard, quand je vois passer un bon manuscrit, je ne le confonds pas avec un puceron ou un oignon. » Marc désigna un paquet de feuilles posé un peu plus loin sur une table en pierre au coin de la terrasse. « Je ne connais pas le type qui l'a écrit mais j'en tombe de ma chaise à toutes les pages. » C'était, m'expliqua-t-il, l'histoire d'un jeune homme qui n'arrivait pas à écrire et tombait par hasard sur un manuscrit dont toute l'intrigue et les personnages correspondaient à son projet de roman. Il décidait de le publier en se faisant passer pour l'auteur mais le succès de son imposture finissait par envahir tous les recoins de sa vie qui semblait mystérieusement avoir déjà été écrite. « La vraie force du bouquin, c'est que ça n'essaye pas de te raconter comment il faut vivre. Aujourd'hui les auteurs se sentent obligés de produire des discours sur le monde à la façon des coiffeurs et des directrices de foires artistiques. » Marc poussa un soupir d'animal terrassé.

« Toi aussi tu trouves qu'on fait trop parler les artistes ? demandai-je.

– Bien sûr, et c'est encore plus vrai avec la littérature. Cette vieille vache déteste penser ce qu'on lui demande de penser ou dire ce qu'on lui demande de dire. Enfin, je vais pas te faire un cours. Le problème avec ce manuscrit, tu vois, c'est que je l'ai laissé moisir dans le coffre de ma voiture et l'auteur a signé ailleurs. Rien que de le dire, ça me rend furieux. Il n'y a plus qu'à espérer que le type soit vraiment un imposteur. »

Un vent froid faisait à présent frissonner les tiges des jonquilles et les pétales des fleurs bleues qui couvraient le sol le long du gravier. Ma gorge en avait profité pour se remettre à picoter. Je savourai la possibilité d'une fièvre au lit le soir même contre l'épaule de Betty.

Marc s'arrêta pour contempler la terre qu'il avait retournée. Il était temps que je parte, me dis-je, Claire et sa mâchoire inquiétante allaient sans doute rentrer.

« Je repense à ton roman et ton Peter. Faut dire ce qui est : le mec est insupportable. Pénible même, mais on finit par se poser des questions. Ouais, c'est ça. À force, on se demande si, dans un sens, le type ne pourrait pas avoir raison. On se laisse gagner par sa nervosité. Je te dis, moi ton texte, je l'ai lu les dents serrées. Comme si à chaque ligne un truc allait m'échapper. Ou comme si le truc s'était déjà produit et que j'étais en train de passer à côté. C'était horrible comme impression.

– Tu me conseilles d'arrêter ?

– Arrêter quoi ?

– L'écriture.

– Tu rigoles ? Au contraire ! Ton Peter, là, je veux savoir où il nous emmène. Je n'ai pas bien compris ce qu'il cherchait mais crois-moi j'ai envie de savoir. Après, son obsession pour le silence, ça risque d'être compliqué pour le lecteur mais bon, le lecteur il est comme moi, il s'y fera. Ça lui fera pas de mal non plus de lire un roman où tout le monde se la boucle. Et au niveau de l'écriture, ça ronronne bizarrement mais ça ronronne. Vas-y continue. Et puis, même si parfois le personnage, l'intrigue, tout le bazar… ça t'échappe complètement. Non mais ne fais pas cette tête… »

Mon sourire devait ressembler à une barque dansant entre deux vagues immenses.

« C'est bon signe justement. Non mais je t'assure. Il se passe quelque chose, mon pote. C'est un coup de ton auteur intérieur. Un truc que j'ai repéré chez les grands romanciers. Une instance en toi qui sait. Mais je vais pas t'expliquer maintenant, je voudrais pas te faire peur la nuit. » Il rigola puis se ressaisit. « Et, dis-moi, ton calva, tu l'as bu ou quoi ? » Marc désignait la touffe d'herbe derrière laquelle luisait le verre rempli. Le calvados fit disparaître instantanément tous les symptômes de ma précieuse angine.

Ce type est mon alter ego, mon frère, ma flamme jumelle, pensai-je en observant entre mes larmes son cardigan plein de terre et de pollens.

« Dis-moi Marc, on est cousins, articulai-je, pourquoi n'avons-nous jamais été proches ?

– Tu veux que je sois franc avec toi ? »

La franchise n'avait jamais été ma grande passion mais celle de Marc était aussi inévitable que son calva.

« Tu as dit un jour que les types qui portaient des tee-shirts méritaient de rôtir en enfer pour atteinte au paysage. Ce jour-là je portais un tee-shirt.

– Mais c'est idiot, protestai-je.

– Oui, j'étais idiot et toi tu étais snob. Aujourd'hui tu es malade et je suis désabusé. Mais tu vas voir, maintenant qu'on est copains, on va bien se marrer. »

16

« Qu'est-ce que tu fais assis à ce bureau ? »

Malgré les courbatures et la nausée, j'étais reconnaissant à Betty de m'avoir débarrassé du couple de clients qui réclamaient une piscine en verre sur le toit de leur maison.

« Je suis incapable de dessiner une piscine, regardez mon état, leur disais-je, je ne réponds plus à mes mails, je mens à ma femme et je ne sais plus comment on calcule les angles d'un triangle isocèle. Laissez-moi tranquille. Allez vous baigner ailleurs. Voyez avec mes collaborateurs. »

Mes arguments pour les convaincre de ma maladie échouaient devant leur volonté de se photographier dans une maison coiffée d'une bassine d'eau bleue. « En fait, je suis déjà mort », avais-je fini par leur dire et la femme s'était mise à crier, modulant son cri avec la voix de Betty.

« Tu dormais ? »

Je fis mine de m'étirer tout en vérifiant que mon ordinateur s'était bien mis en veille pendant mon sommeil. Il me semblait prématuré de révéler à Betty que j'employais mes dernières forces à écrire un roman.

« Un roman pour quoi faire ? » aurait-elle demandé, pleine de soupçons à l'égard des productions de mon imagination.

Elle parlait avec ce débit rapide et froid qui ressemble à celui d'une douche dont on a tourné le mauvais robinet.

« Comment s'est passée ta deuxième chimio ? Tu ne nous as rien raconté, continua Betty qui contemplait la boîte de chocolats posée à côté de l'oreiller.

– Très bien, comme la première. Tu arrives en pleine forme, on te glisse dans un lit, on te chuchote des mots rassurants, on te remplit de liquides bienfaisants, on baisse les stores pour que tu dormes et tu repars comme si tu t'étais drogué et saoulé cinq nuits d'affilée. Heureusement mon infirmière était aussi gracieuse qu'une fleur de cerisier. »

Betty, dont les doigts jouaient avec le carton de la boîte, regardait à présent les branches du tilleul par la fenêtre. Elle ne semblait pas plus jalouse qu'une coquille de noix. Son amour pour moi s'était noyé dans le lac de sa paix intérieure.

« Et le docteur Lejeune, qu'est-ce qu'il dit ?

– Rien. Il est ravi.

– Tu devrais sortir un peu, voir des gens… Je suis sûre que tu es en train de ressasser le passé, de gratter tes souvenirs comme une poule sur son tas de fumier.

– Pas du tout, dis-je, vexé par l'image de la poule.

– C'est effrayant de te voir comme ça. Appelle tes amis. Va voir une expo, un film, je ne sais pas, mais sors. »

Betty fit un moulinet avec le poignet qui envoya se promener divers bracelets aux musiques hostiles. Derrière ces notes, je reconnaissais le refrain caché de la zone de confort. Tous les donneurs de leçons branchés et inspirés chantaient cette chanson qui invitait chacun à sortir de son terrier au mépris des dangers les plus évidents. Je n'osais imaginer tous les accidents et les drames que provoquait cette injonction bienveillante.

« J'ai vu ma mère hier. Et tante Marthe. Elles allaient très bien. Surtout ma mère. Elle s'est mise à peindre des fleurs. »

Betty enjamba une pile de livres pour rectifier un pli de la courtepointe. La lumière de la fenêtre lui dessinait une auréole rousse qui me fit penser à un portrait de Klimt. Une femme aux lèvres pincées, aux pommettes sculptées et au regard impitoyable. Il fallait absolument que je retrouve ce tableau sur Google. Peut-être que sa compagnie serait moins fatigante que celle de Betty.

« Ta mère est aussi toxique qu'un paquet de cigarettes sans filtre. Le mental, Pierre, soigne ton mental. Chantal m'a toujours dit qu'elle avait guéri de son cancer de l'utérus grâce au mental. Les médecins pensaient que c'était fichu, elle a fait cette diète en Inde et s'est inscrite dans une chorale. Du jour au lendemain, la tumeur a diminué. Muriel m'avait raconté la même chose à propos de son père. Elle est persuadée que c'est le golf qui l'a guéri. Ce n'est pas en dormant dans un cagibi et en passant tes journées à te faire engueuler par ta mère que tu vas aider tes cellules à se battre. Souviens-toi de ce documentaire que l'on avait vu sur la pensée positive chez les chimpanzés. »

Je me frottai les yeux pour cacher l'agacement que suscitait l'irruption de la pensée positive dans cette conversation.

« Que devient-il, le mari de Chantal ? Jérémie, c'est ça ?

– Je ne sais pas, répondit Betty. J'ai eu aussi ma sœur au téléphone tout à l'heure.

– On ne le voit plus aux vernissages », murmurai-je, me souvenant que le type s'était fracturé la mâchoire en sautant d'une attraction à la fête foraine. Imprudence ou désespoir ?

« On a un peu parlé. Pauline et Alfred sont au courant pour ton cancer. Je leur ai dit à l'anniversaire de papa, la semaine dernière. Tu ne m'en veux pas ? »

Les doigts de Betty tambourinaient sur la boîte de chocolats. J'avais toujours envié les confidences de Betty et de sa sœur. J'étais un mari jaloux d'une espèce à part.

« Pourquoi voudrais-tu que je cache mon cancer ? Avec la mine que j'ai, les gens vont s'imaginer que je me drogue ou que je me nourris mal. Non, vas-y, raconte, témoigne. Et puis, c'est ta famille, dis-je, c'est normal que tu cherches un peu de soutien. »

Je visualisai la tête moustachue de mon beau-père qui me suppliait depuis le premier jour de l'appeler Jean-Jacques. Et celle de ma belle-mère avec ses lunettes rouges et son air inquiet. Comment avaient-ils réagi à l'annonce de ma maladie, eux qui passaient leur vie à éviter les sujets graves pour bavarder des embouteillages et des charcuteries du quartier ?

« Tu leur as dit comment ? J'espère que tu n'as pas gâché la dégustation du guacamole maison.

– Ce n'est pas drôle. Tu connais papa, tu sais qu'il t'aime bien.

– Moi aussi. La complicité masculine, comme il dit. »

Betty avait ouvert la fenêtre et continuait à parler.

« J'ai pensé que ça te ferait du bien. Pas seulement les gens mais le grand air, la forêt, tout ça.

– La forêt ? » demandai-je en regardant les pieds nus de Betty se déplacer sur le parquet de la chambre. Ses ongles étaient devenus turquoise. Quelle était déjà la couleur d'avant ? Beige ? Bordeaux ? Rose nacré ? Une panique me glaça les épaules. Toutes les Betty du passé gisaient au pied du lit, terrassées par la nouvelle Betty dont la voix ressemblait soudain au bourdonnement métallique d'un appareil à smoothies. Ma nostalgie pathologique se réveillait.

Elle referma la fenêtre et quelques pétales de glycine atterrirent sur le lit.

« Tu te souviens du week-end qu'on avait passé dans cet appartement affreux face à la mer ? Tu marchais tout le temps pieds nus, même pour acheter des nectarines au supermarché. J'avais fini par me laisser convaincre d'enlever mes mocassins et je m'étais ouvert le pied avec un tesson à deux pas du restaurant de plage. Je saignais comme un cheval. Tu avais enlevé ton tee-shirt pour m'en faire un bandage. On avait déjeuné en maillot de bain au milieu d'un séminaire de notaires en cravate et nœud papillon.

– Pourquoi tu me parles de ça ?

– Ça m'avait touché le coup du tee-shirt, surtout qu'il t'allait très bien, il était bleu pervenche et tu étais toute bronzée. Je me demande si aujourd'hui tu accepterais d'abîmer une seule de tes chaussettes pour…

– Tu vois, tu ressasses encore le passé. Je te parlais de la chasse avec Alfred. Ne fais pas cette grimace. Tu as tendance à juger les gens un peu vite. Les gens heureux surtout. Alfred a dit à ma sœur que ce seraient des bécasses et que tu ne les verrais pas mourir. Elles tombent directement dans l'étang à ce qu'il paraît. Plouf, plouf, fit-elle avec cruauté.

– Il doit être joli l'étang après, murmurai-je. Mais, Betty, tu as vu l'état dans lequel je suis ? Je vais faire peur aux bécasses. »

Je n'avais aucun doute sur le fait que j'avais une sale tête. Ma mère l'avait remarqué et on pouvait faire confiance à ma mère pour ces choses-là.

« Justement, ça te fera du bien. »

Elle enchaîna avec la galerie.

Avec l'alarme qui avait été réparée mais se déclenchait désormais dès qu'un visiteur dépassait le comptoir de la réception. Simples badauds ou collectionneurs aguerris, tous tournaient les talons dans la confusion et l'irritation.

Avec Milo qui avait décroché plusieurs sacs-poubelle de l'installation principale sous prétexte que le plastique ne flottait pas avec assez de poésie.

Avec une nouvelle inondation à la cave qui avait détruit le stock de papier bulle et les provisions de cacahuètes.

Betty parlait vite, de plus en plus vite. La pensée positive, la méditation et les flûtes indiennes n'y pourraient jamais rien. Le moment présent, quoi qu'on en pense, était un champ de mines. Surtout quand on dirigeait une galerie.

« Édouard n'est pas là le samedi. J'ai beau lui répéter que c'est le jour le plus important, il se trouve sans cesse de futurs clients à rencontrer, des directeurs de musée à courtiser, des artistes à visiter, des collectionneurs à séduire. La semaine dernière, j'ai vu le directeur de la White Gallery, enfin je l'ai plutôt aperçu, dans sa vitrine en train de vérifier un éclairage avec un technicien. Tu sais ce qu'il a fait ? Il n'a même pas hoché la tête. Il a détourné le regard en direction de la boulangerie, comme si j'étais un parcmètre ou une gouttière rouillée.

– Il avait peut-être envie d'un pain au chocolat », dis-je soulagé.

Ou alors sa vitrine était vraiment sale, pensai-je sans oser l'ajouter.

Betty leva les yeux au ciel avec une moue que j'avais déjà vue sur les visages des saintes de la Renaissance.

« Ce que tu peux être naïf. C'est exaspérant. »

Le potentiel de la naïveté me parut tout à coup immense. Pourquoi n'enseignait-on pas à être naïf plutôt qu'à être dans le fichu moment présent ?

« Anne-Claire m'a dit qu'elle avait visité leur stand à Art Basel l'année dernière. Ils exposaient leur artiste sud-coréen, celui qui fait des kalachnikovs avec des ailes de coléoptères. »

Les défenseurs de la nature lisaient-ils leurs communiqués de presse ?

« Mais tant qu'on ne sera pas dans ces foires, on comptera pour du beurre. Édouard s'en fout, lui ce qui l'intéresse, c'est jouer les mécènes avec des troubadours sans avenir et inviter une fois par mois ses potes à boire du champagne dans un endroit bruyant et bien éclairé. Ce type ne comprend rien au métier. Je suis épuisée », conclut-elle d'une voix qui ne trahissait aucun épuisement.

Elle balaya les pétales sur le lit et tira à nouveau sur la courtepointe.

Betty allait quitter cette pièce et bientôt je quitterais cette vie. Notre éloignement était aussi inéluctable que celui de deux rochers dérivant dans l'espace froid et indifférent de la galaxie.

Betty, mon amour, criai-je en silence.

« Je n'ai pas encore médité ce matin, reprit-elle. Ça doit être ça. L'appli que j'utilise est bloquée. Ma carte bancaire a dû expirer ou quelque chose du genre. Il faut que je fasse un peu de yoga à la place. J'ai besoin de faire le vide. Surtout quand je te vois comme ça, recroquevillé comme un… »

Elle cherchait visiblement un animal entre le rongeur et l'insecte rampant.

« Que dirais-tu d'aller marcher sur la plage », proposai-je, faisant fi de ma crédibilité de cancéreux, de ma sale tête de mari, des problèmes de tuyauterie de la galerie et du caractère sacré et commercial des samedis.

Je nous voyais marchant le cœur ouvert aux vacarmes des vagues et au sifflement des nuages. Il me semblait que seuls la mer et le sable pouvaient nous laver de toute cette comédie.

« Quelle plage ? demanda-t-elle. Pourquoi veux-tu que l'on aille à la plage ? »

Elle agita ses bracelets comme deux marionnettes folles dans un spectacle pour enfants. Ces marionnettes, pensai-je, nous ressemblaient étrangement.

Dans le miroir derrière la porte que Betty avait refermée, il y avait un pauvre type assis sur un canapé-lit.

Un pauvre type réfugié dans une chambre d'amis où il n'y avait jamais eu d'amis. Un pauvre type qui cherchait à aimer des ombres dont il ne restait que le rire et le mépris.

Heureusement, pensa le pauvre type, heureusement qu'il y a le roman.

Dans mon enthousiasme de romancier, j'avais empilé des livres autour de la table avec l'intention de les relire pour y trouver un peu de soutien. Ils m'aidaient aussi à cacher la tache brune que j'avais faite sur le tapis Art déco en renversant une théière. N'importe quel architecte un peu sensible à l'harmonie des volumes aurait refusé de poser son regard sur un tel chaos mais j'avais constaté avec surprise que cela ne me faisait ni chaud ni froid. L'ambiance placard mal rangé avait même quelque chose de stimulant. Ce désordre-là était un écho au désordre de mon existence, ce désordre que le roman tentait de réparer.

Être un écrivain malade, seul et incompris aurait pu constituer une consolation, encore fallait-il croire en son propre génie.

Cette foi était aussi dansante et fragile que la flamme d'une bougie. Elle s'éteignait tout le temps.

Par lassitude, par manque d'inspiration, par stupidité, j'avais ouvert la boîte de chocolats désormais à moitié vide qui m'avait été livrée la veille. À l'intérieur se trouvait une carte signée par Christian et tous les collaborateurs du cabinet. En réexaminant l'image du lapin dans le panier de fleurs, les petits mots écrits au stylo-bille et le ruban bleu qui nouait l'ensemble, des larmes inattendues me brouillèrent les yeux.

Le regard caressant du lapin. La rondeur innocente du nœud sur le panier. L'inclinaison câline des fleurs. La tendresse insoupçonnée des gens.

Les architectes avaient sans doute plus besoin d'amour que les autres humains.

Par manque d'amour mais surtout par flemme, j'avais cliqué sur l'icône de ma boîte mail. Ouvrir ma boîte mail m'avait toujours fait l'effet de soulever le couvercle d'une poubelle. Depuis que je m'étais mis à écrire, j'avais pourtant pris cette dangereuse manie. Les vrais écrivains relisent sans doute une page de leurs auteurs préférés, pensai-je tout en ouvrant ma poubelle électronique histoire de vérifier que la vie professionnelle ressemblait toujours à un enfer et que les publicités étaient toujours ces étranges messages codés destinés à des inconnus passionnés par le bien-être et la technologie.

Les 3 256 mails non lus s'affichèrent sur mon écran. Ils me regardaient avec l'ironie des emballages qui traînent le long des routes de campagne.

Comme je n'avais pas le courage de réfléchir à mon roman, ni d'enfiler des chaussettes, j'en avais ouvert un au hasard. Une histoire de normes incendie et d'éclairage dans un escalier commun qui renforça instantanément mon manque d'amour, ma flemme et même un mal de gorge inopiné.

Je continuai de piocher, espérant tomber sur un mail marrant ou à la rigueur des remerciements.

D'anciens clients m'envoyaient des photos de leur salon décoré et meublé, du papier peint de la salle à manger, ou de la chambre du gosse avec le gosse qui souriait au milieu. J'avais souvent été furieux au début de ma carrière de voir mes réalisations si vite défigurées. Avec le temps, mon orgueil s'était émoussé. Je regardais ces images d'un œil amusé. Il m'arrivait même d'être attendri par une couverture aux couleurs criardes ou un cadre maladroitement posé.

Un certain bern1970@gmail.com m'avait envoyé un mail sans objet indiqué.

« Salut l'ami,

Tu aimes toujours l'omelette aux cèpes ? J'en ai ramassé une douzaine tout à l'heure dans le fossé en face du cimetière. Ne fais pas attention aux messages sur ton répondeur. J'étais chez Leroy Merlin pour acheter de la colle à bois. Le type m'a vendu du joint pour carrelage. De toute façon, ton téléphone a sans doute été avalé par une pelleteuse. J'espère que tu lis tes mails car je suis en train de déboucher un côtes-du-rhône de derrière les fagots. L'année de ta naissance. Ça devrait te faire rappliquer. Hier, je me suis acheté un brie truffé mais pas sûr qu'il en reste. Faut aussi que je te parle d'un livre. Putain, j'en ai les larmes aux yeux. Dépêche-toi, je n'ai pas que ça à faire. »

Le mail avait été envoyé en octobre. Cela faisait sept mois que mon meilleur ami m'attendait à côté d'une omelette froide et d'une bouteille vide.

Thomas hurlait en me touchant le menton.

« Papa, j'ai cru que tu étais mort. »

Il renifla. Ses mots se noyèrent.

« Tu ne respirais plus. »

Je m'étais réveillé en sursaut pour la deuxième fois de la journée.

Avant même que je ne songe à formuler quelque chose de rassurant, Thomas avait disparu dans sa chambre. Il était le seul dans cette maison à connaître l'existence de la mort. Même si j'avais envie d'encourager cette lucidité, il était important que mon fils se souvienne de son père vivant.

Construire une cabane avec Thomas était peut-être un moyen de le convaincre que je l'étais encore.

Quelques jours plus tôt, la couverture de *Walden ou la Vie dans les bois* avait suscité chez Thomas une fascination imprévue. Y avait-il pour de vrai des adultes qui vivaient dans des cabanes ?

Remis de ses émotions et occupé à vider une bouteille de shampooing au fond de la baignoire, Thomas n'avait pas été long à convaincre. Il avait enfilé un tee-shirt orange en guise de manteau et nous étions tous les deux sortis par la porte-fenêtre de la cuisine, les poches pleines de Carambar. J'avais apporté ma scie, un instrument tordu et rouillé que Thomas regarda avec méfiance. L'odeur de résine m'avait vite grisé. Toutes les cabanes de mon enfance s'étaient écroulées sur mes albums de BD et mes réserves de raisins secs. Les camps scouts s'étaient révélés à moi comme de douloureuses expériences de la collectivité assorties de chaussettes humides et d'estomacs dérangés. Et pourtant, le vieux rêve qui consistait à fabriquer de mes mains un refuge capable de me protéger du monde et de ses règles arbitraires se ranimait à chaque coup de hache.

J'expliquai à Thomas le pari de Henry David Thoreau, sa décision de s'affranchir des contraintes de la société pour retrouver la consistance des journées. À ma grande frustration, la beauté du projet de Thoreau s'évanouissait avec mes mots. L'anticonformisme et la poésie du philosophe américain ne résistèrent pas à la présence d'un scarabée sur les bottes de Thomas.

La construction de la cabane ne dura qu'un éblouissant quart d'heure. Juste le temps de saccager deux petits sapins avec ma scie et de constater que Thomas s'était assis par terre pour regarder un épisode de *Bob l'éponge* sur son téléphone.

« Papa, comment on sait qu'on est mort ? demanda Thomas qui marchait devant moi en agitant une branche de noisetier.

– Comment on sait qu'on est mort ? répétai-je, cherchant désespérément l'inspiration dans l'enchevêtrement des fougères qui bordaient le chemin. Eh bien, je crois que d'un seul coup on se sent plus grand, plus haut, comme si on marchait au-dessus des arbres. Et d'un seul coup, on se met à aimer plus fort tout ce qu'on aurait dû aimer. Même les choses les plus minuscules.

– Moi, j'ai le vertige », coupa Thomas, soudain déçu.

Mon fils avait couru pour rejoindre la route de derrière, qui menait au chantier abandonné de notre ex-future maison. Je l'avais suivi en écartant les ronces. Betty lui interdisait de venir jouer dans les fondations que les herbes folles recouvraient. Comme toutes les mères, elle avait peur qu'il se casse une jambe en sautant dans les trous. Pour ma part, je considérais que c'était une façon facile et saine d'occuper un enfant, fracture comprise.

« Est-ce que tu as peur de mourir ? poursuivit Thomas dont la conversation manquait souvent de légèreté.

– Non, pas spécialement. Ce sont juste les adieux que je n'aime pas. Mais la mort n'est pas une vraie séparation.

– Bah, c'est quoi alors ?

– Arrête avec cette branche, tu vas te crever un œil. »

« Ce gosse est comme toi, il est doué pour donner le cafard », m'avait un jour dit ma mère.

« Et ton père, continua-t-il en faisant traîner la branche dans mes pieds, il était triste de mourir ? »

Mon père était mort dans l'indifférence. Cette phrase un peu suspecte qui clôt la biographie de certains génies incompris traduisait sans trahison la mort de mon père. Il était mort dans l'indifférence. La nôtre mais aussi la sienne. Personne n'avait détecté les signes de son départ, ni plus tard les symptômes de sa maladie. Rupture d'anévrisme.

« De toute façon, il était déjà parti, disait ma mère. Et puis, tu étais trop petit pour comprendre. »

Personne n'est trop petit pour comprendre. Ma mère le savait bien puisque même elle, l'adulte, n'avait rien compris.

Mon père était parti deux fois, deux départs silencieux. Depuis, j'avais passé ma vie à lui dire au revoir. À escalader des obstacles pour agiter mon mouchoir.

Un rire d'oiseau, probablement un merle, avait retenti dans la canopée lumineuse qui nous enveloppait. La forêt ne cessait de parler dans nos oreilles distraites.

« Thomas, dis-je en désignant les bourgeons qui étoilaient le ciel au-dessus de nos têtes.

– Quoi ?

– Regarde comme c'est beau. Regarde ces toutes petites feuilles vertes, on dirait des lucioles.

– C'est quoi une luciole ? » Il avait sorti un Carambar de son emballage fuchsia et le tordait entre ses dents.

« Un insecte qui brille dans le noir.

– C'est pas triste une luciole ?

– Non, pourquoi ?

– Maman dit que tu adores inventer des choses tristes parce que tu es dégressif. » De la bave rose coulait au coin de sa bouche tandis que le Carambar avait totalement disparu dans sa joue gauche.

« Dépressif, corrigeai-je.

– Moi, j'ai peur de mourir, déclara Thomas en sautant au-dessus d'une flaque d'eau. La maman de Noémie, elle est morte l'année dernière. Elle avait un cancer du nombril. Et même qu'elle avait perdu tous ses cheveux. C'est Noémie qui me l'a dit. Toi aussi tu vas perdre tes cheveux ?

– Peut-être, je ne sais pas. »

J'avais réfléchi plusieurs nuits d'affilée à ce problème technique de la perte des cheveux. J'avais lu des notices informatives et des dizaines de témoignages sur les forums. J'avais même pensé à me les raser. Et puis, j'avais décidé que ce ne serait qu'un problème mineur et que j'expliquerais au bout de quelques semaines que mes cheveux résistaient à la chimiothérapie, que ça arrivait parfois et que le docteur Lejeune n'était pas inquiet pour autant quant à l'efficacité du traitement.

« Maman nous a dit que quand tu commencerais à perdre tes cheveux, il faudrait avoir l'air normal.

– L'air normal ?

– Oui, maman a dit que Clem et moi, on devait faire des têtes normales et pas avoir l'air de trouver ça moche ou bizarre. Il paraît que tu n'auras plus de cils et de sourcils et plus de poils sur les bras et tout ça. »

Cette conversation est effrayante, pensai-je, effrayé surtout par mon propre détachement. N'importe quel menteur aurait douté en écoutant son fils parler ainsi.

Mais je n'étais pas un menteur. J'allais mourir et c'était la moindre des choses d'en informer les autres.

« Tu sais, papa, moi je m'en fiche que tu sois chauve. Avec Clem, on a mis ta photo sur une appli pour regarder comment ça faisait sans les cheveux et tu ressemblais à M. Chéroux, le directeur de l'école.

– Il est gentil, M. Chéroux ? » J'espérais faire dévier la conversation sur l'école.

« Oui, il joue au foot avec nous et il nous a accompagnés à la sortie de classe au zoo. Il imite super bien l'hippopotame en colère.

– Comment ça se passe à l'école en ce moment ? »

J'aurais donné beaucoup pour entendre à nouveau ronronner les bruits si réconfortants d'une classe remplie d'élèves et humer le parfum de la craie et des cartables mouillés. L'école était le seul endroit sur cette Terre où j'avais eu une place.

« Ça va, je gère, répondit Thomas en fouettant une fougère avec sa branche.

– Qu'est-ce que tu préfères comme matière ?

– Mais papa, pourquoi tu poses toujours les mêmes questions ? »

17

La véritable sérénité se faisait encore désirer. Christian, qui m'avait déjà laissé deux nouveaux messages en début de matinée, s'était infiltré dans mon esprit avec ses gros sourcils tristes et sa cravate à rayures. Chimio ou pas, je n'avais pas d'autre choix que le rappeler. J'avais travaillé le côté lugubre de ma voix en répétant « allô allô allô » devant le frigo ouvert qui hélas ne contenait plus de yaourts aux abricots, puis j'avais courageusement appuyé sur l'écran de mon smartphone.

Sa voix, comme j'aurais pu m'y attendre, était bien plus sinistre qu'autrefois. Il me posa trois questions polies et ennuyées sur mon cancer. Si j'avais un bon spécialiste. Combien de temps durait le traitement. Comment je me sentais. Chacune de ces paroles déclenchait en moi une telle panoplie de symptômes que mes réponses me parurent sincères.

J'entendais à l'autre bout du fil le bourdonnement qui enveloppait habituellement ses discussions avec les clients difficiles. Il laissait sa gorge produire un long grincement rauque qui contenait à la fois l'approbation nécessaire et le mécontentement que méritait toute situation. Une mélopée chamanique par laquelle on se laissait finalement bercer.

J'avais peur de la suite. J'avais peur par-dessus tout qu'il mentionne des noms, des chiffres, des dates. J'avais peur que tout ce fatras soit fatal à Peter, à ses angoisses et à l'étrange miracle de son existence. Tout est une menace à l'inspiration.

Pris d'une impulsion, j'avais enclenché la radio du salon. Les mots de Christian se mêlèrent au jingle de la météo, aux rires du présentateur et aux noms des nuages.

« Désolé, Christian, il y a beaucoup de bruit, je suis à l'hôpital. »

Il continua crânement à évoquer la sympathie des collaborateurs, les souhaits de rétablissement de son épouse, le vide de mon absence et le comptoir de la réception qu'il faudrait changer.

« Pierre-Antoine, finit-il par prononcer, j'ai un service à te demander. »

« Bonjour monsieur Deltière, c'est Bastien Maury, journaliste au *Figaro Magazine*, j'ai contacté votre associé qui m'a dit que vous acceptiez de répondre à mes questions. Il m'a dit que je pouvais vous appeler ce matin. Je suis désolé de vous déranger. Est-ce le bon moment ?

– Je considère aujourd'hui qu'il n'y a que des bons moments », affirmai-je tranquillement.

J'étais satisfait de la voix gutturale que me donnait la position couchée. C'était l'une des rares choses que j'avais décidé de copier chez ma mère : sa décontraction. Elle n'acceptait de répondre aux interviews que depuis son lit, les pieds surélevés et la tête moulée dans son plantureux oreiller. J'étais fasciné enfant par cette alchimie qui transformait les bêtises maternelles en vérités éternelles imprimées noir sur blanc.

« Si cela ne vous dérange pas, j'aimerais vous interroger à la manière d'un questionnaire de Proust, sur votre rapport à la culture et à la création.

– J'adore Proust, allez-y. »

En réalité, j'aimais bien trop Proust pour en parler correctement. Par chance le journaliste n'avait pas poursuivi bien longtemps la voie proustienne.

« En matière de pessimisme, vous êtes plutôt Kierkegaard ou Houellebecq ?

– Ça ne commence pas très bien, dis-je pour gagner du temps.

– Oui mais c'est parce qu'on a rajouté la question dernièrement. Avant on posait une autre question pour commencer. »

Je sentais une fébrilité à l'autre bout de la ligne. Un journaliste débutant, pensai-je avec tendresse.

« Ah, d'accord. Je dirais Kierkegaard alors. Il est moins à la mode et puis j'ai toujours voulu lire *Crainte et Tremblement*.

– Parfait, merci. Quel est votre dernier éblouissement ? C'était ça la première question, avant.

– Ah oui. Donc mon dernier éblouissement… Il faut que ce soit très fort j'imagine ? Pas juste le soleil dans le pare-brise quand on conduit.

– C'est comme vous voulez. Je vous laisse interpréter la question.

– Eh bien, si ça ne vous dérange pas et si vous pensez que ça ne va pas trop décevoir les lecteurs, je garderai l'histoire du soleil dans le pare-brise. C'est mon dernier éblouissement. En tout cas, le dernier dont je me souvienne.

– Parfait. En architecture, vous êtes plutôt courbes élégantes ou lignes déstructurées ?

– Je trouve rarement les courbes élégantes et pour moi les lignes apportent de la structure. Donc je ne dirais ni l'un ni l'autre.

– Ah d'accord. Vous diriez quoi alors ?

– Je dirais perspective organique.

– Je suis désolé de vous ennuyer mais qu'est-ce que vous voulez dire par "perspective organique" ? Je ne suis pas sûr de comprendre et on m'a…

– Ça veut dire que l'architecture d'un bâtiment doit donner l'impression de s'être développée dans les mêmes conditions que son environnement, en harmonie avec le paysage qui l'entoure. C'est un concept que je viens d'inventer, et si vous voulez mon avis, il est suffisamment pompeux et ronflant pour avoir du succès dans les conversations.

– D'accord. Question suivante : en déco, vous êtes plutôt ambiance safari ou béton minimaliste ? »

Je mordis dans un sablé au citron pour apaiser l'agacement que suscitait en moi le mot « déco ».

« La "déco" est une invention de la société de consommation. Une maison bien pensée n'a pas besoin de bibelots pour être agréable à vivre. »

La vision des vases que Betty avait achetés une fortune pour s'accorder avec les nouveaux coussins en kilim, achetés eux aussi une fortune, flotta quelques instants.

« Vous diriez béton minimaliste alors ?

– Non, le minimalisme est un snobisme. À mon avis, il faudrait vivre seulement entouré d'objets avec lesquels on aurait envie de discuter. Des objets qui nous raconteraient des choses et auxquels on aurait envie de se confier.

– C'est intéressant, je n'y avais pas songé. » Il toussa comme pour évacuer cette idée ridicule. « Je continue : quel défaut admirez-vous chez les autres ?

– L'ambition.

– Je… vous n'êtes pas ambitieux ?

– De moins en moins. L'humilité c'est encore plus reposant que la méditation. »

Christian allait avaler sa cravate en lisant une telle réponse mais je misais sur l'éclat révolutionnaire de cette nouvelle recette de bien-être.

« Vous êtes plutôt huîtres ou foie gras ?

– Les deux, en commençant par les huîtres.

– Une raison d'être heureux ?

– Les huîtres et le foie gras.

– Très bonne réponse.

– Oui mais en fait je voudrais faire plaisir à ma femme et donc, si ça ne vous dérange pas, je mettrais bien quelque chose en rapport avec l'art contemporain.

– Si vous voulez mais il y a une question sur l'art un peu plus loin.

– Laissez comme ça alors. C'est très bien les huîtres et le foie gras. En plus j'imagine que tout le monde sera d'accord avec moi.

– Sauf les végétariens et les adversaires du gavage des oies, gloussa le journaliste.

– Ah oui, le gavage des oies. Mettez plutôt "les oiseaux qui chantent" alors, comme raison d'être heureux. Je préfère.

– C'est dommage.

– Mes enfants sont contre le gavage des oies. Surtout ma fille. Et puis les chants d'oiseaux ont besoin d'un coup de pouce, c'est une industrie culturelle en perte de vitesse.

– Parfait. C'est noté. Il reste cinq questions. Quel personnage de fiction inviteriez-vous à dîner ? »

La bouche remplie de sablés au citron, je me suis souvenu que j'avais accepté de répondre à cette interview pour rassurer l'inquiétude éventuelle de nos clients.

« J'inviterais un architecte pour parler de nos projets respectifs.

– Oui mais ça doit être un personnage de fiction.

– C'est vrai. Attendez, je cherche… Je ne sais pas, un architecte dans un roman, vous en connaissez ? Non ? Les architectes ne sont pas très romanesques, ils sont trop terre à terre peut-être. Mettez le duc des Esseintes. C'est un emmerdeur, j'ai l'habitude des emmerdeurs. Non, ne mettez pas ça. C'est un original, j'adore les originaux.

– Un voyage à faire avant de mourir ?

– Le Japon. J'ai beaucoup de projets là-bas.

– C'est noté.

– Les Japonais sont très sensibles à notre esthétique architecturale. »

J'étais soulagé de caser cet élément clé de la stratégie communication établie par Christian. Selon lui, mon absence au sein du cabinet serait compensée auprès de nos clients par cette évocation asiatique.

« Une citation qui reflète votre état d'esprit ?

– "Je suis toujours impressionné par l'incompréhensible car cela cache peut-être quelque chose qui nous est favorable", c'est de Romain Gary dans *Gros-Câlin*.

– Très belle phrase. Un tableau dans lequel vous voudriez vivre ?

– Nous sommes à la question sur l'art ?

– Oui, c'est celle-là.

– Bon, alors je dirais que j'aimerais bien vivre dans une installation de Miloslav Blašek. C'est un artiste tchèque très talentueux qui travaille sur le thème de l'étoile de mer comme manifestation primaire de la vie. Je… voilà, j'aime beaucoup.

– Intéressant. C'est noté. La réalisation dont vous êtes le plus fier ?

– Une cabane que j'ai construite quand j'avais neuf ans avec les branches d'un peuplier et les foulards de ma mère.

– Quels sont vos rêves pour l'architecture de demain ?

– Que l'architecture cesse d'abriter des ego plutôt que des humains.

– Merci beaucoup pour vos réponses. Tout me paraît passionnant. J'aurai juste une dernière question à propos du chantier du musée d'Art moderne sur le site de l'ancienne gare commerciale. »

Ma nuque se raidit malgré l'oreiller. Le projet avait autant de consistance dans mon esprit qu'un biscuit écrasé au fond d'une poche.

« Oui, je vous écoute.

– Pouvez-vous nous décrire la philosophie du projet tel que vous l'avez conçu ?

– La philosophie du projet… Hélas, je ne fais que de l'architecture, pas de la philosophie. Je pourrais répondre à votre question en disant que c'est un projet dont l'objectif n'est pas seulement d'offrir un lieu de culture mais de remettre en valeur un quartier. Je pourrais évoquer le fait que beaucoup de bâtiments sont inoccupés, la plupart des commerces sont partis, certaines façades sont devenues très sales et on y ressent globalement de l'insécurité. Je pourrais rappeler que la plupart des anciennes lignes ferroviaires ont été démantelées et le site de l'ancienne gare est aujourd'hui assez étendu. Certains projets en ont profité pour imaginer des tours d'acier et de verre autour du nouveau musée mais, pour notre part, nous avons voulu tirer profit de l'espace disponible en développant une structure muséale tout en horizontalité. Je pourrais faire tout un blabla sur la luminosité comme composante indispensable à la santé humaine et pointer le fait que beaucoup de promoteurs et d'architectes l'oublient encore aujourd'hui quand ils conçoivent des structures aux étages innombrables. Je pourrais prétendre que le problème du manque de place dans les grandes villes est un faux problème et que…

– Excusez-moi, je ne suis pas sûr d'avoir tout noté, pouvez-vous répéter ?

– Ne vous embêtez pas à noter tout ça. La vraie philosophie du projet consisterait à s'asseoir sur un trottoir pour réfléchir au caractère prétentieux et dérisoire de toute construction humaine et a fortiori de tout discours.

– Pardon mais je crains de ne pas avoir saisi.

– Franchement, notez ce que vous voulez. Faites-vous confiance, je suis certain que vous avez une grande sensibilité. Quand paraîtra l'interview ?

– Il faut que je vérifie mais je crois que c'est pour le mois de septembre.

– C'est embêtant, je serai déjà parti au Japon.

– Il y aura sans doute une version en ligne que vous pourrez consulter.

– Oui mais à mon avis je serai sur le mont Fuji ou quelque part en kimono dans un monastère sans wi-fi. Tant pis. Ma femme sera contente de le lire, n'oubliez pas de parler de l'artiste tchèque et des chants d'oiseaux. Si vous en avez l'occasion dans le titre ou la conclusion, vous pouvez glisser que ma femme m'a beaucoup inspiré. N'hésitez pas à dire qu'elle est divine comme un carillon et belle comme une fleur de citronnier.

– Je note, il faudra voir avec la mise en page car je… Mais parfait, et merci encore. J'espère que je ne vous ai pas mis en retard pour un autre rendez-vous. Je voulais aussi vous dire que j'admire ce que vous faites. Vos maisons sont vraiment… comment dire, parfaites. Tout ce verre, cette lumière, cette transparence, cette… C'est tellement, je veux dire… tellement inspirant.

– Merci, vous êtes gentil.

– Vivre dans une maison en verre, ça doit être tellement… J'adorerais.

– Je ne vous le souhaite pas. C'est terrible à dire mais vous savez, les gens qui vivent dans ces maisons finissent par devenir insignifiants. C'est tout le problème de la transparence. »

À l'autre bout de la ligne, j'entendis un rire qui oscillait entre la gêne et l'étranglement.

« Bon Dieu, c'est fou de t'entendre. Qu'est-ce que tu deviens, l'ami ? »

Dans un élan très rare, sans doute provoqué par l'interview et les efforts de communication qu'elle m'avait demandés, j'avais appelé Bernard.

« Tu peux pas savoir comme tu me fais plaisir, l'ami. J'étais inquiet, je pensais que tu étais devenu milliardaire ou mort ou je ne sais quoi. Allez, dis-moi comment tu vas ? »

Bernard n'était pas le genre de personne à se vexer. Vous pouviez oublier de répondre à ses mails, emboutir sa voiture ou débarquer chez lui avec une saleté de virus, il continuait de voir en vous le type extraordinaire que vous aviez un jour prétendu être.

« Rien, enfin comme avant », dis-je soudain mal à l'aise.

J'hésitai à dire la vérité à Bernard. Lui parler de ma maladie, mon mensonge, ma mort et tout ce que cet étrange cocktail provoquait en moi. Et puis, en l'écoutant me parler de ses querelles de voisinage avec les sangliers, je me suis souvenu que la vérité était trop compliquée pour être expliquée par téléphone.

Cela faisait juste du bien de l'entendre. Les limaces qui bouffaient ses salades, un chevalet offert par le notaire du coin, le glapissement des renards qui l'empêchait de dormir, une pénurie de bleu outremer, un lièvre attaqué par des pies, saletés de pies, une bouteille de porto qui le rendait lugubre et idiot, les angelots diaboliques d'un retable flamand, une amitié nouvelle avec un châtaignier, sa tringle à rideaux qui lui était tombée en pleine nuit sur le nez… Bernard habitait dans le réel le plus pur et le plus vibrant que l'on pût imaginer.

Je l'avais rencontré trente ans auparavant dans l'atelier de ma mère. À l'époque, il était apprenti chez un encadreur parisien. Le type l'avait viré pour une affaire de Matisse au bord déchiré. Bernard prétendait que c'était Matisse lui-même qui avait « salopé » le collage avec un coup de ciseaux en trop. Depuis, mon ami restaurait des tableaux dans un camping-car déglingué en bordure de forêt.

« Je vis avec une bonne femme aux cernes jaunes et au décolleté vert-de-gris. Je peux plus la supporter. J'ai envie de lui mettre une écharpe et des lunettes de soleil. En plus, comme elle louche d'un œil, elle me quitte pas des yeux. Le soir, je suis obligé de lui mettre un torchon sur la figure. Je te jure, je devrais faire double tarif pour les ancêtres affreux. »

Bernard était l'une des rares personnes avec lesquelles j'aimais parler d'art. Il n'y mettait aucune fausse métaphysique et, en se débarrassant de toute idée de mystère, il approchait de bien plus près les œuvres que tous ceux qui dansaient savamment autour dans les vernissages et les musées. Reconnaissantes de cette familiarité, les œuvres parlaient directement à Bernard sans utiliser d'autres mots que ceux qu'il connaissait.

Bernard me demanda si je voyageais toujours autant et si Betty et les enfants allaient bien.

Je lui avouai avoir ralenti le rythme.

« Dis donc à la bonne heure, je t'ai toujours dit que tes clients finiraient par avoir ta peau. Au fait, est-ce que ton cadet collectionne toujours les chouettes ? J'en ai trouvé deux ou trois sur une brocante. »

Sans femme et sans descendance, Bernard était le complice de tous les êtres dépourvus d'orthographe, enfants et araignées compris.

Sa vie était parfaite. Parfaite ou presque. Il n'y avait qu'un défaut dans la vie de Bernard, c'est qu'il la vivait seul.

Je m'attache trop, répondait-il en faisant semblant d'y croire.

« Tu es libre samedi ? demandai-je après avoir longuement hésité. Il y a un brunch à la galerie. »

18

C'est en dépliant ma serviette après avoir posé deux questions aimables demeurées sans réponse à ma voisine de droite que je compris que Betty avait déjà commencé à parler de l'adolescence de Milo et de la façon dont la violence et la misère avaient ciselé son imaginaire d'artiste.

En général, je ne parvenais à écouter que les trois premières phrases des présentations. Le reste se perdait dans les canalisations de mon esprit où croupissaient des tas de discours en pièces détachées, concepts artistiques rouillés, données biographiques dépareillées, injustices et revendications politiques tordues et pour la plupart cassées. La proximité de ma mort rendait tout ce fatras encore plus décourageant.

Betty se tenait debout au centre de la table faisant face à l'étoile de mer noire et flottante. Sa peau s'affinait, ses arcades sourcilières se creusaient, quelque chose d'indescriptible se modifiait sur son visage. Les gènes de ma femme étaient lancés dans un programme qui n'avait rien à voir avec le vieillissement.

« Dans le village où vit Milo, dit Betty, les enfants aiment se déguiser et organisent chaque année un carnaval. » Sa voix était partiellement recouverte par les crépitements de la pluie sur la verrière.

« C'est pour ça les confettis, c'est tellement joli… » chuinta Elena Gatica Vératruch à ma droite.

Betty expliqua que, pendant la guerre, plusieurs enfants du village étaient morts en jouant avec des armes et l'artiste avait voulu représenter cette confrontation entre l'innocence et la violence. J'avais entendu une autre version incluant la présence de mouches mortes entre les écrous et les confettis censées symboliser les rêves que nous laissions mourir en nous.

« Tu entends ça, Maurice, c'est affreux, dit une femme de l'autre côté de la table.

– Tais-toi, je n'entends pas, répondit mon voisin sans dissimuler son agacement.

– On devrait empêcher des choses pareilles quand même », commenta Elena, réjouie et effrayée à la fois par la vue de toute cette folie.

Je perçus son indignation à la façon dont elle chiffonna sa serviette en papier. Si à cet instant-là quelqu'un lui avait tendu un micro, Elena aurait été prête à hurler sa haine des marchands d'armes, sa révolte contre la faim dans le monde et sa dénonciation de toutes les empreintes carbone. Le drame de cette femme, me dis-je, c'est qu'aucun de ses petits-enfants n'avait songé à lui installer Twitter ou Instagram sur son téléphone.

« Et les dessins là-bas, cé sont ceux des enfants qui sont muertos ? » demanda-t-elle à mi-voix. Faisant semblant de ne pas l'avoir entendue, je détournai la tête. Je ne me sentais pas suffisamment rusé pour répondre à ses questions ou discuter avec elle des pistolets incrustés d'émeraudes de son oncle ambassadeur au Chili, encore moins des difficultés que rencontrait ArcHos dans les travaux pharaoniques de sa microscopique salle à manger. J'avais peur de cette femme et de son snobisme exotique.

Il ne restait en moi qu'un petit jeune homme timide. Le petit jeune homme qui se levait la nuit pour vérifier sur les plans que la porte des toilettes s'ouvrait dans le bon sens. Le petit jeune homme qui parlait en croisant les bras pour cacher son embarras et ses chemises froissées.

« Les sacs-poubelle sont une métaphore de la détérioration des choses, de leur pourrissement… » continuait Betty, ne prêtant pas attention aux commentaires qui commençaient à s'échapper de l'assemblée.

Je me demandai si les mots employés étaient une référence discrète à mon cancer ou à notre mariage. Je notai que Betty souriait, d'un sourire suspendu qui n'exprimait rien d'autre que la supériorité du discours sur le désordre de l'existence.

« Milo joue sur les symboles de la finitude et de la consommation mais, pour ceux qui connaissent les motifs de sa biographie, l'utilisation de ce matériau revêt une signification particulière, une signification tragique et intime. »

Le tragique a été confisqué par les artistes, pensai-je avec la rage impuissante d'un paysan pieds nus dans son champ de navets.

« Milo a tenté de se suicider cinq fois. Il s'est à chaque fois servi d'un sac-poubelle pour s'étouffer… » poursuivit Betty.

Un couinement nerveux s'échappa de ma voisine de droite, qui émit à voix haute une série de questions sur les conditions de vie de l'artiste et sa situation psychologique. Elle sembla déçue d'apprendre que Milo était encore vivant.

Betty accueillit les diverses réactions des convives avec un air digne. Vêtue d'une tunique en soie beige et d'un long pantalon large, elle paraissait léviter au-dessus du béton brillant. Admirant les ondulations de ses cheveux blonds, je réalisai qu'elle me faisait penser à quelqu'un. J'hésitais à consulter ma voisine de droite, à lui demander si elle n'avait pas déjà vu ma femme quelque part. Sur une boîte de macarons, un tableau ancien ou même une publicité pour crème de nuit. Mais Betty était déjà en train de se rasseoir sous les applaudissements de ses invités assoupis. Elle inclina la tête et c'est là que je reconnus l'air indécis, doux et ironique de la Vénus de Botticelli.

« Allez, la messe est dite », chuchota à ma gauche l'inconnu qui devait s'appeler Maurice. Il s'agissait d'un géant aux oreilles et aux mains poilues que je n'avais jamais vu à la galerie. « Au moins le vin est pas mal, vous en voulez ? » me proposa-t-il après avoir rempli son verre et agrémenté la nappe d'une large auréole jaunâtre. Son ton traînant et le foulard fleuri dans sa poche droite firent monter en moi une foule de préjugés que je tentai de faire taire.

Sa main poilue se tordit vers le haut pour désigner les lambeaux de plastique noir qui planaient au-dessus de nos têtes. « Franchement, entre nous, ça c'est mauvais. Dans dix ans, ce sera au fond d'une poubelle, une vraie.

– Je ne suis pas d'accord », dis-je mollement pour dissimuler toute forme d'acquiescement implicite. J'avais cessé de respirer par sécurité.

« Bien sûr, vous avez le droit d'aimer », dit-il avec largeur d'esprit.

L'homme me faisait penser au directeur de mon ancien collège, un type qui surveillait les uniformes des élèves, vérifiait les carnets de liaison et donnait des cours de grec ancien avec une totale absence d'empathie pour l'espèce humaine. Un jour, je m'étais retrouvé dans son bureau pour une histoire de page arrachée. Il avait siffloté des airs d'opéra et bavardé au téléphone en m'ignorant d'une façon si parfaite que je m'étais mis à douter d'avoir un jour existé.

« C'est formaté à mort, reprit Maurice. Ça manque de punch, de radicalité. Je suis désolé mais ça ne me prend pas aux tripes. »

J'avais développé une allergie particulière à cette métaphore charcutière.

« Peut-être que vous avez perdu toute forme de sensibilité, dit Bernard avant de mordre dans la pâte feuilletée d'un croissant. J'ai lu dernièrement que c'est une maladie de plus en plus répandue. Une personne sur trois en Australie. Au fond, c'est bien normal, le fourmillement des ondes et des concepts, les phrases toutes faites et les soucis professionnels polluent notre rapport au monde. La réalité est devenue une destination pour privilégiés.

– Tout le monde devrait pratiquer la pleine conscience, dit Catherine Jersay qui venait de s'asseoir en face de moi après avoir salué Betty.

– La pleine conscience telle que la pratiquent les Occidentaux n'a rien à voir avec la réalité, dit Bernard qui enfournait l'extrémité de son croissant. La pleine conscience est une prison dorée.

– Dites donc, pour qui vous vous prenez, on voit que vous n'avez jamais essayé.

– Pardon, chère madame, toussa Bernard avec un semblant de politesse, mais la réalité ne se pratique pas sur un coussin brodé. »

Maurice poussa un grognement au-dessus de son foulard.

« Peu importe, dit-il, je me demande bien qui va acheter ces œuvres. Non mais qui voudrait de ça chez soi ?

– Vous seriez étonnés des bienfaits qu'apporte le malheur d'autrui, affirmai-je avec un enthousiasme nouveau, un enthousiasme dopé au café, au vin blanc et au mépris que m'infligeait Betty.

– Le malheur d'autrui, bougonna-t-il.

– Oui, Pierre-Antoine a raison, le bonheur rend les gens lisses et égoïstes, appuya Bernard en se resservant de vin. On a tous besoin d'un peu de malheur dans nos vies. En plus le malheur est souvent très décoratif. Au-dessus d'une cheminée ou dans une cage d'escalier, ça fait toujours son effet, je sais de quoi je parle.

– Vous exposez quelque part ?

– Non, je débarbouille des tableaux. C'est une activité excellente pour les ego surdéveloppés. »

Betty n'avait pas osé faire de commentaire à propos de l'invitation de Bernard. Elle avait simplement dû voir cette initiative comme une réponse décevante à ses suggestions concernant ma vie sociale.

« C'est désespérant, s'exclama une femme dont les cheveux blancs étaient retenus par deux barrettes ornées d'ours en plastique, je cherche depuis un quart d'heure quelque chose à vous dire mais ma tête est complètement vide. Impossible de formuler quelque chose d'original. J'ai l'impression effroyable que tout a été dit, toutes les conversations se ressemblent. Ça vous fait ça de temps en temps ? »

En tournant la tête pour la rassurer sur les vertus du silence, je constatai qu'elle avait la mine ravie des gens qui débordent de confidences.

« Comment vous appelez-vous ? Moi c'est Nicole mais vous pouvez m'appeler Jody. » Elle n'avait pas une tête à s'appeler Nicole, encore moins Jody. Ses yeux jaillissaient de son visage comme deux boules folles prêtes à rouler sur la table. Elle me raconta qu'elle collectionnait l'art brut et pimentait ses matinées en visitant des hôpitaux psychiatriques à la recherche de chefs-d'œuvre. Je fis un effort pour lui sourire tout en essayant d'éviter le contour de ses orbites ouvertes.

« Si vous saviez le génie que cachent ces gens. Je tombe sur des vies brisées par la folie, des…

– Je suis le mari de Betty, coupai-je pour barrer la route aux récits sordides de la détresse mentale.

– D'où viennent ces sushis ? » demanda Catherine Jersay à peine remise des attaques de Bernard contre la pleine conscience. Elle désigna les débris de riz et d'algues qui baignaient tristement devant elle. Son assiette ressemblait à une scène de catastrophe après une marée noire. « Il faut absolument que l'on me donne l'adresse. »

Assise à quelques mètres de moi, Betty riait. Elle riait de ce rire potentiellement joyeux qui lui laissait la bouche entrouverte. La Vénus de Botticelli, nue dans son coquillage, avait l'air plus réfléchie et plus sage, pensai-je un peu déçu.

« Vous avez entendou tout à l'heure, les étoiles dé mer sont capables dé sé cloner elles-mêmes ? intervint Elena, prête à raconter n'importe quoi pour faire entendre sa voix rauque qui bourdonnait comme un vieux moteur diesel. Je rêve qu'on mé clone et qué je puisse mé balader un peu partout en même temps… » Visiblement, elle n'avait pas compris le principe du clonage. « Touté cé plastico déchiré, ces souicides ratés, c'est d'oune romantico, j'adore vraiment. D'ailleurs je n'achète qué les obras d'artistes profundamente tristés. C'est lé seul moyen d'être segura qué cé qu'ils font est profondo. Quel est son apellido déjà ? Nico ? Miko ?

– Milo », dis-je dans un élan de solidarité envers Betty et les finances de sa galerie.

Plus loin sur la gauche, le sourire si rare de Betty irradiait les assiettes, les verres et les visages de ses voisins. Édouard s'esclaffait au-dessus d'une cravate à pois bleus qui faisait ressortir son teint de homard ravi. Le chignon d'une femme placée à côté d'un ventilateur se détachait mèche par mèche. Son interlocuteur, faisant mine d'ignorer ce détail, hocha la tête d'un air grave.

« Tu as vu Kalikran chez Rodipac ? Il y avait Cassagneau et Lazzaroni au vernissage. Non mais je préfère Jillinsky, c'est cent fois mieux, je l'ai vu au MEMAC et à la TEFAF sur le stand de Meyers and Mayfair. Cela dit, on le voit trop, c'est comme les encres de Qian Zeng, dans deux ans c'est plié. C'est complètement surcoté. Il vaut mieux acheter un bon vieux Garskoff ou à la rigueur une broderie de Nyongolo, il est chez Russell's en ce moment. L'expo est nulle mais l'hiver dernier il a montré deux toiles de Cao Lun qui étaient à tomber. »

Je soupçonnais la moitié des noms prononcés d'être écorchés ou inventés. Quelle valeur pouvaient bien avoir tous ces titres que l'on s'échangeait dans un brouhaha d'indifférences croisées ?

J'avais montré la photo des soleils verts à Bernard mais il ne connaissait pas l'artiste. « Non, ça me dit rien », avait-il marmonné. Prenant mon courage à deux mains, je lui expliquai ce que j'avais ressenti en voyant ce tableau. « Oui, c'est vrai que c'est pas mal mais moi tu sais, la peinture, avec les années, je n'y connais plus rien, je ne vois plus que les taches. » Qui à part Bernard était capable d'admettre une chose pareille ?

Je constatai que les viennoiseries avaient disparu. J'avais de plus en plus de mal à cacher mon appétit. Comment prétendre souffrir d'un cancer et manger autant de pains au chocolat ?

« Votre femme m'a tout dit, fit Catherine Jersay après une longue et très inquiétante gorgée de vin.

– Tout dit ? » La nouvelle amitié entre la directrice de musée et Betty prenait des proportions insoupçonnées.

« Oui. Il paraît que votre traitement fonctionne très bien mais que vous passez vos journées enfermé dans un placard à vous raconter que vous allez mourir. Je vais être sincère avec vous, elle m'a avoué qu'elle ne savait plus quoi faire. »

Les confidences de Betty trahissaient un moment de faiblesse que je peinais à imaginer. Je vis brièvement les couvertures jaunes et roses des romans empilés sur sa table de nuit et le sourire en carton qu'elle affichait chaque fois que je tentais de lui décrire les effets de ma chimiothérapie.

« Je me tue à expliquer à ma femme que mon cancer est grave mais elle ne veut pas me croire, dis-je tandis que je disposais une tranche de lard grillé sur un quignon de pain. J'ai quelques mois à vivre. Je n'ai pas envie de les passer sur un tapis de yoga. Si vous pouviez lui transmettre l'information, cela me rendrait service. »

Mon voisin de gauche nous regardait en appuyant ses larges joues bronzées contre son foulard.

« Enfin, ne dites pas de bêtises, vous devriez changer de médecin. Pardon mais votre toubib est certainement de la vieille école. J'en ai connu des comme ça. Aujourd'hui, tout le monde le sait, la médecine a fait des progrès spectaculaires grâce à l'intelligence artificielle. Plus personne ne parle de mourir. La mort, c'est fini, c'est démodé. Un peu comme le diable et le péché, c'est juste bon pour faire trembler les gens.

– La mort est un scandale, commenta Elena dont le mécanisme à indignation était remonté à fond.

– C'est du passé ma chère, dit l'homme. Vous verrez, les entreprises de pompes funèbres feront faillite les unes après les autres.

– À cette table, tout le monde mourra, annonçai-je.

– Mais qu'est-ce que vous racontez ? » Catherine Jersay était furieuse.

La mort, me dis-je, était devenue aussi taboue que l'homosexualité deux siècles plus tôt.

« C'est scandaleux de dire une chose pareille, reprit-elle, et puis qu'est-ce que vous en savez ?

– Ce n'est pas parce que ça vous effraie que c'est scandaleux. Le toboggan de l'oubli remplacera les enterrements sous la pluie mais les gens mourront comme avant.

– Mais non voyons, dit l'homme au foulard, les gens comme nous mourront de moins en moins. Aujourd'hui on sait comment programmer nos cellules afin de régénérer n'importe quelle partie de notre corps. Dans quelques années, il faudra vraiment être un vieux radin pour accepter de mourir. »

J'avais envie de lui demander ce qui arriverait aux gens que l'on retrouverait calcinés après un incendie ou ceux qui s'écraseraient sur le trottoir en tombant du vingt-septième étage mais j'avais trop faim pour me lancer dans ce genre de discussion.

D'ailleurs, mon interlocuteur abordait d'un ton rassurant la question du remplacement des organes.

Le frémissement des longs bras plastifiés de l'étoile de mer donnait à la salle entière l'aspect d'un gigantesque aquarium. Le rugissement des mondanités couvrait à présent le bruit de la pluie sur la verrière. Mes oreilles fatiguées me laissaient entendre par intermittence des rafales de conversation puis se refermaient tout à coup comme les branchies d'un poisson.

« Vous avez lu *La Mort de la mort* ? me demanda mon voisin transhumaniste, flairant un flottement de scepticisme.

– C'est un roman policier ? J'adore les romans policiers, dit Elena en brandissant un sushi.

– Non, je ne lis pas de romans, rectifia l'homme dont le foulard s'était agrémenté entretemps de quelques grains de riz qui se mariaient parfaitement avec les motifs fleuris. Je suis bien trop occupé. Quand on y pense, c'est une perte de temps. Je préfère les essais et les biographies.

– Moi aussi, je ne lis que des histoires vraies », murmura Catherine Jersay.

J'avais envie de leur dire que les histoires vraies étaient comme les images dans les livres, elles étaient destinées aux enfants qui ne savaient pas lire.

« Je viens de finir *La Mort d'Ivan Ilitch*, dis-je.

– C'est qui Ivan Ilitch ? demanda la directrice de musée avec le ton méprisant de ceux qui ne s'intéressent qu'à la vie des puissants.

– Un personnage de Tolstoï. C'est un juge, un type très respectable qui tombe malade et découvre la vanité de son existence.

– Et ça finit comment ?

– Il meurt, claironna Bernard qui revenait du buffet avec une immense part de tarte aux cerises.

– OK, je vois le genre.

– On comprend pourquoi plus personne ne lit ça », grogna l'homme en contemplant son verre d'eau.

Je le vis soudain dans un couloir, des touffes de cheveux sur le crâne, les yeux vides, les bras maigres et tremblants, habillé d'une chemise de nuit et d'une couche. Il cognait désespérément à une porte en réclamant qu'on lui mette un nouveau moteur au genou droit.

La pitié me coupa l'appétit. Malgré son foulard, malgré son transhumanisme bruyant, cet homme était mon ami.

Je lui fis un sourire dans lequel planaient du pardon, de l'amour, de la douceur et un soupçon d'ironie.

Je demandai pardon pour l'ironie.

« Ça me fait penser à ce pauvre bougre qui a tué sa mère et son caniche, dit Nicole en se resservant un verre de vin. Ils l'ont interné dans une unité spéciale, mais il est doux comme un agneau en cachemire. Il dessine de merveilleuses petites fourchettes qui se tiennent la main avec des grands sourires. J'en ai plein mon salon. Il raconte que sa mère lui a pardonné et qu'elle lui parle en lui envoyant des mails publicitaires.

– Des mails publicitaires ?

– Oui, le dernier qu'il a reçu indiquait qu'il était temps d'arrêter le chocolat. »

« C'est vous l'architecte des stars de cinéma à la télé ? » demanda Nicole une heure plus tard en me barrant la route dans le couloir des toilettes. Ses pommettes luisaient comme deux phares de voiture. « Pardon, je ne vous avais pas reconnu à table. C'est mon mari qui me l'a dit. C'est magnifique ce que vous faites. J'adorerais vivre dans une maison en verre.

– Ah oui ?

– Pas vous ?

– Vivre dans un Tupperware comme une lasagne surgelée ? Non merci. Ceci est confidentiel mais j'estime que la transparence est une régression. L'intimité, madame, est l'un des piliers du processus de civilisation. Avant on dormait tous dans le même lit et on faisait pipi devant sa porte. Désolé de vous le dire, mais avec les maisons en verre, on est en train d'y revenir.

– C'est terrible. » Visiblement, la proximité de ma fin terrestre endommageait ma capacité à dire des choses convenables. Elle eut un petit rire qui ressemblait à une fuite d'eau derrière un évier mal vissé. « J'ai écouté tout à l'heure ce que vous disiez à propos de la mort et je… »

Anaïs, qui gesticulait derrière Nicole, réussit finalement à passer avec une immense corbeille de croissants dont l'odeur de beurre chaud me donna envie de simuler une syncope sur la moquette.

« Je peux vous poser une question ? reprit mon interlocutrice, accélérant le débit devant mon expression indécise. C'est à cause de mon chat. C'est un chartreux, vous savez les très beaux chats gris, là… bref, le mien n'a jamais mangé la moindre croquette, que du thon blanc pêché en Atlantique émietté à la main, résultat il avait une haleine de violette et il n'a jamais dormi ailleurs que sur mon oreiller… »

Tout en me demandant où Nicole posait la tête quand elle dormait, je me préparais à encaisser la mort du chat.

« … c'était affreux, tout raide, tout terne, dans la gouttière au milieu des crottes de pigeons… »

Le récit de Nicole soulevait en moi une foule de questions. La première : comment un chat gris pouvait-il devenir terne ?

« … du coup, je voulais savoir pour la mort, je veux dire si vous savez à quoi ça ressemble, pendant mais surtout après. C'est vrai que c'est bizarre ma question mais vous aviez l'air de connaître un peu avec vos lectures et votre maladie. Ça fait un bail que je n'ai plus été à la messe. Je ne sais même plus mon "Je vous salue, Marie" alors vous voyez. » Son rire de fuite d'eau recommença à couler. « Faut dire que je suis un peu bloquée à cause de l'enfer. Les flammes, les démons, les cris des damnés… Ça me fiche les jetons. Pas vous ? Heureusement qu'il y a le paradis. C'est certainement là qu'il est mon Kandinsky. Il n'a jamais tué une souris. Pas une seule, juste une fois le canari de la voisine sur le tapis. Mais il était probablement malade. Bref, avant je me disais qu'on retrouvait les animaux qu'on avait aimés et tout.

Maintenant qu'on a décidé de ne plus mourir, je ne sais plus trop quoi penser. Si c'est le néant, tout va bien. Au fond, dormir c'est pas si désagréable. Mais il y a tout le reste, sans compter les réincarnations. Qu'est-ce qu'on fait avec les réincarnations ? Et ceux qui nous attendent pour se réincarner ? Je n'ose pas le dire à mon mari mais je me demande si c'est une bonne idée.

– Quoi donc ? dis-je, un peu perdu.

– La mort de la mort », murmura-t-elle d'une voix tragique.

19

Le rez-de-chaussée était plongé dans l'obscurité.

J'avais toujours été angoissé par l'effet que produit une maison déserte. La mort prochaine ne faisait qu'amplifier ce sentiment, le rendant à la fois très beau et terrifiant.

Thomas, assis sur les marches du garage, les épaules penchées au-dessus de l'écran de son téléphone, marmonna que sa mère était rentrée et qu'elle était « marron kaki ». Je ne m'étais jamais intéressé au code couleur des humeurs employé par Betty avec les enfants mais il faut reconnaître que celui-ci était parlant.

« Il n'y a plus de Chocapic », marmonna-t-il tandis que ses pouces dansaient. Son front s'illumina sous l'effet d'une pluie d'étincelles. Il s'agissait d'une guerre meurtrière entre des carottes et des rondelles de saucisson sur fond de nappe à carreaux.

« Où est-elle ?

– En haut. » Son polo boutonné de travers et ses genoux pleins de traces noires illustraient de façon discutable la fameuse insouciance de l'enfance. Il leva le menton au moment où je m'apprêtais à monter les marches. « Elle pleure. »

Clémence, debout derrière la porte de la salle de bains, parlait à sa mère.

« Qu'y a-t-il ? demandai-je tandis que je traversais précipitamment la chambre, oubliant le mélange impossible d'expression amoureuse et maladive que je m'étais promis d'afficher.

– Rien, on discute, soupira Clémence le front collé contre la porte.

– Comment ça va, ma mésange ? » aboyai-je à l'intention de Betty, espérant couvrir le vacarme de la plomberie. Je tapai sur la porte et répétai ma question.

Le robinet s'éteignit enfin. Clémence et moi entendîmes les clapotis insouciants d'un bain.

« Maman, arrête, ne me fais pas ça, je t'en supplie, pleurnicha Clémence.

– Il y a un problème ? » demandai-je en élevant la voix.

Les fesses posées sur une boîte à chaussures qui contenait des gants de ski, je tentai d'interpréter la situation.

« C'est la galerie ? » chuchotai-je.

Clémence me fit signe que non et se laissa tomber sur une pile de chemises repassées.

« Maman m'a déniché un stage chez cette cinglée qui tord des fils de fer en forme de vagin.

– En forme de vagin ? répétai-je avec un inexplicable sentiment de déclin.

– Elle démantibule des cintres qu'elle trempe dans son sang et qu'elle expose dans les musées. Maman a proposé que je m'occupe de son compte Instagram et, bingo, la fille a accepté. » Sa voix changea de volume. « Maman ? Je crois qu'elle te mène en bateau. La fille a exposé chez Bartosian et Kootchi, elle ne voudra jamais venir chez toi, c'est du pipeau. »

Clémence avait ramassé par terre un foulard en soie de Betty dont elle caressait les petites abeilles brodées.

« Et puis, je ne veux pas aller à New York. J'aime trop la Cinquième Avenue, j'aime trop Brooklyn, j'aime trop Central Park, Holden Caulfield et tous ces gens-là. Je suis sûre que je vais être déçue. »

Pour la première fois, j'envisageai la possibilité que Clémence me ressemble. C'était une nouvelle aussi troublante qu'inquiétante.

« J'ai décidé de faire Compostelle, je ferai Compostelle, dit-elle en haussant la voix.

– Pas question ! glapit la femme de ma vie derrière la porte. C'est mauvais pour les articulations et puis, je te l'ai répété cent fois, je ne veux pas que tu parles à des inconnus et que tu fasses de mauvaises rencontres.

– Aucun risque : je ne porte pas de Rolex et j'ai les mollets poilus.

– Je suis fatiguée », finit par gémir Betty dont les mots résonnaient d'une façon sépulcrale entre les parois carrelées.

Je la vis brusquement dans une baignoire remplie de sang, son cou de cygne renversé en arrière, ses boucles blondes collées contre l'émail et sa main blanche suspendue à jamais dans une incompréhensible colère.

Où avais-je vu ce tableau ?

« Tu penses qu'elle ne m'aime plus ? » murmurai-je en direction de Clémence.

Elle haussa les épaules avec une indifférence forcée.

« Tu ne m'avais jamais parlé de Compostelle. Tu comptes vraiment le faire ? »

Elle acquiesça.

« Tu te souviens des prières que tu écrivais, enfant ?

– Des prières ?

– Oui, tu écrivais des prières sur des bouts de papier que tu décorais avec des gommettes et des fleurs de pissenlit écrasées. J'ai retrouvé un de ces bouts de papier dernièrement. J'ai tout de suite reconnu ta petite écriture au crayon bleu. Tu avais écrit : "Mondieu fête que toute les chaucète soi réuni au paradit." J'ai toujours su que tu avais un côté mystique.

– Mais de quoi tu parles, papa ? N'essaye pas de tout embrouiller. Je vous préviens, tous les deux, je n'irai pas à New York. Et si vous m'envoyez là-bas, je m'arrangerai pour me droguer et disparaître avec un type qui aura des armes à feu plein les poches. Vous n'aurez plus que mes photos de cheesecakes sur Instagram pour pleurer.

– Betty qu'est-ce que tu en penses ? demandai-je à la porte.

– Pierre, n'ouvre pas, je t'interdis de rentrer. Je médite, merde ! Dis à Clémence d'arrêter de me bassiner avec ses caprices de bigote. Fichez-moi tous la paix avec vos problèmes. Barrez-vous. Oubliez-moi. J'ai besoin de respirer. Respirer, c'est possible ? »

Clémence frotta les semelles de ses baskets l'une contre l'autre et soupira.

« La méditation ne lui suffit pas. Elle devrait vraiment se mettre au yoga. »

Les joues de ma bien-aimée étaient striées de marques noires et ses yeux verts paraissaient lavés par l'eau savonneuse et les sanglots.

« C'est juste pour me brosser les dents », précisai-je.

Elle inclina le front vers les montagnes de mousse qui l'entouraient.

« Vas-y. Comme tu peux voir, je vais parfaitement bien. »

Évitant de croiser son regard, je me concentrai sur les vaguelettes qui s'étaient mises à glisser sur le parquet et trahissaient les hoquets parcourant son corps sous la surface du bain. Le mugissement de la brosse à dents électrique couvrait difficilement le malaise qui imprégnait la pièce. Betty s'était remise à pleurer.

« Betty, dis-moi, quelque chose ne va pas ? finis-je par quémander, les dents tout à fait blanches et brillantes.

– Ne me regarde pas. Je suis affreuse.

– Tu es magnifique. »

J'essayais d'horizontaliser la Vénus de Botticelli dans une baignoire mais Betty, même nue, ressemblait plus à une toile de Miró qu'à un tableau du quattrocento.

« Pierre-Antoine, je ne suis pas une belle personne. »

Parlait-elle de beauté ou de bonté ? Je n'avais jamais été à l'aise avec cette expression que je soupçonnais de jouer sur la confusion.

« Pourquoi dis-tu ça ? Tu as élevé nos enfants, tu bois des smoothies, tu soutiens des artistes incompris, tu es belle et tu souris malgré cette vie de dévouement. Et la méchanceté se voit sur un visage. Le tien est pâle et lisse comme un nuage. »

L'émotion me faisait parler en alexandrins. Heureusement Betty était trop perturbée pour prêter attention à cette bizarrerie.

« Je n'arrive pas à être bienveillante. Les gens m'insupportent. Ils ne comprennent rien à l'art. Tout ce qu'ils disent est autobiographique ou stupide. Toi, tu m'insupportes. Avec ton air de vache sacrifiée, d'actrice tragique pour film d'auteur. Je ne parviens pas à m'intéresser à ta douleur. Quand tu tousses, j'ai envie de divorcer. Quand tu parles de ton traitement, je pense à une immense plage de sable blanc. Si tu savais comme je suis négative. Par exemple, je déteste cette maison. Ces portes, ces stores, ces carreaux. C'est moche et c'est daté. Je suis en train de me percer l'estomac, de me flinguer les synapses, de me rider le front. Il n'y a que la création qui pourrait me sauver. Mais je n'ai rien à dire. Pour ça, il faut souffrir. Je n'arrive pas à souffrir. Les choses, les gens, les oiseaux, la montée des eaux, l'avenir des libraires indépendants, tout m'est tellement indifférent. Et arrête de me regarder comme ça, je n'ai pas de mascara. »

Un rai de lumière coulait sur le palier. Le reste de la maison s'était figé. Betty et Clémence dormaient toujours.

Thomas avait crié.

Accroupi sur sa couette, Thomas me dévisagea avec des yeux fixes. Sa chambre sans fenêtre était éclairée par une constellation d'étoiles qui balayait le plafond en tournant. La pièce dans laquelle dormait Thomas était destinée à devenir une salle de lecture-bibliothèque, un endroit calme loin des cris, des odeurs de cuisine, des jouets en pièces détachées et des poupées démantibulées.

« Chaque maison est une utopie », répétait notre prof d'archi en deuxième année. À l'époque, je trouvais la phrase idiote. Je ne voyais pas comment le plan d'une salle de bains pouvait proposer la moindre idéologie. Il me semblait que c'était le genre de formule faussement spirituelle dont chaque discipline abreuvait ses étudiants pour les préparer à encaisser l'absence absolue de transcendance de leur métier. J'ai compris bien plus tard de quelle illusion on parlait.

« Tu ne dors pas, Thomas ? »

Il ouvrit la bouche puis la referma brusquement. Je remarquai le tremblement de ses bras serrés autour des genoux.

J'allais bredouiller des fadaises à base de gentils nounours qui ont sommeil quand Thomas commença à me raconter qu'il avait fait un rêve dans lequel une sorcière qui ressemblait à sa mère l'enfermait dans une salle avec des écrans et des tuyaux partout. « Mais ce n'était pas maman, précisa-t-il. Dès que j'arrêtais de sourire, une mâchoire avec plein de dents en métal s'ouvrait pour me mordre le bras. Il y avait des voix affreuses, des voix qui me parlaient mais je ne pouvais pas répondre à cause du sourire et puis d'un seul coup je me suis retrouvé à la plage avec Hubert et tous les deux on jouait au ballon », indiqua-t-il avec un frémissement d'excitation qui lui fit envoyer son oreiller contre le radiateur.

J'avais toujours été réticent à l'interprétation des rêves et j'étais content de ne pas devoir me creuser la tête à propos de celui-là.

« Le ballon pesait de plus en plus lourd, tu étais à côté de nous dans la mer et tu étais en train de te faire dévorer par une araignée géante.

– Moi ?

– Oui, tu avais ton maillot de bain vert avec les fleurs roses. Je ne pouvais pas m'arrêter de jouer parce que le ballon très lourd arrivait tout le temps dans mes bras et je n'arrivais pas à m'en débarrasser.

– Je comprends », dis-je, conciliant. Je pensai brièvement à ce vieux maillot disparu de mes tiroirs depuis longtemps et que j'avais sans doute oublié dans un hôtel.

« Il y avait plein de sang dans la mer et tu criais. Hubert n'entendait rien et je n'arrivais pas à lui dire. Il riait et il avait ses nouvelles lunettes de soleil qui lui font une tête de crétin.

– Ne dis pas du mal de ton frère.

– Mais c'était un rêve, protesta Thomas. C'était quand même trop affreux, l'araignée, le sang, tout ça, Je ne crois pas que je vais pouvoir dormir avant quatre semaines, au moins. »

Je restai à côté de lui, contemplant les motifs d'avion sur ses draps.

« Tu sais, papa, j'ai dit à la maîtresse que tu allais mourir.

– Ah oui ? » dis-je en jouant négligemment avec un singe en tissu que j'avais ramassé à mes pieds. L'idée d'avoir perdu toute la fraîcheur d'esprit qu'il me fallait pour écrire me rendait amer.

« Elle est super gentille avec moi maintenant.

– Tu sais, Thomas, il faut que je te dise quelque chose.

– Je l'ai même dit à une fille dans ma classe. Elle s'appelle Clémentine et elle a de très jolis cheveux. Je lui ai dit que mon papa avait une grave maladie. Elle a pleuré et elle m'a fait un bisou sur l'oreille. Je crois que c'est mon amoureuse.

– Thomas, écoute-moi. »

Thomas suça son pouce en me regardant d'un air suspicieux.

« Tu n'es plus malade ? »

20

Personne n'avait l'air de se rendre compte que j'allais crever.

« Ça me prend dans le bas de l'œsophage comme une sorte de nœud qui remonte comme ça, jusqu'à la gorge ». Je mimai le mouvement d'une serviette que l'on essore.

Betty assise sur le tabouret en bois de Thomas décacheta une enveloppe. Son chemisier rose et le cliquetis insouciant de son bracelet indiquaient qu'elle avait choisi de passer une journée épanouissante quoi que je pusse lui dire à propos de mon espérance de vie.

Il était temps de passer à la vitesse supérieure. Je tentai de m'inventer une douleur dans la poitrine.

« Tu en as parlé au docteur Lejeune ?

– Oui, il dit que je devrais rester plus longtemps allongé pour que le médicament se diffuse jusque dans les cellules de la gorge. Il dit aussi que je devrais arrêter de parler car ça abîme mes cordes vocales.

– Qu'est-ce que tu fais là alors ? dit-elle en feuilletant la brochure d'un catalogue qui affichait des tapis de yoga et des gourdes de toutes les couleurs.

– Je vais à l'hôpital. »

Surpris moi-même par ce projet de dernière minute, je m'empressai de lui donner un peu de consistance.

« J'ai rendez-vous avec le docteur Lejeune. Il veut vérifier s'il a raison d'être inquiet.

– Personne n'ouvre jamais ces lettres. » Elle posa une nouvelle pile d'enveloppes et de paquets sur ses genoux.

« Tu veux bien me déposer ? Je prendrai le bus au retour. Je me sens trop fatigué pour conduire. Laisse tout ça, ce sont sûrement des échantillons pour Clémence… »

Je n'aimais pas ouvrir le courrier, encore moins que quelqu'un d'irrité le fasse devant moi.

« Tu sais ce que m'a dit Lejeune la dernière fois ? »

Elle soupira et me tendit la lettre qu'elle venait de déplier. Le courrier concernait les travaux de terrassement interrompus sur le chantier de notre future maison. En lisant une ligne sur quatre, j'appris qu'un voisin avait introduit une requête auprès de l'administration municipale pour se plaindre de l'état dans lequel nous avions laissé la parcelle. Il s'estimait lésé par la détérioration du site sur lequel donnaient les fenêtres de son salon. De plus, ses enfants étaient allergiques au pollen de pissenlit.

« Libre à lui d'en faire un terrain de golf », dis-je en enfonçant la lettre dans ma poche.

Le masque de sérénité que Betty leva vers moi s'était fissuré au niveau des mâchoires.

« Que t'a dit le docteur Lejeune ?

– Rien, je ne sais plus. Ah si. Un de ses patients est mort la semaine dernière. Un type qui avait le même cancer que le mien à ce qu'il paraît. Son traitement agissait à merveille sur sa tumeur mais Lejeune m'a dit que le type était tellement zen et dans la résilience qu'il avait oublié d'aller à ses séances de chimio.

– Tu as vraiment un humour bizarre. »

Betty sortit d'un colis une douzaine, peut-être une trentaine, de petites fioles blanches, grises et jaunes. Un dépliant indiquait qu'il s'agissait d'« assaisonnements gourmands ». Quels plats était-on censé assaisonner avec un sel à la violette ou un pesto au pain d'épice ? Les deux autres colis étaient un nécessaire à mojito peint à la main par des Maliens et un paquet de chips d'épinards dont l'emballage vantait les qualités vegan, bio, sans lactose, sans gluten, sans sucre et l'engagement contre la souffrance animale. Mon incapacité à me réjouir des nouveautés et des innovations était effrayante.

« Est-ce qu'on va t'ouvrir la gorge avec un couteau ? » interrogea Thomas quelques minutes plus tard depuis la banquette arrière de la voiture. Coiffé d'une casquette à oreilles de panda, il avait déjà raconté à Betty ses cauchemars nocturnes en insistant sur les détails les plus effrayants et s'intéressait désormais à mon rendez-vous. Mes paroles rassurantes le déçurent sans doute car les questions suivantes s'orientèrent sur le matériel nécessaire à la fabrication d'une éolienne.

« Ils mettent de la colle ou des vis pour faire tenir les hélices ? »

Betty, dont le chemisier rose avait été remplacé par un col roulé en lainage chiné, nous fit signe de nous taire pour répondre à un appel téléphonique. Thomas maugréa quelque chose à propos de notre manque de coopération dans ses projets d'énergie renouvelable mais la voix de Guillaume emplissait déjà la voiture tout entière.

« Tu n'as pas complété la partie sur l'aménagement intérieur ? Perso, je crois qu'il faut qu'on opte pour les murs en tissu et le parquet flottant.

– Ça coûte combien ces conneries ? demanda Betty tandis qu'elle freinait précipitamment pour laisser passer une petite fille déguisée en clown.

– Faut que je regarde mais l'option spots blancs et sol en béton, moi ça me fiche les jetons. On va se retrouver dans une cage à lapins au milieu des autres stands et crois-moi, si c'est comme l'année dernière…

– Guillaume, dis-moi le prix. »

Betty avait redémarré trop vite. La voiture cala et la petite fille agita ses gants de clown dans notre direction.

« Souviens-toi, il y avait un stand tout en lambris et un autre tapissé de velours kaki, et je ne te parle même pas des éclairages, Betty. J'ai vu un lustre qui faisait la taille d'un appartement !

– Guillaume, tu es au courant qu'il faudra vendre trois Rothko pour rentabiliser cette foire ?

– Franchement, ça vaut le coup, Betty.

– Je te rappelle qu'on ne vend pas de Rothko. »

La voiture s'était arrêtée devant le massif de fleurs blanches qui ponctuait l'entrée de l'hôpital. J'avais ouvert et refermé la porte sans faire de bruit. Betty m'adressa un signe à travers le pare-brise, sans lâcher le volant, juste avec les doigts.

La raison de ma venue à l'hôpital était demeurée floue jusqu'à ce que je me souvienne du tableau aux soleils verts. Il fallait que je demande le nom de l'artiste. J'étais prêt à mener l'enquête auprès de Calfond lui-même s'il le fallait.

« Je ne sais pas, ça change souvent, on reçoit tout le temps de nouveaux posters des laboratoires », me répondit la malheureuse Sylvie derrière le rosier tout à fait fané.

Je précisai qu'il s'agissait du cadre accroché entre l'affiche avec la grosse seringue et la publicité pour les pastilles au sirop de bouleau.

Une collègue plus âgée habillée d'une gigantesque blouse rose s'assit à côté d'elle.

« C'est sans doute une reproduction, on ne met rien de valeur dans les couloirs », dit-elle tandis qu'elle remuait le contenu d'un yaourt à la fraise. Sylvie, gênée par l'intervention de sa collègue, murmura qu'elle trouvait le dessin joli, elle aussi. « On va demander au docteur Calfond, à mon avis c'est lui qui l'a mis », ajouta la deuxième secrétaire sur le ton d'un médecin qui prescrit une cure de repos. Après trois minutes d'attente que je passai à essayer d'éviter le regard des deux femmes, Calfond surgit d'une porte inconnue pour jeter un document sur le comptoir. Aussi surprise que moi, Sylvie poussa un petit cri dans ma direction.

« Qu'est-ce qu'il y a ? » demanda Calfond, braquant sur moi de nouvelles lunettes rouges.

En quelques mots mal choisis, je tentai d'expliquer mon intérêt pour les soleils verts dans le couloir.

Calfond fit une longue grimace d'incompréhension puis finit par souffler en indiquant qu'il s'agissait du dessin d'un de ses patients. « Un gosse qui souffrait d'un asthme sévère, je l'ai suivi pendant quatre ans. »

Un gosse, me dis-je sans savoir si j'étais déçu.

« Qu'est-ce qu'il est devenu ?

– J'en sais rien, dit le médecin. Il m'apportait tout le temps des dessins. Un jour, Carine, la fille de l'accueil à l'époque, en a encadré un pour faire plaisir à sa mère qui était du genre inquiète. Son gosse ne dormait plus et la bonne femme s'était persuadée qu'il allait mourir. J'ai fini par jeter l'éponge. Moi, je soigne l'asthme, pas les cinglés.

– C'est possible d'avoir son nom ? dis-je. Ma femme est…

– Le secret médical, vous connaissez ? »

Une fois Calfond et ses lunettes rouges partis, la secrétaire plus âgée posa son yaourt et se pencha vers moi en se servant de sa main comme paravent.

« Vous faites pas de bile, j'avais oublié l'histoire du dessin mais maintenant je me souviens du gamin, il a déménagé à Chambéry avec ses parents. À cause du climat », ajouta-t-elle en brassant l'air avec sa cuillère.

Avant de rentrer dans l'ascenseur qui me ramenait vers le hall principal, il me sembla entendre l'écho d'un rire derrière moi. Un rire qui ressemblait à une chute de pierres dans la mer agitée.

Je n'avais pas la force de chercher les horaires de bus, ni même de regarder l'heure. Placée en face du comptoir d'accueil de l'hôpital, la cafétéria affichait un air de gaieté surjouée. La vitre qui la séparait du monde hospitalier avait été décorée de rideaux à carreaux bleus et blancs et d'une vaste étagère remplie de boîtes de thé colorées et de bibelots en forme de vaches.

À l'intérieur, la salle s'encanaillait de dentelles, de bougies, de miroirs ornementés de cœurs et de tableaux aux messages respirant l'optimisme bon marché. Malgré tout, il aurait fallu fermer les yeux pour ne pas percevoir l'éclat vert du hall de l'hôpital qui distribuait à chaque instant de nouveaux malheurs entre les étages.

Le désastre s'infiltrait partout. Il s'était assis à la table d'à côté dans la personne d'un petit homme au col boutonné qui s'agrippait d'une main desséchée à un portant métallique lui dispensant un liquide jaune dans le bras. Le désastre s'était également répandu plus loin entre deux femmes dont l'une dodelinait du chignon avec un visage affaissé par le poids d'une vérité qu'elle semblait avoir déjà oubliée. Rien ne pouvait faire barrage au désastre, pas même le grand SMILE que formaient les ampoules derrière le comptoir. Le désastre était ce qu'il fallait affronter.

Posé sur la table à côté d'un bouquet de fausses marguerites, mon téléphone affichait quatre appels en absence dont deux de mon associé Christian qui m'avait laissé un long message vocal.

Les malades d'aujourd'hui n'ont même plus droit à l'oubli. Je calculai approximativement les pages qu'il fallait encore écrire pour que Peter ait une vie à lui.

Résigné, je tendis l'oreille à la voix sinistre de Christian qui m'annonçait l'inauguration de la bibliothèque Jean-d'Ormesson le lendemain en présence du préfet et d'un auteur connu dont le nom lui était visiblement inconnu. Il toussa plusieurs fois dans le téléphone pour se donner une contenance et marmonna qu'il m'appelait parce que Delphine ne retrouvait pas la liste des invités que je lui avais transmise. « Elle est assez ennuyée », commenta-t-il avec sobriété. Je savais que Christian avait autant de considération pour Delphine que pour une dinde qui aurait couru déplumée dans une basse-cour. Je le soupçonnais d'avoir arrêté son jugement sur certains détails comme des boucles d'oreilles en forme de pastèques ou le tigre à paillettes qui ornait la coque rouge de son smartphone.

« De mon côté, j'ai invité une dizaine de relations et d'amis, bourdonnait-il lugubrement, ainsi que mon beau-frère et ma belle-sœur. »

Je n'avais jamais donné la fameuse liste à Delphine. Il faudrait quand même y aller. Pour Betty qui aimait les bavardages, le vin blanc et les applaudissements. Pour Betty dont le sourire n'était jamais aussi franc que quand on lui faisait un compliment sur son habillement.

J'avais raccroché et je contemplais la vitre cassée de mon téléphone qui reflétait des dizaines de mentons mal rasés.

Un homme était entré quelques instants plus tôt, il avait traversé la cafétéria et s'était assis près de la fenêtre. Je ne l'avais pas vu faire mais il avait dû déplacer sa chaise pour faire face au parking. Hormis le parterre de fleurs blanches, le parking était dépourvu d'arbres et scintillait comme une déprimante mer de tôles grises. L'homme n'avait pas consulté le menu et ne tournait pas la tête pour guetter la serveuse. Ses épaules restaient droites et hautes comme si elles avaient été collées à la chaise. Il s'est assis pour pleurer, me dis-je et je remarquai tout à coup son foulard à motif fleuri. Il ressemblait à mon voisin transhumaniste lors du brunch de Betty. Non, c'était un autre. L'idée qu'un homme aussi vivant, aussi sûr de lui puisse être malheureux me paraissait inexplicablement plus triste que tout.

« Qu'est-ce qu'il veut le monsieur ? »

Une serveuse en tablier à carreaux bleus avait profité de ma distraction pour se poster derrière les fausses marguerites. Je lui commandai un cappuccino avec de la mousse de lait. La mousse de lait m'apparaissait comme un minuscule mais potentiel substitut à l'amour de Betty.

Réfléchissant vaguement à Peter et à mes problèmes en particulier, je l'observais s'activer devant la machine à café, vidant les godets et les remplissant avec l'énergie de ses bras dodus. Les extrémités écarlates de ses mèches semblaient indiquer qu'elle avait eu les cheveux rouges et qu'ils avaient repoussé. Comme tout le monde, elle tâtonnait à la recherche d'une « meilleure version d'elle-même ». C'était le titre d'un des livres qui paradaient sur la table de nuit de Betty. Ces mots erraient en permanence dans un coin de mon cerveau comme un clou oublié sur lequel on ne cesse de se blesser. J'avais bien conscience de ne pas avoir assez œuvré à l'amélioration du prototype que j'offrais au monde. La « meilleure version de moi-même » n'était sans doute pas en train de se faire passer pour malade au fond d'une cafétéria d'hôpital. En réalité, je n'avais aucune idée de l'endroit où elle pouvait bien se trouver et de ce qu'elle pouvait faire de si extraordinaire. Je ne n'avais pas la moindre envie de la rencontrer.

Les deux femmes à côté de moi s'étaient levées. Celle dont la tête ballottait comme un grelot était partie payer au comptoir, tandis que l'autre, agrippée à une canne, scrutait avec un œil soupçonneux les tasses et les théières à motifs de vaches qui décoraient la vitrine côté hôpital. Elle s'était approchée des porcelaines en faisant glisser ses bottines en feutre gris sur le carrelage. Avec sa canne et ses bottines, du coin de l'œil je ne lui donnais pas moins de quatre-vingts ans. Je fus terriblement surpris de reconnaître les paupières argentées et le menton carré de Catherine Jersay. Sa jambe droite était coincée dans une énorme gouttière bleue qu'elle traîna sur le côté jusqu'à la sortie. Elle ne m'avait pas vu.

La chaise face au parking était vide, le type au foulard fleuri avait disparu. Maintenant, j'étais quasiment sûr qu'il s'agissait du transhumaniste. C'était un peu bizarre de les retrouver là tous les deux.

Qui était donc le romancier paresseux qui racontait ma vie ?

On m'avait dit que certains mourants revoyaient leurs chers disparus au stade ultime de leurs souffrances. J'avais lu quelques témoignages assez touchants.

Pourquoi m'envoyait-on ces deux-là ?

Comme d'habitude le personnage de Peter m'échappait. On ne pouvait accuser personne d'autre que moi mais je le trouvais horriblement fuyant. Comme d'habitude, je le fuyais moi aussi en parcourant à nouveau ma boîte mail. « Votre suite royale vous attend à Miami. » « Volez vers l'eau bleue de Key West. » « Révélez votre part sauvage dans les Everglades. » Une sorte de complot algorithmique voulait visiblement que je parte en Floride.

Derrière le comptoir, la serveuse était en grande discussion avec un jeune type en casquette qui se penchait vers elle de plus en plus régulièrement pour lui faire des confidences. Émerveillé à l'idée qu'une grande histoire d'amour puisse naître sous mes yeux, j'avais provisoirement abandonné mon roman pour écouter le bavardage des deux tourtereaux. Malgré mon entêtement romantique, ce flirt ressemblait à une délibération technique sur un lave-vaisselle qui ne lavait plus correctement les tasses. Le jeune type à la casquette, après s'être agenouillé pour démonter le système de rinçage, s'indignait de la quantité de petites cuillères qui y étaient coincées.

Mon téléphone vibra à côté de la tasse vide. La mention « Numéro inconnu » sur l'écran activa une méfiance immédiate que je pris la décision héroïque de combattre. À quoi bon ne pas avoir peur de la mort si on avait peur des numéros inconnus ?

« Allô ? dis-je avec l'allégresse d'un doigt de pied dans l'eau glacée.

– Alors ! Alors l'ami ? tonna Bernard dans le téléphone qu'il devait tenir serré contre l'une de ses grandes oreilles rouges. Comment vas-tu vieux frère ?

– Très bien, je suis à l'hôpital, dis-je tout à coup dépourvu d'inspiration.

– Hé l'ami, qu'est-ce que tu fiches là-bas ?

– Contrôle de routine. Dis donc je ne sais pas si tu as aimé le brunch l'autre jour mais j'ai un cocktail à te proposer. Ce n'est pas dans une galerie cette fois mais dans une bibliothèque. Une inauguration. Il y a de fortes chances pour qu'il y ait des coquilles Saint-Jacques. »

Bernard produisit un râle qui ressemblait à la colère d'un pachyderme dépité.

« Putain, ça fait chier. Boire du champagne debout, c'est le seul sport que je ne peux pas pratiquer. En fait, me dit-il après s'être raclé la gorge, je me suis tiré une balle dans le pied. » Il m'expliqua qu'il avait accompagné un client à une chasse aux canards et qu'il avait fait une erreur de manipulation en nettoyant son fusil. « Boum », tonna-t-il dans le téléphone en me faisant sursauter. Le coup était parti dans son pied. Il fit une description du sang qui avait repeint les parois de la caravane et le portrait d'un général à moustache.

« On trouvera d'autres occasions », mentis-je en observant palpiter les veines bleues et fragiles le long de ma main. Bernard, de son côté, avait l'air de se consoler moins vite des coquilles Saint-Jacques. « Tu sais, il y a des risques que les coquilles soient noyées au fond de verrines prétentieuses remplies de guacamole.

– Tu dis ça mais ça fait des semaines que je mange des haricots verts et que je parle à mon chien. » Je reconnus derrière lui le grincement que produisait la porte de sa caravane. « Bon, tu veux que je te dise pourquoi je t'appelais ? J'ai retrouvé une photo en cherchant un fichu pinceau. Le pinceau et la photo s'étaient barrés entre les lattes du plancher. Tu verrais nos têtes dessus. Ça m'a fait un drôle de choc parce qu'on avait l'air salement jeunes. Surtout toi. J'avoue que j'ai eu du mal aussi à reconnaître Betty avec sa frange brune. Mais le plus dingue, mon vieux, c'est qu'on a tous les yeux fermés, Betty, ta mère et moi. On ferme tous les yeux, sauf toi. Toi, t'es là tout sourire au milieu de cette brochette de cons qui dorment. D'ailleurs, je me demande qui a pris la photo. On dirait que c'est fait exprès. »

Après avoir raccroché, je restai quelques minutes bercé par le flux et le reflux des pieds que j'observais entre deux théières, derrière la vitre. Je n'arrivais pas à détacher mon esprit de cette photo. Cette photo dont il me semblait connaître les couleurs et les contours sans être certain de l'avoir vue un jour. Cette photo qui annonçait peut-être des années à l'avance ce que je vivais à ce moment précis.

Il était 17 h 30 et le client n'était plus du tout roi. Son règne avait été renversé par la révolution des chaises à empiler et des bouteilles de lait à vider.

Malgré ma disgrâce, la serveuse eut pitié des gesticulations de noyé que je lui adressais et consentit à immobiliser son chiffon et ses cheveux rouges. Devant moi, les pieds écartés comme pour faire barrage à mes caprices, elle nota chacune des lettres du mot « cappuccino » et disparut derrière son comptoir sans me proposer le moindre grignotage. Je la soupçonnais de se réserver pour le soir même le butin des muffins et des cookies non vendus.

En me levant pour ramasser une serviette en papier, mon regard croisa celui d'un autre client.

« Elle va bientôt nous foutre dehors », dit-il en désignant la serveuse du menton. Il portait des lunettes à grosse monture bleue surmontées d'une paire de sourcils d'un blond délavé. « Je viens là tous les jours », continua-t-il. Sa veste en nylon produisit un bruit de bâche que l'on déplie. « Et vous ? » Il cala son bras sur le dossier de sa chaise et me dévisagea comme un dentiste qui attend que vous lui expliquiez quand et comment vous avez mal aux dents.

« Moi, je viens pour le cappuccino, il est particulièrement crémeux ici, je trouve. » Ennuyé de décevoir si vite un inconnu, je lui expliquai que je cherchais à fuir le moment présent et que j'avais mis au point un système pour m'en débarrasser. « En fait, j'écris un roman. »

Il tapota sa bière sans alcool, l'air impressionné.

« Ou plutôt une nouvelle, corrigeai-je, je n'aurais pas le temps d'écrire un roman.

– Moi, je viens ici à cause de ma femme. Pas pour la fuir, précisa-t-il, c'est plutôt le contraire. » Son regard s'éteignit quelques secondes derrière ses lunettes. « Elle vit là maintenant. »

Il but une gorgée et raconta. Il passait avec elle tous les après-midi depuis deux semaines environ. Au début, il venait le matin aussi mais elle avait exigé qu'il reste à la maison jusqu'à midi pour tenir compagnie à Winnie, leur épagneul breton. Il lui apportait des barquettes de framboises et des albums de photos qu'ils parcouraient quand elle arrivait à rester assise.

« Les femmes sont extraordinaires, dit-il, vous pensez que votre vie se résume aux prénoms de vos gosses et aux marques des bagnoles que vous avez eues, mais elles, vous leur donnez un paquet de photos décolorées et elles vous racontent, trente après, la forme du gâteau d'anniversaire, la météo, la tête des voisins et les bêtises du petit dernier. »

Les verres ronds de ses lunettes traduisaient à cet instant une sincérité pénible. Je me mis à redouter que la maladie de sa femme fût un cancer.

« Ç'a été compliqué de faire semblant, surtout avec les enfants. »

Le dos plié en avant, il tournait et regardait ses mains tout en me parlant. Pendant longtemps, ils avaient joué en famille « la comédie du rien du tout ». Il la conduisait tous les mardis faire sa chimiothérapie, il faisait les courses au supermarché pendant ce temps-là. Elle dormait la journée du mercredi mais personne ne disait rien. « On préférait se taire. Même quand sa perruque était de travers. »

Et puis ça s'était emballé, « des métastases ». Les médecins avaient fini par arrêter les traitements curatifs et l'équipe l'avait transférée en soins palliatifs.

« Je suis désolé.

– Oh, non, je suppose que vous n'y êtes pour rien. » Il me fit un clin d'œil triste.

Bizarrement, cela faisait trois jours qu'il se sentait soulagé.

« Comme si d'une certaine manière le plus dur était passé. »

Il prit une longue, très longue gorgée de bière. Ce n'est pas de la soif, pensai-je.

« En fait, je l'ai toujours su. Même quand je l'ai rencontrée. Une princesse amoureuse d'un crapaud. C'était trop beau. La baraque, le boulot, les gosses. C'est trop beau, je me disais. Il va bien falloir que ça s'arrête. J'avais cette peur toujours allumée dans ma tête. Voilà, maintenant ça y est. » Il donna un coup de pied dans la chaise d'à côté.

Les yeux rivés au plancher dont je suivais la découpe des lattes, je sentis ma gorge s'assécher à nouveau.

« Vous connaissez la phrase de Victor Hugo : Tu n'es plus là où tu étais mais tu es là partout où je suis. » Il poussa un soupir en levant les yeux vers les étagères qui nous entouraient. « Elle m'a promis de la faire imprimer au-dessus de sa photo. C'est beau cette phrase mais je voudrais surtout que ce soit vrai. »

Mon téléphone vibra dans ma poche.

« Non, tais-toi c'est le bon numéro. Allô, Pierre-Antoine ? »

La voix écorchée de ma mère s'égrenait jusqu'à moi.

« Les taupes », vociféra-t-elle. Le salon de thé parut un instant tanguer comme après une gifle. « Je ne peux plus supporter ça.

C'est une question de dignité. Je veux que tu m'emmènes tout de suite à l'armurerie. »

Après une discussion pauvre en informations, j'appris que trois monticules avaient poussé le matin même devant la fenêtre de sa chambre.

« Sous mes yeux, répéta-t-elle.

– L'armurerie sera déjà fermée, maman. Et puis je ne sais pas ce que tu vas acheter là-bas. Tu ne vas quand même pas…

– Les fumigènes que m'a vendus l'autre imbécile de la jardinerie sont juste bons à égayer leur soirée.

– Mais maman, les fumigènes ça peut être dangereux…

– Alors comme ça, tu ne comptes pas m'emmener ? Tu me déçois, Pierre-Antoine. Tu me déçois terriblement. »

Cette phrase entendue depuis l'enfance suggérait un piédestal vertigineux dont je n'arrêtais pas de tomber.

« Si c'est comme ça, je vais y aller toute seule. Ne t'étonne pas si on retrouve un jour ma voiture en sens inverse sur l'autoroute. »

Je savais de toute façon qu'elle avait perdu les clefs de sa voiture depuis longtemps.

J'entendis quelque chose tomber, puis ma mère marmonner derrière le téléphone.

« C'est Marthe, dit-elle. Elle voudrait que je te dise bonjour de sa part, elle est persuadée que c'est une information capitale. Voilà, c'est fait, Pierre-Antoine sait que tu veux lui dire bonjour. »

J'entendis à nouveau des chuchotis, puis ma mère reprit le téléphone après un long soupir dans lequel s'engouffrait une foule de désillusions sur la famille et ses niaiseries.

« Elle veut savoir comment va ton traitement. Tu as sans doute envie de parler d'autre chose mais elle tient absolument à ce que je pose la question. » Touché par l'obstination de Marthe que j'imaginais assise sur le tabouret du hall à côté de ma mère, je formulai une phrase enthousiaste sur la médecine moderne.

« Tout va bien, chuchota ma mère en direction de sa sœur avant de reprendre le récit de ses dernières batailles contre les taupes et les critiques d'art qu'elle mettait dans le même panier.

– Maman, est-ce que tu es libre demain soir ?

– Demain soir ? s'exclama-t-elle comme si je lui demandais la couleur de la nappe lors du prochain déjeuner de Pâques.

– Oui, il y a un cocktail organisé pour l'inauguration d'une bibliothèque. C'est un projet réalisé par ArcHos.

– Écoute, Pierre-Antoine, merci beaucoup pour ton invitation mais tu sais à quel point voir des gens me déprime. Je n'ai plus l'âge d'être aimable et jolie. Et puis je te l'ai souvent répété, les livres de bibliothèque c'est plein de microbes et de bactéries. »

Elle raccrocha soudain en prétextant qu'elle était dans un courant d'air et qu'elle n'allait pas tarder à s'enrhumer.

Même chez moi, je ne me sentais plus à l'abri. Anaïs vrombissait quelque part dans la maison dans un nuage sonore de portes qui claquaient. Je redoutais de la rencontrer, elle et sa formidable énergie, et je restai tapi comme un animal pris au piège de son propre terrier.

Je sentais la mauvaise humeur s'agripper à mes pantoufles et remonter le long de mes mollets. Mon téléphone à l'écran brisé semblait vouloir me réconforter. Ignorant la nécessité du labeur romanesque, je fis défiler les messages reçus depuis l'annonce de ma maladie.

Il y avait une phrase de sollicitude assez formelle mais sans doute sincère de Delphine ma secrétaire, plusieurs photos de chatons et de hérissons envoyées par Clémence, « une pensée chaleureuse » de la part de Jocelyne l'amie médecin de Betty, des vœux de rétablissement d'un jeune collaborateur que j'avais fait travailler récemment sur un dossier difficile et dont l'élan me toucha, une citation au-dessus d'un bouquet de tulipes qui parlait de « sourire à la vie » envoyée par la mère de Betty, un « Je pense bien à toi papa » d'Hubert et un message de Guillaume ponctué d'une animation figurant un ours au lit avec une bouillotte sur la tête qui me donna soudain envie de pleurer. Comme la musique d'une petite boîte que l'on retrouve dans un tiroir et dont on active la manivelle, tous ces messages faisaient vibrer en moi quelque chose de triste et idiot.

Betty, quant à elle, m'avait envoyé trois messages depuis le début de la semaine. J'avais lu plusieurs fois les deux premiers. L'un concernait un radiateur qu'il fallait allumer et l'autre une clef qu'il ne fallait pas oublier. Elle avait mis un « je t'aime » au deuxième. Ce « je t'aime » avait l'air de flotter, un peu étonné. Il ressemblait à un bout de pain que l'on jette dans une mare d'où les canards sont partis.

Le troisième, plus récent, demandait que je la rappelle.

En attendant qu'elle décroche, je contemplai avec amour et scepticisme son visage éclatant sur la photo du téléphone. Je ne sais pas pourquoi j'avais choisi celle-là. Son nez paraissait plus retroussé qu'en réalité et ses paupières, en riant, avaient pris un pli que je ne connaissais pas.

Betty voulait parler à Anaïs. « C'est urgent », siffla-t-elle entre ses jolies dents.

Sans que je m'en aperçoive, l'aspirateur s'était tu. Traversant les pièces silencieuses, j'en profitai pour informer Betty au sujet de l'inauguration.

« Si tu veux inviter des amis, n'hésite pas, dis-je, moi je n'ai pas trop la tête à ça.

– Oui, on verra, répondit Betty dont l'expression était probablement assez différente de celle que je venais d'admirer sur mon téléphone. Tu as regardé dans le garage ? Elle range plein de choses là-bas.

– Attends, je suis en train de descendre l'escalier, d'ailleurs j'ai la nausée...

– Tu devrais arrêter les chocolats », dit-elle avec l'intonation vide des gens en train de trier leurs mails.

Accroupie dans le couloir qui mène au garage, Anaïs se releva avec le visage rouge. Elle maugréa des choses menaçantes à propos de « la saleté de cette maison » et saisit le téléphone. Elle tenait de l'autre main une éponge dont la couleur lui donnait raison.

Il fut question de poubelles et de lait maternel.

Sur son tee-shirt, une tête de mort en strass grimaçait au gré de ses gesticulations. Anaïs finit par me tendre le téléphone comme s'il s'agissait d'un poisson gluant.

« Je ne sais pas comment on raccroche. Putain, cria-t-elle en faisant claquer le bord de son gant en latex. J'en peux plus de ces artistes de merde ! Ils foutent la pagaille, c'est moi qui nettoie et c'est moi qu'on engueule par-dessus le marché. Vous le croyez, ça ? Il y a une plasticienne brésilienne qui prétend que j'ai mis à la poubelle un pot dans lequel il y aurait son lait maternel avec lequel elle peint depuis trois ans. Du lait maternel ! J'essaye même pas de comprendre le délire. Si elle veut conserver des yaourts périmés, elle n'a qu'à les mettre ailleurs que sous mon nez. J'en peux plus, dites à votre femme que je vais démissionner. J'en fais des cauchemars, de ses artistes. Et même des crises d'angoisse.

La dernière fois, j'avais la tête qui tournait avec la serpillière qui dégoulinait sur mes vêtements. J'ai même eu ça au supermarché. Ma voisine m'a expliqué qu'il fallait respirer dans un sac, les yeux fermés à fond très fort. T'inspire, t'expire, t'inspire… »

J'imaginais Anaïs, la tête dans son sac à main verni, devant un étalage de kiwis.

« Et puis, pour ce qu'ils font les artistes… se mit-elle bizarrement à chuchoter. Entre nous, on se demande à quoi ça rime. »

Saisissant le seau rempli d'eau savonneuse à ses pieds, elle pointa le bas du mur. Son visage s'anima d'une satisfaction angoissante tandis qu'elle exhumait des mouches mortes, des grains de riz et une aiguille à tricoter, le tout coincé entre le mur et la plinthe décollée.

« On dirait qu'il n'y a que moi qui vois la saleté. Vous savez », me dit-elle en se relevant. Elle posa sa main sur mon bras. « Moi, votre cancer, je n'y crois pas. »

Le soleil qui entrait à ce moment-là par la fenêtre du palier s'arrêta sur le seau rempli d'eau sale.

« Ah oui, dis-je en toussant plaintivement, et qu'est-ce qui vous fait dire ça ? »

Les paroles d'Anaïs me brûlaient l'œsophage.

« Un cancer sur trois, c'est un cancer inventé par les médecins. » Elle haussa les épaules en faisant danser sa tête de mort. « Il faut bien qu'ils justifient leurs années de diplômes. C'est ce que dit ma belle-sœur qui est infirmière. Vous avez une douleur, une petite boule quelque part, et c'est parti pour la chimio et tout le tintouin. Vous n'y comprenez rien et parfois pouf, vous mourez et ça fait une belle explication. Alors qu'au fond, des explications, y en a qu'une seule, c'est la volonté du bon Dieu.

– Vous croyez en Dieu ?

– Bien sûr, pardi. » Elle eut l'air vexée. « Pas vous ?

– Si si je crois en Dieu, j'ai juste des doutes sur la validité inconditionnelle de certains dogmes et la bonté christique de quelques prêtres. En fait je ne crois pas, je sais. Je sais qu'il y a Quelque Chose mais je ne pourrais pas tellement dire à quoi ressemble cette Chose.

– Dites donc, c'est brumeux votre truc. Moi, je n'ai aucun doute. Je prie Dieu tous les jours. Même s'il fait la sourde oreille, je sais qu'il m'entend. Un jour je suis entrée dans une église et… vous promettez que vous n'allez pas vous moquer ? Eh bien, la Sainte Vierge, celle dans sa niche avec la belle robe bleue, elle m'a fait un clin d'œil. Je vous jure. Un clin d'œil comme ça ! »

Je croyais Anaïs. Je la croyais d'autant plus que, si j'avais été Dieu, c'est exactement de cette manière-là que je me serais adressé à elle.

21

Je me mis à tousser.

La sensation d'avoir avalé un sac de gravier.

Plus je toussais, plus cette chose horrible s'installait et gonflait dans ma gorge.

La pièce tout entière scintillait à travers mes larmes.

Une noix de cajou, me dis-je, une noix de cajou s'était coincée quelque part entre ma langue et mon estomac.

Plié en deux, j'essayais de reprendre mon souffle. Je toussai encore et encore, la poitrine tout à coup remplie de mots transformés en miettes de pain sec.

Entre les déflagrations, je pouvais voir une inconnue hocher la tête avec un rictus qui arrondissait ses yeux fardés.

Pendant que mes épaules se secouaient et que mon gosier se déchirait avec vacarme, mes pensées restaient étrangement lisses et calmes comme la surface d'un lac.

Je m'étrangle, pensai-je. Mes poumons s'allégèrent, comme engourdis. Le silence pendant quelques secondes s'empara de l'espace avec la douceur d'un nocturne de Chopin.

C'était donc ça mourir.

La main de l'inconnue se posa sur mon bras. Ses boucles d'oreilles esquissèrent un délicat mouvement et sa bouche s'étira comme pour sourire. Elle crie, me dis-je.

Des animaux aux couleurs tristes accoururent. Formant un arc de cercle autour de moi, ils me contemplaient avec désarroi. Mourir en compagnie de souliers, pensai-je un peu déçu.

Ma poitrine se contracta encore plus douloureusement et le sifflement que produisirent mes entrailles eut quelque chose de définitif.

Les voix cachées dans le silence se mirent enfin à me parler.

Mon mollet était rouge à force d'avoir été gratté dans le feu de l'action. La boîte de chocolats gisait vide à mes pieds. Je contemplai les deux dans un état d'hébétude proche de la syncope.

Peter était mort sans crier gare. Comme quelqu'un qui aurait négligemment ouvert une fenêtre pour sauter sous vos yeux.

J'étais sonné.

Une poignée de noix de cajou et c'était fini. Mon Dieu, comme c'était rapide, comme c'était facile.

La lucarne au-dessus de ma table était violette. La nuit en avait profité pour tomber. Bon sang, je n'allais quand même pas pleurer.

Peter était mort. Une mort rapide et absurde comme la vie en réservait aux vivants. J'étais sous le choc de cette violence.

Marc serait sans doute déçu. Tout ça pour ça ? allait-il penser. Tout ça pour ça ? me demandai-je.

Pourtant, impossible de faire autrement. Oui, Peter était mort en mangeant une noix de cajou. Je n'allais quand même pas mentir au lecteur. Pour ma part, les noix de cajou, ça ne m'étonnait qu'à moitié. Les gens faisaient aveuglément confiance à ces aliments-là.

Je pris une gorgée du thé froid dont la surface s'était couverte de taches irisées. Le liquide glissa jusqu'au fond de ma gorge avec la douceur d'une coulée de miel. En avalant plusieurs fois ma salive pour vérifier, je constatai que je n'avais plus mal. Plus mal du tout.

Qu'est-ce qui avait changé ?

Je me retournai vivement pour faire face à la chambre. La boîte à cigares, les livres et les pétales éparpillés sur le tapis, les coussins du canapé, même le miroir accroché à la porte, tous semblaient s'être immobilisés pour m'observer.

Il y avait certainement un sens à la mort de Peter, aussi absurde qu'elle soit. Un sens que je ne voyais pas encore mais que le lecteur ne manquerait pas de trouver. Il fallait toujours faire confiance au lecteur. Certains y verraient une métaphore de je ne sais quoi, d'autres une référence littéraire ou un symbole plus personnel. Les livres avaient un point commun avec Dieu, ils trouvaient le moyen de parler à chacun dans son propre langage. La seule responsabilité des humains et des lecteurs était d'écouter, écouter vraiment, écouter si possible en se débarrassant du bruit que faisaient les autres.

« Les voix cachées dans le silence se mirent enfin à me parler », déchiffrai-je à nouveau sur l'écran.

Il fallait que je relise cette scène. Non, il fallait que je parle d'abord à Betty. Il fallait que je sorte de la cage dans laquelle je m'étais réfugié pour écrire.

Maintenant que le roman était terminé, le mensonge n'avait plus lieu d'être.

Je m'extirpai de ma chaise avec la sensation d'y avoir été attaché par une colle inconnue.

Mentir et écrire étaient liés mais pas comme je l'avais envisagé. Les romanciers ne mentent pas quand ils écrivent, chuchotai-je en direction de la lampe de bureau, m'imaginant répondre aux questions d'un journaliste au tee-shirt décoloré et aux joues mal rasées, les romanciers mentent pour pouvoir écrire et les fictions qu'ils écrivent sont moins des mensonges que des mises en mouvement de la vérité.

Le journaliste hocha la tête tandis qu'une musique mélancolique montait dans le studio, amplifiant mes paroles dans les oreilles des auditeurs subjugués.

Betty allait me tuer.

Au fond, c'était peut-être ça la mort qui m'attendait.

Mon visage dans le miroir était pâle mais serein. La grande force des martyrs qui descendent dans la fosse aux lions, me dis-je dans l'escalier, c'est de savoir qu'ils ont un peu raison.

Allongée sur le tapis du salon, un casque sur les oreilles, les cheveux ramenés en palmier sur le haut du crâne, Clémence prétendait réviser.

Thomas avait calé ses pieds contre une étagère de la bibliothèque et tentait de faire le poirier. Le front rouge, la bouche et le menton avalés par un polo trop grand, il récitait l'alphabet pour ennuyer sa sœur.

Ils m'attendent. Ils m'ont toujours attendu, me dis-je, constatant à quel point je n'avais guère fréquenté mon propre salon et mes enfants.

J'enviais les pères qui avaient cuisiné des spaghettis tous les soirs dans les cris et même ceux qui avaient permis à leurs gosses de dévaster leur canapé et leur sommeil. Aussi étrangers soient-ils, leurs enfants avaient laissé une empreinte dans la matière de leur vie.

Les enfants étaient ce qui échappait depuis toujours aux bonnes intentions, aux théories, à la langue de bois, à l'hygiène et aux cinéastes. Les enfants étaient ce qu'il y avait de plus réel dans le réel. Ils étaient la réalité même.

Cette terrible vérité fit soudain ondoyer les motifs du tapis sous mes yeux.

Baissant son casque qui lui formait comme un étau autour du cou, Clémence indiqua qu'« une copine » était en train de téléphoner à l'étage. « Ses parents sont partis en Azerbaïdjan », chuchota-t-elle sans que je puisse deviner s'il s'agissait de vacances, d'une mutation professionnelle ou d'une tentative de fuite.

« Regarde, papa, mon dessin, dit Thomas dont les pieds venaient de s'effondrer au ras du coude de sa sœur.

– C'est beau, dis-je en prenant une feuille de papier dont le recto affichait le montant à payer pour notre consommation d'eau. Qu'est-ce que c'est ? » La critique d'art n'était pas mon fort.

« Ça c'est des nuages et ça c'est toi. » Il désigna une sorte de topinambour au-dessus d'une flaque de purée coloriée au stylo-bille bleu.

« Dis donc, je vole ?

– Non, tu voles pas, tu es mort. Avec Clémentine, on cherche sa maman à la récré mais on la voit pas à cause de la pollution.

– Vous la cherchez où ? » demanda Clémence qui venait de mordre dans une pêche.

Thomas expliqua que les gens qui mouraient partaient vivre dans le ciel.

« Qui t'a dit cette connerie ? » Du jus coulait sur la joue de Clémence dont la bouche resta ouverte comme celle d'une déesse en colère dans un marbre antique.

« C'est papa.

– Mais c'est grave de dire ça. C'est grave. » Clémence plissait les yeux et les joues comme si quelqu'un venait de lancer une bombe lacrymogène dans la pièce. « Tu te rends compte que ce sont de fausses informations, Thomas va les répéter et il aura tout un tas de problèmes : à l'école, avec ses amis et même dans sa vie professionnelle.

– On n'a plus le droit de croire à la vie après la mort ?

– Seulement dans le cadre d'une religion, sinon ça s'appelle une fake news. Tu le sais aussi bien que moi. Si tu ne peux pas prouver ce que tu dis, c'est une fake news. Un type s'est fait renvoyer du lycée pour ça l'année dernière. »

Ma vie intérieure était une fake news.

« On ne peut pas prouver la vie après la mort mais on ne peut pas prouver non plus qu'il n'y en a pas. »

Thomas, qui avait finalement hissé ses pieds parallèlement à la fenêtre, hurla sous son polo pour qu'on admire ses prédispositions à la vie de saltimbanque.

L'amie de Clémence en avait profité pour redescendre. Son minuscule visage de crevette grise me disait quelque chose. À moins que ce ne soit une confusion avec les vraies crevettes grises que j'avais observées enfant au fond de mon épuisette. Le côté translucide, les yeux noirs. Sans doute intimidée à l'idée de s'allonger par terre à côté de Clémence, elle s'assit près de la fenêtre en tirant sur les mailles de son pull pour y glisser ses pieds.

« Papa, tu sais qu'Antonia a été reçue au Conservatoire ? Tout le monde le dit, elle a un talent dingue, elle joue de la clarinette et imite les profs sur TikTok. Pas vrai Antonia ? »

L'adolescente ne protesta pas et afficha un sourire mélancolique qui n'avait rien de timide. Je scrutai les traits d'Antonia pour essayer d'y lire autre chose que de la fausse modestie.

« C'est Antonia qui a eu l'idée pour Compostelle, on va le faire ensemble. Elle va prier pour le mari de sa sœur qui se drogue et aussi pour qu'un agent la repère. Elle vient de passer le casting de la série *Belle et sexy.* »

Je n'osai pas demander si c'était le mari ou la sœur qui se droguait, ni ce que racontait *Belle et sexy*, mais je notai avec satisfaction que la prière échappait à la notion de fake news.

« Comme ça, on pourra se prendre en photo pour alimenter nos comptes Insta. Ce sera plus pratique que les selfies, surtout qu'avec les moustiques et la chaleur, je te dis pas l'état de notre peau. À mon avis, c'est plutôt un drone qu'on devrait prendre pour faire le boulot. Qu'est-ce que ton père a dit ? » demanda Clémence d'une voix plus basse.

Antonia répondit par un « Rien du tout » que j'estimai plein de sous-entendus puis ouvrit son manuel avec une délicatesse invraisemblable, une délicatesse qui pour tout dire avait quelque chose d'agaçant.

Le store de la baie vitrée était baissé mais certaines lames tordues laissaient deviner le mouvement des branches dans l'obscurité mauve du jardin.

« Clémence, as-tu une idée de l'endroit où se trouve ta mère ? Elle m'a sûrement appelé mais mon téléphone est en panne de batterie. Elle n'avait pas un truc à la fondation Machin ? » Clémence fit mine de ne pas m'avoir entendu, aimantée par la page qu'elle déchiffrait verticalement la joue posée au sol.

« Clémence ? »

Sans bouger, elle me demanda pourquoi je ne branchais pas comme tout le monde mon téléphone pour le recharger.

« Avec un peu de chance, on peut encore trouver une ou deux prises qui marchent dans cette maison », dit-elle en se redressant pour me faire face. Ses yeux brillaient. « Mon père est architecte », dit Clémence en direction de son amie, qui à mon avis était au courant.

« Il y a du charlatan dans quiconque triomphe en quelque domaine que ce soit. » J'étais tombé sur cette phrase de Cioran, la veille en cherchant une citation sur ce sentiment d'imposture que Peter et moi partagions.

« Tu vois un peu comme on nous stimule dans cette famille, c'est hallucinant. » Clémence avait insisté sur chaque syllabe du mot « hallucinant » comme si elle espérait faire sortir un lapin d'un chapeau.

Le frigo aurait pu exploser et les canalisations rejeter toute l'eau sale du quartier à mes pieds, mes pensées étaient mobilisées par le fait que Betty ne m'avait pas prévenu de son absence.

Mon cancer était un échec, me dis-je.

Au lieu de savourer son affranchissement d'esclave, mon pauvre cerveau avait sans cesse cherché de nouvelles manières d'avoir l'air plus malade et misérable. En plus de tout le reste, je m'étais mis à boiter. C'était injustifiable au regard de la chimiothérapie mais Thomas m'avait vu monter l'escalier en faisant une grimace et j'avais sauté sur l'occasion pour raconter une salade à propos d'une douleur au genou.

Contemplant mes joues ternes dans la carrosserie chromée du grille-pain, j'estimai avoir une tête à inspirer la compassion. Les remords sans doute aussi. Mais de toute évidence, Betty avait choisi le mépris.

« Tout en toi dit oui à la maladie », avait-elle murmuré la veille alors qu'elle effectuait une retouche de vernis sur l'un de ses jolis ongles de pieds.

L'une des ampoules au-dessus de la cuisinière clignotait avec insistance, suppliant qu'on la laisse dormir tranquille loin de cette comédie. Une fesse posée sur un tabouret du comptoir, j'avais sans m'en rendre compte fini un gratin de macaronis et avalé un paquet entier de madeleines pur beurre. Au fur et à mesure que mon estomac se remplissait, l'indignation se noyait dans le doute.

Betty m'avait peut-être laissé un message vocal. L'espoir fut relativement court. Tous les messages stockés sur mon téléphone contenaient la même voix exaspérée d'un livreur qui n'était pas parvenu à me joindre et menaçait de repartir avec son colis.

Incapable de lire, écrire ou réfléchir aux formes variées de l'éternité, j'écoutais le podcast d'une émission littéraire allongé sur le lit en regardant mon ventre se soulever mollement au gré de ma respiration. Le journaliste prenait un ton enjoué pour poser ses questions à un invité asthmatique dont chaque réponse semblait tout droit sortie des enfers ou d'une caverne préhistorique. Wikipédia signalait qu'il avait écrit une trentaine de romans traduits en vingt-deux langues, dont l'inuit, et la plupart de ses livres s'étaient révélés des best-sellers en Italie. La littérature regorgeait de miracles incompréhensibles.

C'était fatigant à suivre mais je m'accrochais aux syllabes tressautantes de l'écrivain car l'entretien se dirigeait vers la question de l'écriture. L'écrivain crachota et expliqua qu'il s'asseyait tous les matins à sa table de travail et qu'il attendait que quelque chose se passe. Attendait qu'il se passe quoi ? ironisai-je entre mes draps. Le journaliste, qui partageait peut-être mon incrédulité, demanda des précisions.

Il y eut un défilé de voyelles, puis de consonnes, et l'auteur indiqua qu'il attendait son café. Sa femme le lui montait dans son bureau vers 7 h 30 car il ne savait pas le faire lui-même. Il le buvait et continuait à attendre. Généralement, il ne se passait pas grand-chose avant que l'Audi de son voisin démarre. Mais, marmotta le romancier, il arrivait qu'entretemps il fasse la connaissance d'une mouche sur le carreau de sa fenêtre ou qu'il renverse du café sur une facture.

Le journaliste s'esclaffa, sans doute décontenancé par la malice de son invité qui, continuant à crachoter, expliqua qu'il avait beaucoup de patience.

« J'at-tt-tends », répéta-t-il.

Il avait atteint un très grand degré de discipline dans l'attente. Il ne bougeait pas de sa table, il s'interdisait d'ouvrir le moindre livre, de consulter ses mails ou de répondre au téléphone. Il s'interdisait même d'aller aux toilettes pour créer l'urgence.

Le rire du journaliste ressembla au gémissement d'un aspirateur que l'on débranche : « Quelle urgence ? »

Le romancier laissa quelques chapelets de secondes se perdre dans le néant très précieux de l'instant présent.

« L'urgence d'écrire », finit-il par chevroter.

Le silence du journaliste semblait plus désespéré qu'impressionné.

Son invité chassa de sa gorge une demi-douzaine de chats de gouttière qui firent probablement danser le micro, puis il reprit son explication. « L'urgence d'écrire » se manifestait parfois par un mal de tête mais le plus souvent par une sensation de vide et un sentiment d'inutilité. Une fois que le vide et l'inutilité s'installaient en lui, il entrevoyait des lumières et des silhouettes. La plupart du temps, avoua le romancier entre deux crachotements douloureux, les lumières et les silhouettes n'avaient rien à voir avec le roman qu'il écrivait. Son travail consistait à les faire entrer de force dans l'histoire. Parfois, il n'y parvenait pas et devait quitter son bureau avec l'impression d'avoir coincé « un balai de chiottes » dans le moteur de sa narration. Mais le lendemain, quand il se rasseyait devant son manuscrit, le balai de chiottes ressemblait à un levier de vitesse et toute l'intrigue redémarrait en trombe.

« En trombe », répéta le journaliste hébété.

Le romancier laissa s'échapper un cortège de hoquets affirmatifs, puis expliqua qu'une grande partie de la réussite d'un livre reposait sur le charisme du personnage principal.

« Il n'y a qu'une question à vous poser quand vous écrivez, c'est celle-ci, haleta-t-il. Est-ce que votre personnage principal serait capable de faire rire votre belle-mère sur le fauteuil de son dentiste ? Si la réponse est non, il vaut mieux aller arroser vos plants de courgettes et réfléchir à une autre histoire. »

Le reste de l'interview avait porté sur le dernier roman de l'invité, une histoire de braquage dans laquelle le narrateur, un truand transsexuel, développait une métaphysique de l'anonymat. À un certain point, je n'arrivais plus à discerner si l'intrigue était complexe ou si j'étais en train de m'assoupir.

L'émission devait être terminée depuis un bon moment quand j'eus la surprise de constater que mon cerveau s'était rallumé. La chambre n'avait plus aucune couleur mais la clarté qui s'écoulait d'une fenêtre à l'autre indiquait qu'il ne faisait pas encore nuit. C'est une heure fantastique pour se promener dans un jardin, me dis-je.

Je me souvins tout à coup d'un sage tibétain dont j'avais vu une vidéo sur YouTube. Il parlait du *Bardo Thödol*, un manuel bouddhiste destiné à guider l'esprit du mort après son départ terrestre. Sans cesser de sourire, il expliquait que *Le Livre des morts* fournissait une description colorée par la tradition tibétaine mais que fondamentalement nous mourions tous de la même manière et que la mort suivait un processus en trois temps. J'avais fini par retourner mon téléphone à cause de son sourire dont la signification extrême-orientale m'échappait et dont l'intensité me perturbait. La première étape, disait-il, enfin c'était plutôt la voix du traducteur qui parlait, était celle du trépas et de la confrontation avec la lumière, la deuxième était celle de la confrontation avec la réalité, la troisième, si je me souvenais bien, était celle de la renaissance et aboutissait à la réincarnation. Il avait conclu son exposé en insistant sur les bienfaits de la méditation, qui selon lui constituait un excellent entraînement pour traverser ce triathlon métaphysique.

Les séances de Betty la confrontaient peut-être à autre chose que ses gargouillements intestinaux. Il ne faut pas sous-estimer le chemin qu'empruntent les autres, me dis-je, fixant la lueur grise que formait l'oreiller vide à côté de moi.

Betty me réveilla une ou deux heures plus tard en laissant tomber ses clefs dans le lavabo de la salle de bains.

« D'habitude, tu ne dors pas, se justifia-t-elle en allumant sa lampe de chevet pour chercher la crème à la rose avec laquelle elle se massa longuement les pieds. J'ai dîné avec le collectionneur libanais, Charles Daloud, le type charmant qui fait de l'immobilier à Monaco. »

Betty parlait avec cette voix un peu rauque et effilochée qui émergeait en fin de soirée et dans laquelle je m'efforçais de discerner de la tendresse.

« Je ne vois pas comment il peut trouver à faire de l'immobilier à Monaco, dis-je, il n'y a plus un centimètre carré libre sur cette dalle en béton. À part peut-être en jetant de riches et vieux retraités par la fenêtre de leurs appartements luxueux. »

L'homme d'affaires en question ne m'était que moyennement sympathique. Je n'aimais pas la façon dont ses cheveux brillaient et bouclaient à l'arrière de sa nuque. J'aimais encore moins la façon dont ses bagues effleuraient sans cesse les bras blancs de Betty.

« Il m'a invitée au restaurant et a commandé un plateau de fruits de mer délirant. Je ne voyais quasiment plus son visage à cause des huîtres.

– Tu détestes les huîtres.

– Il m'a laissé toutes les langoustines. On a beaucoup parlé de nos familles. Il m'a raconté comment la maison de ses parents avait été détruite pendant les bombardements de Beyrouth, son grand-père avait fait un accident cardiaque en découvrant son lit éventré et sa mère est devenue folle il y a quelques années en réalisant que tous ses frères et sœurs avaient plus ou moins disparu. La mayonnaise était délicieuse. Je ne sais pas ce qu'il y avait dedans, de la coriandre ou du citron. À la fin, je m'en suis fait des tartines entières. Heureusement que la mayonnaise ne me fait pas grossir.

– Il s'intéresse à une œuvre de Milo en particulier ? »

La jalousie m'envoyait des espèces de décharges électriques dans la plante des pieds. De toute façon, ce n'était pas une heure pour faire des aveux. Je parlerais à Betty demain.

« Non, il voulait me parler d'un jeune type qui fabrique et peint des petites tortues en argile.

– Tu vas l'exposer ?

– Des tortues en argile… Non mais Pierre, tu déconnes ? C'est un paumé qui vend ça sur le trottoir pour payer son loyer. Sa femme attend un enfant et du coup Charles voulait l'aider. Il n'a jamais fait une école d'art, il n'a jamais exposé… »

Les cheveux brillants et bouclés de Charles Daloud me semblèrent tout à coup ceux d'un homme bon.

« Je dirige une galerie d'art, pas un cirque.

– Tu n'as qu'à raconter qu'il est transsexuel, réfugié politique ou aveugle, les gens vont adorer.

– Arrête, Pierre, tu veux que je te montre à quoi ça ressemble ? »

Betty avait saisi son téléphone sur sa table de nuit.

« Non, dis-je en remontant les draps vers moi, non Betty, je te crois, laisse. »

Je ne voulais pas voir ces tortues, je ne voulais pas les voir car je savais que je les trouverais inexplicablement jolies et qu'elles me donneraient envie de pleurer.

Une fois sa lampe éteinte, nous avions continué à discuter avec de brefs chuchotements qui ressemblaient à l'excitation de deux gosses enfermés dans un placard au cours d'une fête d'anniversaire.

Après un silence que je m'apprêtais à combler par l'histoire du petit artiste asthmatique qui vivait à Chambéry, j'entendis le souffle de Betty enfler.

Resté seul sur le rivage de la nuit, je sentis le pansement de nos derniers mots se décoller peu à peu. L'indifférence de Betty se répandait dans la chambre à chacune de ses respirations. Elle ne m'avait posé aucune question.

Mon cœur soudain gonfla et se mit à pilonner ma poitrine.

Il était plus de 2 heures du matin quand les paroles du romancier entendues à la radio quelques heures plus tôt achevèrent de me torturer.

Peter n'avait aucune chance de distraire une seule seconde ma belle-mère, ni même son dentiste. Peter avait autant de charisme qu'une huître dans la main poilue de Charles Daloud.

Des petites tortues s'alignèrent le long des parois de ma conscience. Je vis la mère du collectionneur libanais en pleurs au milieu d'un chaos de béton puis ma poitrine se vida sous l'effet d'une pression insoutenable. « Toute cette souffrance », marmonnai-je dans ma couette.

J'eus soudain envie de réveiller Betty.

Après avoir donné quelques secousses inutiles dans le sommier, je finis par saisir un livre sur la pile à côté du lit pour le jeter par terre. Le bruit terrifiant que provoqua *La Mort d'Ivan Ilitch* en se retournant et en brisant mon verre d'eau sur le parquet laissa Betty dans un sommeil confiant. Sa respiration, sa chaleur et son parfum continuaient à se répandre.

Mes idées n'étaient pas très claires sur la discussion que je voulais avoir avec elle. J'hésitais entre des aveux immédiats et des promesses de retrouvailles célestes.

J'occupai l'autre partie de la nuit à intoxiquer mes poumons et la courtepointe de la chambre d'amis avec la fumée d'un cigare trop sec tout en relisant l'histoire de Peter. L'ayant relue une treizième fois sans plus rien y comprendre, j'envoyai le texte à Marc dans un mail où je lui expliquai ma relation compliquée avec le mensonge comme ultime vérité.

À mon réveil, les chambres étaient vides et la maison tout entière sentait l'huile essentielle de lavande.

Betty avait laissé un message sur notre lit. Elle indiquait qu'elle repasserait se changer à la maison vers 17 heures et qu'elle avait invité une amie décoratrice et les Béruvier à l'inauguration de la bibliothèque. La feuille, encore froissée, avait été directement sortie de la poubelle de la salle de bains. Il s'agissait d'un emballage de savon au beurre de karité. Le stylo avait bavé sur le papier mais, notai-je, il y avait à la fin un gribouillis que l'on pouvait interpréter comme des baisers ou même comme un cœur si l'on était particulièrement optimiste et exalté.

22

Ma dernière insomnie m'avait à peine rougi le bord des yeux et j'entendais ma voix diffuser un flot de politesses absurdes.

Je n'avais encore rien dit à Betty.

Elle était arrivée en retard à la maison et avait employé tout le trajet vers la bibliothèque à parler au téléphone avec son amie décoratrice (dont le nom ne m'évoquait rien de plus qu'une marque de pâté) qui était finalement restée dans sa villa au bord de la mer à cause d'un chat disparu.

Nous étions tombés directement sur les Béruvier en sortant de voiture. Elle, chaussée d'escarpins brillants, tanguant avec coquetterie sur le macadam, et lui avançant dans une parka anonyme, un large sourire sur le visage.

Le flux déstabilisant de leur conversation indiquait qu'il s'agissait de nouveaux amis de Betty.

Martha avait créé une société d'événementiel spécialisée dans l'organisation de mariages spectaculaires, des « mariages de princesse », et avait franchisé le concept en agrémentant une bonne douzaine de villes de province de vitrines roses et dorées dont les photos défilèrent sous l'ongle pailleté de leur fondatrice.

Quant à son mari, il appartenait à cette catégorie d'hommes restés dans l'angle mort de mon existence et qui, pour une raison obscure mais très pratique, avaient tous sans exception une tête à s'appeler Franck.

S'écartant pour laisser passer sa femme qui saisissait le bras de Betty, Franck ne chercha pas à se présenter, me confia tout de suite qu'il me voyait régulièrement dans les magazines et que Martha s'était acheté trois paires de boucles d'oreilles différentes pour venir à ce cocktail.

Depuis le parking, la bibliothèque ressemblait à une gigantesque bulle posée sur le rebord d'un évier. Je ne l'avais visitée que deux fois mais l'ondulation de la façade vitrée me parut tout à fait réussie. Le mari de Martha sortit son téléphone pour prendre des photos. Sa femme l'enlaça et leva le menton afin de mettre en valeur le bonbon rose vif que formait sa bouche.

Quand on pénétrait à l'intérieur, la hauteur de la voûte et les courbes superposées des mezzanines tapissées de livres donnaient l'impression perturbante d'avoir été avalé par une baleine.

Le logo stylisé d'ArcHos imprimé en bannière au-dessus du buffet provoquait en moi la même indifférence confortable que les enseignes en lettres géantes de ces sociétés tertiaires dont on apercevait les bureaux le long de l'autoroute.

Il n'y avait plus d'architecte à bord. Le type qui avait tenu ce rôle-là était tombé à l'eau et le bateau dansait désormais sur les vagues en toute innocence.

Je m'apprêtai à glisser un mot tendre contre la tempe de Betty mais Martha nous avait déjà rejoints en roulant ses hanches compactées dans un pantalon à motifs végétaux.

Contrarié, je notai dans les pages d'un carnet imaginaire que le brushing de Martha donnait à ses cheveux l'aspect d'un abat-jour que quelqu'un aurait oublié d'allumer.

« Vous faites vraiment des choses magnifiques », dit-elle en désignant malgré elle un extincteur à incendie avec le sac monogrammé qu'elle tenait le poing serré. Ma méchanceté dégringola et glissa sur le béton comme une feuille morte.

« Une bibliothèque n'a pas besoin du talent d'un architecte pour être un endroit merveilleux », répondis-je. À mes yeux, les bibliothèques étaient, avec les cathédrales, les seuls édifices où le mystère donnait l'impression de vouloir apparaître. Celle-ci ne faisait pas exception. En dépit du bourdonnement que produisaient les invités, les livres autour de nous semblaient entretenir une conversation secrète. J'essayai de déchiffrer les titres sur les dos de ceux qui étaient les plus proches. Je songeai au fait que mon roman n'avait pas de titre. Comment allait s'intituler l'étrange histoire de Peter ?

« *Le Chant du signe* », murmurai-je.

Je fus tout de suite séduit par cette inquiétante polysémie. Comme Peter, j'étais persuadé que Dieu, l'Univers ou une Force inconnue cherchait à nous parler. Oui, me dis-je ému, *Le Chant du signe* était bien le roman que j'avais écrit.

Dès que le silence s'installa, le maire fit dégouliner sur l'auditoire un pot entier de remerciements dans lequel surnageaient des noms et des dates à la manière de grumeaux. Rassuré par les applaudissements prudents qui ponctuaient ses phrases sans verbe, il hissa le drapeau de la joie, une joie mécanique qu'il s'appliqua à rendre lyrique à force de coups de poing sur son pupitre. L'ensemble résonnait comme un concert de klaxons après un match de foot entremêlé d'exclamations incompréhensibles sur la beauté ontologique du béton et la poésie des marque-pages.

Puis le maire parla de Jean d'Ormesson, dont il loua les yeux bleus et l'accent merveilleusement français. Sans doute, me dis-je, voulait-il désigner les intonations mondaines du personnage qu'il avait dû admirer à la télévision. D'ailleurs, le contenu de ses livres ne fut guère évoqué, le maire se contentant de scander leurs titres qu'il s'efforçait en vain de faire rimer. « Je dirai malgré tout que cette vie fut belle », finit-il par répéter tout heureux devant un auditoire docile et fatigué.

Je tentai de lui dessiner mentalement deux antennes vertes pour me maintenir éveillé.

Basculant sans prévenir dans l'argumentation, l'élu charismatique entreprit de démontrer combien les mots avaient toujours servi de « traits d'union » entre les hommes. Ravi de cette métaphore grammaticale, il expliqua qu'il avait appris à aimer la chasse en lisant *La Gloire de mon père*. Il précisa qu'il avait douze ans et que, faute de bibliothèque municipale, il l'avait emprunté à un cousin. Continuant son autobiographie littéraire, il raconta combien la lecture de *Germinal* quelques années plus tard l'avait sensibilisé au sort de la classe ouvrière.

Peu convaincu par l'authenticité de l'autoportrait, j'étais néanmoins impressionné par l'agilité politique de la prestation. La bibliothèque avait été construite sur un ancien site industriel, dans mes souvenirs une usine qui fabriquait des télécopieuses ou des imprimantes. La plupart des anciens ouvriers et leurs enfants devenus adultes étaient probablement dans la salle et il suffisait de voir les pare-chocs boueux sur le parking pour deviner que certains avaient reconverti leur révolte sociale en mobilisation féroce contre les perdrix.

La littérature avait cessé d'être une porte vers un réel plus vaste, la littérature était devenue un hangar rempli de panneaux de signalisation poussiéreux, un hangar dans lequel on venait piocher pour flécher et borner ce que le réel avait de trop considérable.

Le gros diamant jaune de Martha lançait des flashes indécents à travers les doigts de Franck qui lui tenait la main. Depuis le début de la soirée, le couple produisait un roucoulement discret mais insistant. Martha n'avait pas cessé de rajuster le nœud de cravate de son mari au milieu des autres invités et il l'avait appelée « ma perle d'amour » chaque fois qu'il avait eu quelque chose à lui dire.

Silencieuse et sublime, Betty n'affichait comme d'habitude aucun signe de jalousie, d'attendrissement ou de repentir.

Christian était monté sur l'estrade. Il avait un peu relevé son micro, esquissé un sourire au-dessus de ses lunettes et il débitait de courtes phrases.

Tandis que je laissais le volume de ses paroles monter progressivement en moi, il évoqua les grands projets « qui nous ont construits », des premiers pavillons dans la banlieue de Rennes aux chantiers monstrueux de ces dernières années. Il me semblait redécouvrir les étapes oubliées d'un voyage où l'on a somnolé sans jamais prendre le volant. Et pourtant Christian ne cessait de citer mon nom. Christian parlait de moi comme j'aurais parlé de Balzac et de Stendhal. Un type mort dont le génie tenait à quelque chose de plus mystérieux que le culot ou le talent. Il évoqua les réserves vitrées du musée du Plastique de Philadelphie et mentionna l'audace des « murs qui parlent » dont les médias s'étaient emparés lors de l'inauguration de l'Opéra de Malaga.

Les cheveux de Christian ne couvraient qu'une partie de son crâne et sa bouche s'entourait de profonds plis. On aurait dit que mon associé avait perdu sa troisième dimension, que la vie l'avait aplati. Mais le plus surprenant était de constater que ses sourcils gris, ceux que je voyais aussitôt que je pensais à lui, ses sourcils gris étaient en réalité d'un noir sans la moindre ambiguïté chromatique. Christian, dont la coquetterie se limitait à mettre des chemises propres et nouer ses lacets, n'avait certainement jamais eu l'idée de les teindre. Les sourcils de mon associé étaient noirs comme la nuit. Comment avais-je pu être à ce point absent de ma propre vie ?

Ayant décliné l'invitation des organisateurs à monter sur l'estrade, je restai à ma place pour applaudir Christian dont je soutins le regard un peu perdu avec toute l'affection que je me découvrais enfin pour lui.

Pour la première fois depuis longtemps, je n'avais pas lutté contre les étranglements et picotements qui animaient ma gorge pour se transformer une fois sur deux en toux gênante.

Quittant un cimetière de chaises vides, la foule se dirigea vers une salle plus éclairée qui, dans mes souvenirs, était une sorte de médiathèque permettant de visionner des films et des documentaires. C'était du moins l'un des seuls éléments que j'avais retenus de la réunion de chantier à laquelle j'avais assisté, la directrice nous avait exposé son idée de médiathèque citoyenne comme s'il s'était agi d'une usine à miroirs magiques.

Tandis que je tentais de fendre la foule à l'aide de mouvements d'épaules désordonnés, un serveur de l'âge d'Hubert s'approcha avec un grand sourire en ferraille et une veste boutonnée de travers. Hésitant à lui faire une remarque à propos de sa veste pour lui épargner celle d'un collègue ou d'un supérieur, je saisis une coupe de champagne et fus accosté par un homme de petite taille qui me demanda si j'étais « l'architecte ». Le front brillant de sueur, l'homme attrapa deux verres de vin au moment où le jeune serveur s'apprêtait à pivoter vers un groupe de femmes. Le plateau manqua de vaciller dans l'indifférence de mon interlocuteur qui me dévisageait comme s'il contemplait un papillon de nuit noyé au fond d'une baignoire.

« C'est marrant, dit-il, je vous avais reconnu. »

Il me tendit son coude et je mis quelques instants à comprendre qu'il s'agissait d'une forme d'introduction singeant le serrement de main. Les siennes étaient toujours occupées par les deux verres dont il vida la moitié d'un avant de se présenter. Il s'appelait Jean-Paul Quelque-Chose et fabriquait des cuisines sur mesure. Il précisa qu'il s'agissait de cuisines « de luxe » destinées à des clients exigeants avec des besoins « particuliers ». Je venais d'apercevoir la veste en flanelle bleue de Christian mais Jean-Paul Machin se servit à nouveau de son coude pour retenir mon attention et me poser une question.

« Qu'est-ce que vous attendez d'une cuisine dans la vie ? »

Agacé par cette prise à partie, je lui répondis que j'y entreposais des aliments destinés à me maintenir en vie mais que je devais à présent rejoindre mon associé pour lui dire quelque chose d'important.

L'homme fut bousculé par un mouvement de foule derrière nous. Un verre de vin éclaboussa sa chemise blanche. Il essaya maladroitement de frotter le tissu taché d'un revers de main et bégaya quelque chose.

Touché par sa confusion, je lui demandai si je pouvais l'aider, désignant le verre presque vide qu'il tenait de la main gauche. L'homme me confia que c'était sa dernière chemise blanche et qu'il l'avait mise pour voir un client important qui habitait une grande villa à quelques rues de là. « Je vais manger tous les vendredis midi avec mes gars dans une petite pizzeria et je suis incapable de bouffer proprement », dit-il en appuyant le menton contre son col pour examiner l'étendue du désastre.

Le client qu'il avait vu avant de venir lui avait montré sur son ordinateur des photos de la cuisine qu'il voulait. « Vous allez me croire ou pas, dit-il, mais la cuisine que le type me montrait venait de chez Ikea. Celle avec les grandes portes blanches qui font comme des lattes de bois. Il voulait le même évier noir avec le robinet assorti. J'ai rien dit mais ça m'a rendu dingue. » Jean-Paul bascula en arrière son front luisant pour boire la fin du verre renversé.

Les cuisines, selon lui, étaient les nouveaux spas du vingt et unième siècle, des lieux pour oublier ses soucis et prendre soin de soi. Le problème, c'est que les gens avaient réduit leur budget en faisant aveuglément appel à des solutions standard qui ne leur convenaient pas.

« Est-ce que vous aimez les lavabos carrés ? me demanda-t-il en agitant dangereusement son deuxième verre de vin. Vous aimez les lavabos carrés ? reformula-t-il avec une lueur de férocité dans le regard.

– Je ne sais pas. »

Lui savait. Les lavabos et les éviers carrés incarnaient toute la stupidité de notre époque. En quelques années, « les gens du marketing » avaient remplacé les modèles ronds par les modèles carrés pour une simple histoire d'incitation à la consommation. Les gens avaient fini par regarder leurs éviers ronds comme des objets affreux et adopté des éviers carrés sans se rendre compte qu'on y cassait beaucoup plus de vaisselle et que les coins de leurs nouveaux éviers abritaient des colonies de microbes.

« Jamais, dit-il, vous ne me verrez me laver les mains dans un lavabo carré. »

Je pensai à ceux qui étaient alignés un peu plus loin dans les toilettes de la bibliothèque. Carrés.

Jean-Paul Quelque-Chose proposait systématiquement à ses clients des modèles ovales qu'il faisait fabriquer en Roumanie. Là-bas, assurait-il, les gens restaient fidèles à leurs besoins réels et personne n'aurait imaginé concevoir quelque chose d'aussi décadent qu'un lavabo carré. Avant, il était prêt à perdre un contrat pour imposer son point de vue mais, reconnut-il, les temps avaient changé et il devait parfois se ranger aux désirs trafiqués des clients.

Son verre de vin était fini et il contemplait le champagne qu'il restait dans le mien avec une expression mélancolique. Sa femme l'avait quitté quelques mois plus tôt et il m'avoua en penchant la tête que les lavabos carrés l'attristaient beaucoup plus que l'absence de sa compagne. D'une certaine manière, il s'était rendu compte au bout de dix-sept ans de vie commune que sa femme avait été gagnée comme les autres par le syndrome des lavabos carrés, celui de la standardisation.

« Vous vous souvenez de moi ? » demanda-t-il brusquement.

Je fis non de la tête en pinçant la bouche comme pour exprimer un regret.

« Mais si, dit-il, nous avons pris le train ensemble après un salon d'aménagement intérieur à Amsterdam, il y avait une panne à Bruxelles, on est restés genre huit heures dans la rame. C'était quoi, il y a dix ans ou quelque chose comme ça. »

Je me souvenais faiblement d'une rue pavée à Amsterdam et d'un train en retard mais d'aucun type aux joues rouges qui s'enthousiasmait pour des histoires d'évier.

« Vous aviez donné cette conférence, là, sur l'architecture du futur. Un truc où vous disiez grosso modo que nos maisons actuelles ressemblaient à des grottes dans lesquelles on se roule en boule pour hiberner et qu'il était temps de se réveiller parce que les architectes du futur n'allaient plus du tout dessiner de murs ni quoi que ce soit mais qu'ils allaient directement sculpter la lumière. Pour être honnête, j'y croyais à moitié mais bon c'est un truc que je ressors souvent à mes clients quand ils sont radins avec l'éclairage. »

Sans le vouloir, je souris en fixant les rangées de livres derrière lui. Non, me dis-je, je n'avais pas perdu la flamme, l'architecture n'éclairait plus rien en moi mais la flamme brûlait toujours, c'était seulement le carburant qui avait changé de nature.

« Ah oui, la lumière », dis-je.

L'homme fit signe à une serveuse qui échangea ses verres contre deux nouveaux pleins à ras bord. Je commençais à avoir des doutes sur le fait que le deuxième soit destiné à quelqu'un d'autre. La tache sur sa chemise ne suscitait plus la moindre gêne chez lui et il me parlait des placards Ikea dont les parois laissaient passer l'humidité. Les manches de sa veste étaient usées et il portait une grosse montre en acier dont les aiguilles s'étaient arrêtées à une heure fantaisiste.

Profitant d'une alerte sur mon téléphone m'informant qu'un colis que je ne me souvenais pas d'avoir commandé, mais que j'avais apparemment déjà manqué plusieurs fois, allait m'être livré à nouveau, je pris congé de Jean-Paul Trucmuche en expliquant que je devais donner un appel urgent. Il continua son explication à propos des miettes et de la poussière qui s'infiltraient entre les assiettes mais, au moment où je tournais les talons, il me redonna un coup de coude et me glissa une carte dans la main.

« Pensez à moi la prochaine fois que vous avez des clients exigeants », murmura-t-il avec une petite grimace qui me serra le cœur.

La climatisation envoyait des rafales d'air capables de congeler une famille de pingouins mais ma gorge restait impassible. J'avais seulement chaud. Très chaud. Mes mains et mon front étaient brûlants.

Cette chaleur irrationnelle ressemblait à un avertissement. Il fallait que j'avoue mon mensonge à Betty. Mentir et mourir étaient deux choses trop contradictoires.

J'essayai de ne pas penser à ce que dirait la femme de vie. J'imaginai vaguement qu'elle agrandirait les yeux. Il y avait de grands risques qu'elle parte se réfugier dans la voiture ou aux toilettes et que je doive lui expliquer les raisons de mon mensonge en trottant derrière elle sur le dallage bruyant de la bibliothèque.

Peu importe.

Mes pas me portaient déjà vers le tumulte. Accoudée à une table haute juponnée d'un tissu blanc, Betty était en discussion avec un couple âgé. La femme me disait quelque chose. Le roucoulement assourdissant que produisait sa minuscule silhouette m'arrivait aux oreilles comme l'écho d'un danger archaïque.

Mon courage ruissela quelque part entre ma cravate et mes chaussettes.

Je pensai au rectangle de pages imprimées sur mon bureau. L'image me fit l'effet d'une gorgée de très bon whisky. On pouvait se permettre d'être mauvais à l'oral quand on avait écrit un roman. Peu importe ce qui allait se passer, un jour dans quelques années, la colère de Betty serait retombée et elle lirait les pages que j'avais écrites avec le sentiment de s'être trompée. Pas de s'être trompée, rectifiai-je, je ne voulais pas que Betty ait des regrets, je voulais qu'elle me comprenne. Être compris par Betty était important. Betty lirait le roman et elle me pardonnerait. J'étais prêt à attendre et à mourir entretemps.

« Pierre, tu te souviens de M. et Mme Copper ? »

Les bras croisés derrière le dos, l'homme m'observait avec le regard assoupi et cruel d'un alligator traversant l'eau boueuse en direction de sa proie.

« Nous avons acquis une œuvre de Tramescu pour notre salle à manger », commenta-t-il.

Sa femme me tendit une main décharnée.

« Enchantée », dit-elle d'une voix rauque.

Je me demandai si elle ne s'était pas abîmé les cordes vocales à force de crier sur le néon.

« M. et Mme Copper ont participé au financement de la bibliothèque, je leur ai dit que tu étais l'architecte, compléta Betty dont le sourire s'était orné de quelques plis supplémentaires.

– J'espère que le résultat vous plaît, dis-je, moi je suis très déçu, personne ne m'avait dit que ce serait une bibliothèque. »

L'absence de réaction des Cooper produisait un courant d'air glacial dans toute la bibliothèque.

« Désolé, Betty, il faut absolument que je te parle maintenant. »

Elle fit un signe à ses clients et m'entraîna derrière un panneau coloré qui vantait les mérites de la lecture pour les enfants.

« Qu'est-ce qui te prend ? Tu te crois drôle avec ton humour tordu ?

– Je sais que ce n'est pas le moment, mais ça ne le sera jamais, Betty, il faut vraiment que je te parle maintenant.

– Tu as un morceau de tomate, sur l'incisive. Là, insista-t-elle sans douceur.

– C'est à propos de ma maladie, Betty. Ça prendra trois minutes mais je dois te parler.

– Bordel, murmura-t-elle, tu ne peux pas prendre un air un peu moins tragique ? Tu verrais les yeux que tu fais. Et pourquoi maintenant ? Ça ne peut pas attendre ?

– Betty, je t'en supplie, c'est important. Il y a quelque chose que je dois te dire depuis longtemps et si je…

– Si ça fait longtemps comme tu dis, ça attendra qu'on soit à la maison ou en voiture ou je ne sais où mais pas là au milieu des gens. Enlève ce truc sur ta dent, je te jure, on ne voit que ça. »

Ses narines se plissèrent comme pour manifester du dégoût ou une forme aiguë de mépris. Cette grimace n'occupa son visage qu'un quart de seconde mais je la reconnus immédiatement. Comme une éclipse de soleil sur un paysage souriant, une nuit totale qui durait à peine le temps de s'en apercevoir. Cette grimace, cette éclipse, cette nuit totale, c'étaient les portes de l'enfer qui s'entrouvraient pour engouffrer toutes les choses que Betty haïssait.

J'en eus la certitude : Betty ne m'aimait pas. Une deuxième certitude complétait la première de façon plus violente encore : elle ne m'avait jamais aimé car elle en était incapable.

C'était depuis toujours l'immense malheur de Betty. Betty n'aimait rien, ni personne. Pas même elle.

Aussi terrible soit-elle, cette découverte m'apparaissait sous un jour tranquille. Observant le grain familier de ses joues à présent tournées vers une serveuse qui s'était rapprochée, je réalisai que je l'avais toujours su. L'infirmité de Betty était une donnée qui avait été là depuis le début, avant même notre rencontre, une donnée qui faisait partie des paramètres même de mon existence et de la sienne.

Depuis des années, à quelques centimètres de moi, Betty hurlait en silence derrière la plus implacable des solitudes.

« Allez, arrête avec cette tête, tu ne peux pas profiter de cette soirée ? L'endroit est magnifique, essaye d'être un peu fier de toi, tu me fatigues à jouer les rabat-joie. Regarde Martha et son mari comme ils ont l'air heureux. Regarde, ils ont tout compris. »

La femme que j'aimais était emmurée vivante. Elle prit une gorgée de champagne et allongea le bras pour saisir quelque chose dans un des bols devant nous.

« Laisse ça, m'écriai-je en lui attrapant le poignet.

– Bordel, ce sont des noix de cajou, Pierre ! Qu'est-ce qui t'arrive ? Tu es bizarre ce soir. »

À un autre échelon de cette réalité, dressés sur un promontoire étincelant, je nous voyais, Betty et moi, nous tenir la main et sourire de toute cette comédie.

« Hé vous autres, vous devriez essayer les bouchées au pesto, minauda Martha, elles sont incroyables. »

Tandis que les paroles de Betty et des Béruvier bourdonnaient dans mon oreille droite, toutes les autres conversations se mirent à crépiter comme une attaque ennemie. Une femme racontait sa dernière croisière au large de Tahiti sur un voilier ayant appartenu à un amant de Jackie Kennedy. Une autre expliquait qu'elle se faisait livrer ses courses chez elle. Un homme essayait de se rappeler le nom d'un auteur qui l'avait barbé. Quelqu'un devant le buffet comparait le saumon fumé avec celui qu'il avait goûté au restaurant deux jours plus tôt. Une femme riait en poussant des cris.

Je me sentis tout à coup très faible.

À l'autre bout de la salle, un escalier s'enroulait comme la spirale d'un coquillage. Il fallait que je m'allonge un instant. De toute façon, chacun était trop occupé à produire du bruit pour faire attention à moi.

Il n'y a personne à l'étage, me dis-je. L'étage était un labyrinthe de couloirs menaçants, d'entrepôts aux airs affligés, de portes fermées, de tuyaux d'acier et de bureaux vides. M'appuyant au montant d'une tablette recouverte de revues scientifiques, je réalisai que je me promenais à l'intérieur même des plans que j'avais dessinés. Cette révélation me fit vaciller comme si quelqu'un m'avait donné une gigantesque claque amicale dans le dos. Oui, murmurai-je, si on n'y prenait pas garde, on pouvait passer sa vie à se promener dans les stupides constructions de son imagination. La chaleur qui irradiait mon front et mes tempes s'était intensifiée. Ma tête était à présent emprisonnée dans un casque de feu.

Une lumière verte attira mon attention de l'autre côté du couloir.

Il s'agissait d'une pièce un peu plus grande que les autres éclairée d'un immense œil-de-bœuf qui plongeait directement dans la verdure des arbres.

Des tables rouges et très basses cerclées de minuscules chaises remplissaient l'espace comme les motifs d'un dessin psychédélique. Dans un coin, se tenait une maison en carton sur laquelle on avait dessiné des fenêtres ainsi que des volets et des buissons de fleurs. « Cabane des trois petits cochons », indiquait une pancarte décorée par des mains zélées et maladroites.

L'habitation était remplie de coussins qui me donnèrent envie de m'y étendre. Plus rien de fâcheux ne pourrait m'arriver dans un tel endroit, pensai-je au milieu du brouillard de chaleur et de fatigue qui m'assaillait.

La tête calée contre un coussin en forme d'étoile, mon corps se mit à tanguer doucement tandis que s'élevait une plainte métallique. Vers quelle destination avais-je embarqué ?

Rouvrant les yeux, je vis le battant de l'œil-de-bœuf s'écarter en gémissant pour laisser entrer le souffle tiède du soir contre les parois figées de la pièce. On avait oublié de le refermer. S'agitant devant l'ouverture comme des invités avant un bal, les branches de l'arbre faisaient danser des taches de lumière orange qui tournoyaient jusque dans les entrailles de mon refuge en carton.

Je pensai à Peter et à la façon dont il parlerait à Betty et aux enfants une fois que je serais parti. Avec les années, les livres avaient fait refluer le sentiment de solitude qui m'avait submergé adolescent. Les voix des auteurs résonnaient désormais en moi. Mes propres gestes étaient attachés au fil de ce que j'avais lu ou de ce que j'allais peut-être un jour écrire. La littérature m'avait donné l'intuition précieuse d'être relié aux autres.

Rien de ce qui était vécu n'était perdu.

Rien.

L'apaisement ne mit pas longtemps à venir.

Les paupières closes, j'entendis d'abord les gargouillements d'un conduit, le grincement d'une roue de poussette ou de vélo, puis des portes de voiture que l'on claque, des vrombissements de voix, le frottement des branches du tilleul sur la façade et soudain le mugissement mélancolique du vent qui emportait tout avec lui.

Comme toujours quand on prenait la peine de l'écouter, on se rendait compte que le silence était habité. Le silence était habité par cette étrange présence qui se tait brusquement quand, après le sommeil, on croit revenir à soi.

Tout se déployait.

Tournait.

Lentement.

Je vis la corolle ouverte et fragile d'une tulipe jaune, la couverture d'un livre qui gisait retourné au pied de mon lit, des petites bagues en plastique décoloré, une cathédrale dont les murs en verre reflétaient toutes les nuances de la lumière, une peluche rose vif trempant dans l'eau sale d'un trottoir, le dos de ma mère debout devant sa chaudière, les vagues scintillantes d'une mer de soleils verts, le velours d'une pelouse en été, un tee-shirt taché de sang flottant entre les montants d'une barrière, les joues étonnées d'un bébé.

Doucement, tout tournoyait en convergeant.

Mon âme en suspens contemplait le monde tel un grand livre ouvert.

Remerciements

Merci à mon merveilleux mari de me soutenir quand j'écris et surtout (oui surtout) quand je n'écris pas.

Pardon à mes amis pour les longs silences.

Une couronne de fleurs blanches à ma mère adorée qui croyait en ce roman et qui est partie sans pouvoir le lire. Merci à elle et à ma grand-mère médecin qui me tiennent compagnie, me consolent et me soufflent les mots depuis l'autre rive.

Ma gratitude à Geneviève Brisac dont les livres et les échanges amicaux m'ont portée.

Merci à Olivier Cohen et à Noémie Sauvage pour leur précieuse confiance.

RÉALISATION : NORD COMPO À VILLENEUVE-D'ASCQ
ACHEVÉ D'IMPRIMER SUR ROTO-PAGE
PAR L'IMPRIMERIE FLOCH À MAYENNE
DÉPÔT LÉGAL : FÉVRIER 2024 – N° 2123 (103643)
IMPRIMÉ EN FRANCE